Arena-Taschenbuch
AB 31

Jules Verne

Ein Kapitän von fünfzehn Jahren

Neubearbeitung von Hans Glanz

Arena

CIP-Titelaufnahme der Deutschen Bibliothek

Verne Jules:
Ein Kapitän von fünfzehn Jahren / Jules Verne.
Neubearb. von Hans Glanz
– 3. Aufl., 13.-15. Tsd. – Würzburg: Arena, 1994
(Arena-Taschenbuch: AB; 31)
Einheitssacht.: Un capitaine de quinze ans <dt.>
ISBN: 3-401-00231-7
NE: Glanz, Hans (Bearb.); Arena-Taschenbuch / AB

3. Auflage als Arena-Taschenbuch 1994
13.-15. Tausend

Originaltitel: »Un capitaine de quinze ans«
Neubearbeitung nach einer Übersetzung von Hans Glanz

Reihengestaltung: Karl Müller-Bussdorf
Umschlaggestaltung nach einem Stich
Gesamtherstelllung: Westermann Druck Zwickau GmbH
ISSN 0518-4002
ISBN 3-401-00231-7

Inhalt

Die Brigg-Goelette »Pilgrim«

Am 2. Februar 1873 befand sich die Brigg-Goelette »Pilgrim« unter 43° 57′ südlicher Breite und 165° 19′ westlicher Länge von Greenwich.

Dieses vierhundert Tonnen große, in San Francisco für die Großfischerei in den australischen Meeren ausgerüstete Fahrzeug gehörte James W. Weldon, einem reichen, kalifornischen Reeder, der das Kommando über den Zweimaster schon seit mehreren Jahren dem Kapitän Hull anvertraut hatte.

Die »Pilgrim« war eines der kleinsten, aber auch eines der besten Schiffe der Flottille, die James W. Weldon Jahr für Jahr durch die Beringstraße in das nördliche Eismeer und nach den Meeren von Tasmanien und des Kap Hoorn bis in den Antarktischen Ozean aussendete. Kapitän Hull wußte sich schon »durchzuschlagen«, wie die Matrosen sagten, wenn er zwischen das Eis geriet, das während des Sommers in Neuseeland oder am Kap der Guten Hoffnung vorüber bis in weit niedrigere Breiten treibt als in den nördlichen Meeren der Erdkugel. Allerdings handelte es sich hier nur um Eisberge von geringerem Umfange, die schon durch wiederholten Anprall zerklüftet und vom warmen Wasser angenagt waren und von denen die Mehrzahl im Pazifischen oder Atlantischen Ozean schmilzt.

Unter dem Befehl Hulls, eines ausgezeichneten Seemannes und dazu eines der gewandtesten Harpuniere der Flottille, stand eine Mannschaft von fünf Matrosen und einem Leichtmatrosen. Das mag für den Walfischfang, der zahlreiche Hände sowohl beim Fang wie bei der Ausweidung dieser Meeresriesen verlangt, wenig sein. James W. Weldon fand es aber für vorteilhafter, nur die zur eigentlichen Führung des Schiffes notwendigen Matrosen im Heimathafen an Bord zu nehmen. In Neuseeland braucht man keinen Mangel zu fürchten an Harpunierern und Seeleuten aller Nationen, Deserteuren und anderen, die sich für die Dauer der Saison zu vermieten suchen und als Fischer recht brauchbar sind. Nach Schluß der Fangzeit zahlt man ihnen den vereinbarten Lohn, schifft sie wieder aus, und sie warten, bis die Walfischfahrer im nächsten Jahr ihre Dienste wieder in Anspruch nehmen.
Die Brigg-Goelette hatte sich während der Fangzeit an der Grenze des südlichen Polarkreises aufgehalten. Aber zur vollen Ladung fehlten noch Öl und rohe bzw. verarbeitete Vorräte. Zur Zeit wurde der Fang schon schwieriger. Der gewöhnliche Walfisch schien zu verschwinden, und die Fischer mußten sich notgedrungen auf den »Finnbank« oder Schnabelfisch, ein gigantisches Wassersäugetier, beschränken, dessen Angriffe nicht ohne Gefahr sind. Kurz, die Saison war für die »Pilgrim« keine gewinnreiche, glückliche gewesen. Schon anfangs Januar, da die Walfischfahrer noch nicht an die Heimkehr zu denken pflegen, sah sich Kapitän Hull genötigt, die Fischgründe zu verlassen. Seine Mannschaft – ein zusammengewürfelter Haufen zweifelhafter Subjekte – machte Schwierigkeiten, und er mußte daran denken, sie an Land zu setzen. Die »Pilgrim« drehte also nach Nordwesten bei in Richtung Neuseeland, das man am 15. Januar sichtete. Sie lief glücklich in Waite-

mata, dem Hafen von Auckland an der Ostküste der nördlichen Insel ein und schiffte die für die Saison geheuerten Fischer aus. Die Mannschaft war nicht besonders zufrieden. An der vollen Ladung fehlten etwa zweihundert Barrel Lebertran. Nie hatte der Fischfang einen so geringen Ertrag geliefert. Enttäuscht und verdrießlich konnte Kapitän Hull den Schurken nicht verzeihen, deren Insubordination ihn um den Erfolg der Kampagne gebracht hatte. Der Versuch, in Auckland eine andere Mannschaft zu heuern, wäre gewiß vergeblich gewesen. Alle verfügbaren Seeleute waren schon auf anderen Walfischfahrern untergekommen. Der Kapitän mußte also auf die Vervollständigung der Ladung verzichten und beschloß, Auckland zu verlassen, als an ihn ein Gesuch um einen Platz auf dem Schiff erging, das abzulehnen er außerstande war.
Mistress Weldon, die Gattin des Schiffseigentümers, ihr fünfjähriger Sohn Jack und ein Verwandter der Familie, den man nur den Vetter Benedikt nannte, befanden sich zur Zeit in Auckland. James W. Weldon, den seine Handelsverbindungen öfters nach Neuseeland führten, hatte alle drei mitgenommen. Gerade als die ganze Familie wieder abreisen wollte, erkrankte der kleine Jack ziemlich ernst, so daß der Vater, den dringende Geschäfte riefen, Frau, Kind und Vetter zurücklassen mußte. Nach drei langen Monaten hatte sich das Kind erholt, und man stand im Begriff abzureisen, als die Ankunft der »Pilgrim« gemeldet wurde. Mistress Weldon zögerte keinen Augenblick, sich bei Kapitän Hull zur Überfahrt zu melden; außer Jack und Vetter Benedikt begleitete sie Nan, eine bejahrte Negerin, die ihr schon seit ihrer Kindheit diente. Dreitausend Seemeilen auf einem Segelschiff! Doch Kapitän Hulls Schiff schien ja im besten Zustand, und die schöne Jahreszeit dauerte noch an.

Kapitän Hull kam dem Gesuch entgegen und stellte der Dame sofort sein eigenes Zimmer zur Verfügung. Er wünschte Mistress Weldon für eine Überfahrt, die vierzig bis fünfzig Tage beanspruchen konnte, so gut untergebracht zu sehen, wie das auf einem Walfischfahrer eben möglich war. Mistress Weldon gehörte übrigens zu den mutigen Frauen, die das Meer nicht erschreckt. Sie stand jetzt im Alter von dreißig Jahren, war die Gesundheit in Person und war lange Reisen schon gewöhnt, da sie ihren Gatten bei seinen Fahrten über das Meer wiederholt begleitet hatte. Dazu kannte sie ja Kapitän Hull als ausgezeichneten Seemann, zu dem ihr Mann das größte Vertrauen hatte. Die »Pilgrim« war ein solides Schiff, ein guter Segler, und wegen dieser Eigenschaften auch in der ganzen Flottille der amerikanischen Walfischfahrer anerkannt. Die Gelegenheit bot sich – jetzt galt es sie zu nutzen.

Vetter Benedikt – das verstand sich ganz allein – sollte sie begleiten. Dieser Vetter war ein braver Mann von etwa fünfzig Jahren. Doch trotz seiner fünfzig Jahre hätte man ihn nimmermehr allein reisen lassen können. Mehr lang als groß, mehr schwach als mager, mit knochigem Gesicht, einem gewaltigen Schädel voller buschiger Haare, erkannte man in dieser etwas rätselhaften Persönlichkeit doch sogleich einen jener würdigen Gelehrten mit goldener Brille und dem besten Herzen von der Welt, welche bestimmt zu sein schienen, ihr Leben lang große Kinder zu bleiben und dereinst, vielleicht selbst mit hundert Jahren als gealterte Säuglinge zu sterben.

»Vetter Benedikt« – so nannte ihn jedermann regelmäßig in und außerhalb der Familie, und er hatte in Wahrheit das Aussehen der Leute, welche als Vettern für die ganze Welt geboren scheinen – Vetter Benedikt, den seine langen Arme und seine noch längeren Beine überall belästigten, war absolut nicht imstande, sich allein zu behelfen, und wäre das auch unter den einfachsten Umständen gewesen, wie sie so häufig eintreten. Er störte im Grunde niemand – o nein, im Gegenteil, er schien ebenso besorgt um andere wie für sich selbst. Leicht zu befriedigen und sich in alles schickend, vergaß er Essen und Trinken, wenn man ihm nicht Speise und Trank vorsetzte, war unempfindlich gegen Frost und Hitze und schien weit mehr dem Pflanzen- als dem Tierreich anzugehören. Stelle man sich einen völlig unnützen Baum vor, ohne Früchte und fast ohne Laub, der niemand ernähren, kaum jemand schützen könnte, aber der doch ein gutes Herz hätte, und man gewinnt ein Bild von diesem Manne.

So war der Vetter Benedikt. Gerade seiner Schwäche wegen liebte man ihn. Mistress Weldon betrachtete ihn mehr als ein Kind – etwa als den älteren erwachsenen Bruder des kleinen Jack. Hierzu muß jedoch bemerkt werden, daß Vetter Benedikt niemals untätig blieb. Im Gegenteil, er war fleißig wie nur wenige; seine einzige Leidenschaft, die Naturgeschichte, nahm ihn eben ganz und gar ein.

Die Naturgeschichte! Das ist freilich mit wenig Worten gesagt. Vetter Benedikt gehörte weder zu den Botanikern noch zu den Geologen oder Mineralogen. War er also Zoologe? Hatte er seinen Fleiß auf die Wirbeltiere, Säugetiere, Vögel, Reptilien und Fische verwendet? Was in aller Welt war Vetter Benedikt? Nun, ein einfacher Entomologe – nichts weiter. Hierauf dürfte man wohl erwidern, daß die Entomologie der gebräuchlichen Auffassung nach ein Teil der Naturkunde ist, die alle Gliedertiere umfaßt. Das ist zwar im allgemeinen richtig, aber andererseits hat man sich daran gewöhnt, diese Bezeichnung in weit eingeschränkterem Sinn zu gebrauchen; man verwendet sie nämlich nur in bezug auf die

Insekten, d. h. alle die Gliedertiere, deren Körper aus drei rundlichen Abteilungen besteht, die an ihren Enden zusammenhängen und die drei Paar Füße besitzen, weshalb sie auch den Namen Hexapoden (Sechsfüßler) erhalten haben. Da sich Vetter Benedikt also speziell auf das Studium der Gliedertiere dieser Klasse geworfen hatte, war er im eigentlichen Sinn des Wortes ein simpler Entomologe. Doch man mache sich hierbei keine falschen Vorstellungen. Die Klasse der Insekten zählt nicht weniger als zehn Ordnungen. Von manchen dieser Ordnungen unterscheidet man 30 000, von manchen gar 60 000 Arten; an Studienobjekten fehlt es hier also gewiß nicht, und das Leben Vetter Benedikts war auch wirklich einzig und allein der Entomologie gewidmet. Dieser Wissenschaft opferte er alle, alle Stunden, selbst die des Schlafs, denn er träumte unentwegt nur von den »Hexapoden«.

Wie viele Stecknadeln er an den Ärmeln und den Aufschlägen seines Rockes, dem Futter seines Hutes und an der Weste trug, wäre gar nicht zu zählen gewesen. Kehrte Vetter Benedikt von einem Spaziergang zurück, so bildete seine kostbare Kopfbedeckung vorzüglich einen vollen naturhistorischen Schaukasten, so sehr war sie außen und innen mit durchbohrten Insekten gespickt. Eben jene entomologische Leidenschaft hatte dieses Original veranlaßt, Mr. und Mrs. Weldon nach Neuseeland zu begleiten. Dort hatte er seine Sammlung mit einigen seltenen Exemplaren bereichert, und man wird es erklärlich finden, daß es ihn drängte heimzukommen, um diese in den Kästen seines Kabinetts in San Francisco geordnet unterzubringen.

Auf ihn durfte Mrs. Weldon freilich am wenigsten zählen, wenn sie jemals in eine kritische Lage kam. Zum Glück handelte es sich hier ja auch nur um eine Reise, die während der schönen Jahreszeit keine Schwierigkei-

ten versprach, und das an Bord eines Schiffes, dessen Kapitän alles Zutrauen verdiente.
Während der drei Tage, die die »Pilgrim« in Waitemata vor Anker lag, traf Mrs. Weldon ihre Vorbereitungen in größter Eile und am 22. Januar schon schiffte sie sich mit den Ihren auf der Brigg ein. In einer besonderen Kiste schleppte Vetter Benedikt seine ganze Sammlung von Insekten mit. Selbstverständlich hatte er seine Ladung sehr hoch versichert, denn er hielt sie für wertvoller als den ganzen Kargo der »Pilgrim« an Öl und Walfischbarten.
Als die Anker gelichtet werden sollten und Mrs. Weldon nebst ihren Begleitern sich auf dem Verdeck der »Pilgrim« befand, trat Kapitän Hull an die Dame heran: »Ich brauche Ihnen wohl nicht zu erklären, Mistress Weldon, daß Sie es auf eigene Verantwortung tun, wenn Sie sich zur Überfahrt der ›Pilgrim‹ bedienen.«
»Weshalb sagen Sie mir das, Herr Hull?« fragte Mrs. Weldon.
»Weil ich von Ihrem Gemahl hierüber keinen Befehl erhalten habe und eine Brigg-Goelette alles in allem nicht die Garantien einer angenehmen Überfahrt bieten kann wie ein für Passagiere speziell eingerichteter Dampfer.«
»Und wenn mein Mann jetzt hier wäre«, erwiderte Mrs. Weldon, »glauben Sie, daß er zögern würde, sich mit seiner Frau und seinem Kind auf der ›Pilgrim‹ einzuschiffen?«
»Nein, Mistress Weldon«, antwortete Kapitän Hull, »das glaube ich sicher nicht! So wenig, wie ich selbst zögern würde, es zu tun! Die ›Pilgrim‹ ist ein gutes Schiff, wenn sie auch diesmal einen traurigen Fischzug hinter sich hat, und ich verlasse mich auf sie, so gut, wie ein Seemann sich auf ein Fahrzeug verlassen kann, das er seit mehreren Jahren selbst kommandiert. Durch mei-

ne vorigen Worte wollte ich mich nur von meiner Verantwortlichkeit befreien und Ihnen wiederholen, daß Sie an Bord nicht den Komfort finden werden, den Sie gewohnt sind.«

»Wenn es sich nur um etwas Bequemlichkeit mehr oder weniger handelt, Herr Kapitän«, entgegnete Mrs. Weldon, »so machen Sie sich keine weitere Sorge. Ich gehöre nicht zu den Passagieren, die sich ständig über die Enge der Kabinen und das Essen beklagen.« Mrs. Weldons Augen ruhten einige Augenblicke auf dem kleinen Jack und dann sagte sie: »Reisen wir in Gottes Namen ab, Herr Hull!«

Sofort erging der Befehl, die Anker zu lichten, die Segel wurden gerichtet, und die »Pilgrim« drehte so bei, daß sie möglichst schnell offenes Wasser erreichte, und steuerte dann in Richtung auf Amerika.

Drei Tage nach der Abfahrt aber wurde die Brigg-Goelette durch starke Ostwinde gezwungen, Backbordhalsen zu setzen, um gegen den Wind aufzukommen. So befand sich Kapitän Hull am 2. Februar unter einer höheren Breite, als er beabsichtigt hatte, und etwa in der Lage eines Seemannes, der weit eher das Kap Hoorn zu umschiffen, als die Neue Welt auf der kürzesten Linie zu erreichen sucht.

Dick Sand

Das Meer hielt sich im ganzen freundlich und die Reise ging unter leidlichen Verhältnissen vonstatten.

Mrs. Weldon war an Bord der »Pilgrim« so gut und bequem wie möglich untergebracht worden. Sie mußte sich mit dem Zimmer des Kapitäns Hull begnügen. Aber es hatte der dringendsten Vorstellungen seitens des Kapitäns bedurft, sie zur Annahme der höchst bescheidenen Seemannswohnung zu bewegen. In diesem engen Raume also hatte sich jetzt Mrs. Weldon mit ihrem Kinde und der alten Nan eingerichtet. Hier nahm sie ihre Mahlzeiten in Gesellschaft von Kapitän Hull und Vetter Benedikt ein, für den ein besonderes Zimmerchen hergerichtet worden war. Der Kommandant der »Pilgrim« selbst hatte sich in einer Kabine des Wohnraums für die Mannschaft eingerichtet.

Die Mannschaft der »Pilgrim«, lauter gute und solide Seeleute, verband die Gemeinsamkeit der Anschauungen und Gewohnheiten; dieses Jahr machten sie schon die vierte Fischerei-Saison miteinander durch. Als Amerikaner aus dem Westen kannten sie sich schon seit langer Zeit und stammten auch alle von derselben Küste Kaliforniens. Diese guten Leute benahmen sich sehr zuvorkommend gegen Mrs. Weldon, die Gattin ihres Reeders, für den sie eine grenzenlose Ergebenheit an den Tag legten, denn sie waren an Gewinn und Ertrag in hohem Maße beteiligt und bisher stets mit gutem Erfolg gefahren. Wenn ihre geringe Anzahl auch für jeden einzelnen mehr Arbeit mit sich brachte, so steigerte sich eben dadurch auch der Anteil eines jeden bei Abschluß der Rechnung nach vollendeter Saison. Für diesmal freilich stand ihnen so gut wie gar kein Überschuß in Aussicht, weshalb sie sicher mit Recht auf die Spitzbuben aus Neuseeland zornig waren.

Ein einziger Mann unter allen an Bord war nicht von amerikanischer Herkunft. Portugiese von Geburt, doch der englischen Sprache vollkommen mächtig, nannte er sich Negoro und versah die bescheidene Funktion eines Kochs der Brigg-Goelette. Da der frühere Koch der »Pilgrim« in Auckland desertierte und Negoro gerade ohne Stellung war, bot er sich zu diesem Dienste an. Von Natur schweigsam, hielt er sich meist im Hintergrund, tat in seinem Fache jedoch seine Schuldigkeit. Mit seiner Anstellung schien Kapitän Hull einen glücklichen Griff getan zu haben, und seit seiner Einschiffung hatte der Küchenvorstand wirklich noch niemals Grund zum Tadel gegeben.

Immerhin bedauerte Kapitän Hull, sich vorher aus Mangel an Zeit nicht näher nach seiner Vergangenheit erkundigt zu haben. Sein Gesicht oder vielmehr sein Blick sagte ihm nicht besonders zu, und wenn ein völlig Unbekannter in einen so kleinen Kreis an Bord aufgenommen wird, sollte man niemals versäumen, sich über dessen frühere Lebensumstände zu unterrichten.

Negoro mochte vierzig Jahre zählen. Mager, nervös, von mittlerer Statur, tiefbrünett und sonnenverbrannt, schien er von sehr kräftiger Konstitution zu sein. Handelte er nach irgendwelchen Instruktionen? Wenigstens deuteten darauf wiederholt einzelne abgerissene Äußerungen hin, die er wohl aus Versehen fallen ließ. Übrigens sprach er nie von seiner Vergangenheit und erwähnte von seiner Familie keine Silbe. Woher er kam, wo er gelebt – niemand konnte das erraten, auch nicht, was er vorhatte. Er ließ nur durchblicken, daß er in Valparaiso an Land gehen werde. Unzweifelhaft hatte man es mit einem eigentümlichen Menschen zu tun. Seemann schien er auf keinen Fall zu sein, denn alles, was mit der Marine zu tun hatte, war ihm fremder, als man es von einem Schiffskoch erwartet, der ja einen guten Teil seines Lebens auf dem Meer zubringt.

Man sah ihn wenig. Tagsüber hielt er sich in der kleinen Küche auf, deren gußeiserne Kochmaschine den größten Teil des Raumes einnahm. Wenn er mit einbrechender Nacht sein Feuer gelöscht hatte, suchte er die ihm zugewiesene Lagerstätte in dem Schlafraum der Schiffsbesatzung auf, legte sich sofort nieder und schlief ein.

Wir erwähnten schon, daß die Mannschaft der »Pilgrim« aus fünf Matrosen und einem Leichtmatrosen bestand. Dieser junge Mann von ungefähr fünfzehn Jahren war von unbekannter Herkunft. Von Geburt an verlassen, war das arme Wesen durch öffentliche Fürsorge erhalten und erzogen worden.
Dick Sand – so hieß er – stammte offenbar aus New York. Den Vornamen Dick – eine Abkürzung von Richard – hatte man dem Waisenkind gegeben, weil das der Name des mitleidigen Fremden war, der ihn zwei bis drei Stunden nach seiner Geburt aufnahm. Den Zunamen Sand erhielt er zur Erinnerung an die Stelle, auf der er gefunden worden war, nämlich an die Spitze von Sandy-Hook, die an der Hudsonmündung den Eingang zum Hafen von New York bildet.
Auch nach vollendetem Wachstum konnte Dick Sand wohl kaum die mittlere Größe überschreiten, doch schien er von kräftiger Konstitution zu sein. Seine Erscheinung verriet deutlich den angelsächsischen Ursprung. Er hatte braunes Haar und besaß blaue Augen, die wie Kristall in hellem Feuer leuchteten. Seine intelligenten Züge atmeten Lebenslust und Tatkraft, nicht Tollkühnheit, sondern Wagemut. Man zitiert so oft die drei Worte aus einem Vers Virgils: Audaces fortuna iuvat! – doch man zitiert falsch. Der Dichter hat richtiger gesagt: Audentes fortuna iuvat! Die mit Vorbedacht Wagenden, nicht die Wagehalsigen, unterstützt das Glück. Der Tollkühne handelt unüberlegt. Der Wagende denkt zuerst und handelt dann. Hierin liegt der Unterschied.
Dick Sand war ein audens. Schon mit fünfzehn Jahren wußte er, was er wollte, und führte unbeirrt aus, was er einmal beschlossen hatte. Sein lebhaftes und doch ernstes Gesicht erregte unwillkürlich jedermanns Aufmerksamkeit. Sparsam in Worten und Bewegungen, un-

terschied er sich dadurch deutlich von Knaben seines Alters. In Jahren, wo man sonst an die Fragen des Lebens noch nicht heranzutreten pflegt, begriff er schon seine elende Lage und gelobte, »aus sich selbst heraus« etwas Ordentliches zu werden. Er hatte Wort gehalten – er reifte schon zum Manne, wo andere gewöhnlich noch Kinder sind. Er gehörte zu den bevorzugten Wesen, von denen man sagen kann, daß sie mit zwei linken Füßen und zwei rechten Händen geboren sind, so daß sie alles mit der rechten Hand erfassen und nie mit dem unrechten Fuß aufstehen.

Man hatte ihn erst in einem jener Häuser für Kinder untergebracht, in denen sich in Amerika stets ein Platz für die verlassenen Kleinen findet. Mit vier Jahren schon lernte Dick lesen, schreiben und rechnen in einer der Freischulen des Staates New York, die von freiwilligen Spenden erhalten werden. Mit acht Jahren trieb Dick seine von Anfang an ausgesprochene Liebe für das Meer hinaus; er heuerte als Schiffsjunge auf einem Ozeanfahrer an, der nach den südlichen Meeren segelte. Dort bestand er seine erste Lehrzeit als Seemann. Nach und nach wurde er mit allen wichtigen Dingen vertraut, unter Anleitung von Offizieren, die sich für den kleinen Kerl interessierten; der Schiffsjunge avancierte denn auch bald zum Leichtmatrosen. Dick befand sich an Bord eines Kauffahrers, als Kapitän Hull auf ihn aufmerksam wurde, sofort eine aufrichtige Zuneigung spürte und ihn mit seinem Reeder bekannt machte. James W. Weldon empfand jedenfalls ein lebhaftes Interesse für das Waisenkind, sorgte für den Abschluß seiner Schulbildung in San Francisco und ließ ihn in der katholischen Religion, der seine Familie angehörte, erziehen. Im Laufe dieser Studien versäumte er auch nicht, sich praktisch zu vervollkommnen. Er schiffte sich also zum ersten Mal als Leichtmatrose auf der »Pilgrim« ein. Ein tüchtiger Seemann muß die Großfischerei ebenso kennen wie die Schiffahrt auf offenem Meer. Es ist überflüssig, hier besonders hervorzuheben, wieweit seine dankbare Ergebenheit für die Familie Weldon ging; der Leser begreift aber, wie glücklich er war, zu hören, daß Mrs. Weldon die »Pilgrim« zur Heimreise benützen werde. Sie war ihm mehrere Jahre lang eine zweite Mutter, der kleine Jack ein jüngerer Bruder gewesen. Jetzt kannte sie den Wert ihres Schützlings: ihm konnte sie ohne Unruhe den kleinen Jack anvertrauen. Dick liebte Jack, und dieser schloß sich gern seinem »größeren Bruder« an. In jenen Mußestunden während einer längeren Seereise bei gutem Wetter, wo die einmal gestellten Segel keiner Aufsicht und Veränderung bedürfen, sah man Dick und Jack fast stets beisammen. Der junge Leichtmatrose zeigte dem Jungen alles, was seiner Meinung nach für ihn von Interesse sein könnte. Mrs. Weldon sah es ohne Furcht, wenn Jack in Begleitung Dick Sands gewandt die Wanten hinaufkletterte, auf der Mars *(Mastkorb)* des Fockmastes *(Vordermastes)* stand oder auf der Bramstenge *(Verlängerung des Mastes)* ritt und zuletzt an den Pardunen *(Tauen)* oder Stagen *(Seilen)* wie ein Pfeil herabglitt. Dick Sand hielt sich dabei immer dicht vor oder hinter ihm, bereit, ihn zu halten oder zu stützen, wenn seine Ärmchen bei solchen Übungen erlahmten. Dem kleinen Jack taten diese Anstrengungen recht gut; dank dieser täglichen Gymnastik und den kräftigen Brisen des Ozeans bekam er nach seiner langen Krankheit wieder Kraft und Farbe.

Der stetig anhaltende Westwind machte dem Kapitän doch einige Sorge, da er ihn hinderte, den kürzesten Kurs einzuhalten. Nahe dem Wendekreis des Steinbocks fürchtete er, ganz auf fahrthemmende Windstillen zu kommen, von dem Äquatorstrom erst gar nicht zu reden, der ihn unwiderstehlich nach Westen verschlagen mußte. Er beunruhigte sich vor allem Mrs. Weldons willen wegen dieser Verzögerungen, an denen er doch völlig unschuldig war. Auch dachte er schon daran, für den Fall, daß ihnen ein transatlantischer Dampfer auf der Fahrt nach Amerika begegnete, seinen Passagieren zu raten, sich auf diesem einzuschiffen. Zum Unglück wurde er aber in viel zu hohen Breiten zurückgehalten, um einen jener Steamer nach Panama zu kreuzen, und übrigens waren die Verbindungen über den Pazifischen Ozean zwischen Australien und der Neuen Welt damals noch nicht so häufig wie heutzutage. Man mußte also alles der Gnade des Höchsten anheimstellen, und es gewann schon den Anschein, als sollte nichts diese eintönige, lange Überfahrt unterbrechen, als sich, eben an jenem 2. Februar und unter der zu Anfang dieser Erzählung angegebenen Länge und Breite ein erster Zwischenfall ereignete.

Dick Sand und Jack hatten gegen neun Uhr morgens bei herrlichem klarem Wetter sich auf dem Fockmast ein Plätzchen gesucht. Von hier aus übersahen sie das ganze Schiff wie auch den Ozean in weitem Umkreise. Nach rückwärts war der Horizont ihren Blicken nur durch den Großmast verdeckt. Nach vorn sahen sie das Bugspriet *(schräg über den Vorderteil des Schiffes hinausragender Mastbaum)* mit seinen drei scharf beigehaltenen Focksegeln, die sich drei großen, ungleichen Flügeln ähnlich vor ihnen ausspannten. Unter ihnen ragte die Bramrahe *(Querstange)* nach beiden Seiten weit hinaus, über ihnen das Unter- und Obermarssegel *(am Mastkorb)*, deren Saum mit den Seisingen *(kurze Taue zum Befestigen der Segel an den Stangen)* bei dem frischen Wind gegen die Rahen schlug. Die Brigg-Goelette lief also mit Backbordhalsen und segelte so dicht wie möglich am Winde. Dick Sand erklärte Jack, wie die gut geladene und sorgsam im Gleichgewicht gehaltene »Pil-

grim« trotz der jetzt ziemlich starken Neigung nach Steuerbord nicht kentern könne, als der Junge ihn unterbrach.
»Du siehst etwas, Jack?« fragte Dick Sand, indem er sich auf der Rahe kerzengerade erhob.
»Ja, dort!« bestätigte Jack und zeigte nach einer Stelle des Meeres, wo zwischen den Stagen des Fockmastes und neben dem Klüverfocksegel *(dreieckiges Segel am Bugspriet, dem über den Bug hinausragenden Mastbaum)* die Aussicht offen war.
Dick Sand blickte aufmerksam nach dem bezeichneten Punkt und rief: »Eine Seedrift, vor Steuerbord unter dem Wind!«

Die Seedrift

Auf den Ruf Dick Sands war sofort die ganze Besatzung auf den Füßen; die Mannschaften, die gerade keine Wache hatten, kamen nach dem Verdeck. Kapitän Hull verließ seine Kabine und begab sich aufs Vorderschiff. Mrs. Weldon, Nan, selbst der sonst so uninteressierte Vetter Benedikt lehnten auf dem Barkholz des Steuerbords, um die durch den jungen Leichtmatrosen signalisierte Seedrift zu suchen. Nur Negoro blieb in der ihm als Küche dienenden Kabine und schien von der ganzen Besatzung der einzige zu sein, bei dem eine Seedrift kein besonderes Interesse hervorrief.
Alle schauten aufmerksam nach dem schwimmenden Gegenstand, den die Wellen etwa drei englische Meilen vor der »Pilgrim« auf und ab schaukelten.
»He, was könnte das wohl sein?« fragte einer der Matrosen.
»Gewiß ein verlassenes Floß!« antwortete ein anderer.

»Vielleicht befinden sich auf diesem Floß noch unglückliche Schiffbrüchige?« bemerkte Mrs. Weldon.
»Das werden wir bald wissen«, erwiderte Kapitän Hull, »doch die Drift ist kein Floß, das ist ein auf der Seite liegender Schiffsrumpf . . .«
»Oh, sollte es nicht ein Seetier sein?« ließ sich Vetter Benedikt vernehmen.
»Das glaube ich nicht«, erwiderte der Leichtmatrose.
»Und wofür hältst du es denn, Dick?« fragte Mrs. Weldon.
»Für ein gekentertes Schiff, wie der Kapitän, Mistress. Ich glaube, ich sehe sogar die Verkupferung in der Sonne glänzen.«
»Wahrhaftig, das scheint so . . .«, bestätigte Kapitän Hull. Dann wandte er sich an den Untersteuermann: »Das Steuer in den Wind, Bolton! Laß um ein Viertel abfallen, damit wir dem Wrack zutreiben!«
»Ja, Kapitän!« antwortete der Mann am Ruder.
»Ich bleibe aber doch bei meiner Ansicht«, wiederholte Vetter Benedikt; »das ist ohne Zweifel ein Seetier.«
»Das müßte ein kupferbeschlagener Walfisch sein«, entgegnete Kapitän Hull, »denn ich sehe ihn deutlich die Sonne widerspiegeln. Steuere scharf darauf zu, Bolton, lauf aber die Drift nicht an, sondern eine Kabellänge daran vorbei. Können wir dem Rumpf dort auch keinen großen Schaden tun, so könnten wir doch eine Havarie erleiden, und ich möchte die Flanken der »Pilgrim« keinem solchem Stoß aussetzen. Luv etwas an, Bolton, dreh gegen den Wind!«
Die »Pilgrim«, die bis jetzt direkt auf das Wrack zuhielt, war durch eine leichte Bewegung des Steuers ein wenig abgelenkt. Die Brigg-Goelette befand sich jetzt etwa noch eine Meile von der Drift entfernt. Neugierig hielten die Matrosen Ausschau. Vielleicht barg sie eine wertvolle Ladung, die man auf die »Pilgrim« herüber-

schaffen konnte? Bekanntlich gehört der dritte Teil solch geborgener Güter deren Rettern. Im Fall, daß die Ladung dort nicht havariert war, hätten die Mannschaften zuletzt, wie man sagt, eine »gute Hochflut« gemacht. Das wäre doch noch ein Trost gewesen nach dem kläglichen Fischzug.

Eine Viertelstunde später tanzte die Seedrift kaum eine halbe Meile von der »Pilgrim« auf und ab. Es war wirklich ein Fahrzeug, dessen Steuerbord nach oben lag. Man hätte sich auf Deck schwerlich halten können. Von der Bemastung sah man so gut wie nichts mehr. An der Steuerbordwand gähnte eine weite Öffnung zwischen dem Rippenwerk und den eingestoßenen Planken.

»Dieses Schiff ist angesegelt worden«, rief Dick Sand.

»Das ist nicht zu bezweifeln«, entgegnete Kapitän Hull, »doch bleibt es ein Wunder, daß es nicht sofort gesunken ist.«

»Wenn hier ein Zusammenstoß stattfand«, bemerkte Mrs. Weldon, »so darf man wohl hoffen, daß die Mannschaften dieses Schiffes von dem anderen, das es übersegelte, aufgenommen wurde.«

»Ja, wir wollen das hoffen, Mistress Weldon«, belehrte sie der Kapitän Hull, »wenn die Leute nicht auf ihren eigenen Booten Rettung gesucht haben, falls das andere Schiff nach der Kollision seinen Kurs sogleich fortsetzte – was leider dann und wann vorkommt!«

»Wäre es möglich! Ein solcher Beweis grausamster Unmenschlichkeit, Herr Hull!«

»Ja, Mistress Weldon, – es ist, Gott sei es geklagt, so wie ich es Ihnen sage!«

»Wäre es möglich, daß sich noch Leute an Bord befinden?« wollte Mrs. Weldon wissen.

»Das ist kaum anzunehmen«, erwiderte Kapitän Hull; »unsere Annäherung wäre sicher schon bemerkt worden, und man würde uns ein Signal geben. Doch wir wollen uns selbst überzeugen. Luv an, Bolton, luv an!« rief er dem Mann am Steuer zu und wies mit der Hand nach der einzuschlagenden Richtung.

Nur drei Kabellängen von dem Wrack befand sich jetzt die »Pilgrim«, und man konnte kaum noch zweifeln, daß es vollständig verlassen war. Eben da machte Dick Sand aber ein Zeichen mit der Hand, um die anderen zum Stillschweigen aufzufordern. »Hört, hört!« rief er.

Jeder horchte gespannt.

»Mir schien, ich hörte ein Gebell!« fuhr er fort. Wirklich erscholl aus dem Innern des Schiffsrumpfes ein entferntes Bellen. Darin befand sich also ohne Zweifel noch ein lebender Hund.

»Und wäre auch nur ein Hund darauf, Herr Hull«, erklärte Mrs. Weldon, »so werden wir diesen retten!«

»Ja, ei ja!« rief der kleine Jack erfreut, »den wollen wir retten! Ich werde ihm zu fressen geben. Mama, warte, ich will ihm ein Stückchen Zucker holen!«

»Bleib nur hier, Kind.« antwortete Mrs. Weldon lächelnd. »Ich glaube eher, das arme Tier wird dem Hungertod nahe sein und eine gute Pastete deinem Stückchen Zucker vorziehen.«

»Dann will ich auf meine Suppe verzichten!« erwiderte der kleine Jack schnell entschlossen.

Jetzt ließ sich das Bellen deutlicher vernehmen. Nur dreihundert Schritte trennten die beiden Fahrzeuge. Fast gleichzeitig erschien ein großer Hund über der Schanzkleidung des Steuerbords, an der er sich anklammerte, während er heftiger bellte.

»Howik«, wandte sich Kapitän Hull an den Quartiermeister der »Pilgrim«, »laß beilegen und das kleine Boot aussetzen!«

»Halt aus, mein Hund, halt aus!« rief der kleine Jack dem Tier zu, das ihm durch halbgedämpftes Bellen zu antworten schien. Das Segelwerk der »Pilgrim« wurde

sofort so gerichtet, daß das Schiff auf eine halbe Kabellänge von dem Wrack entfernt fast unbeweglich stehenblieb. Das Boot wurde klargemacht, und Kapitän Hull, Dick Sand nebst zwei Mann nahmen darin Platz.
Noch immer bellte der Hund. Er versuchte sich am Barkholz festzuhalten, kletterte aber immer wieder auf das Verdeck herab. Man konnte glauben, daß sein Gebell sich nicht nur an die richtete, die er herankommen sah. Galt es vielleicht doch etwaigen Passagieren und Matrosen in dem gekenterten Rumpf?
»Sollte sich an Bord doch noch ein überlebender Schiffbrüchiger befinden?« fragte sich Mrs. Weldon. Nach wenigen Ruderschlägen langte das Boot an dem auf der Seite liegenden Rumpf an. Plötzlich veränderte sich das Benehmen des Hundes. Auf sein erstes Anschlagen folgte ein wütendes Bellen. »Was mag der Hund nur haben?« überlegte Kapitän Hull, während das Boot um das Schiff herumfuhr, um an den unter Wasser liegenden Teil des Verdecks anzulaufen. Jetzt konnte man bemerken, daß die Wut des Hundes plötzlich ausbrach, als Negoro seine Küche verließ und sich unter Deck begab. Kannte der Hund den Koch schon, und erkannte er ihn etwa wieder? Das war doch kaum anzunehmen. Inzwischen hatte das Boot den Stern des Fahrzeugs passiert, das den Namen »Waldeck« trug, aber keinen Namen eines Heimathafens. Aus der Bauart des Rumpfes und anderer Details hatte Kapitän Hull erkannt, daß das Schiff von amerikanischer Konstruktion war. An seinem Vorderteil bezeichnete ein großes Leck die Stelle, an der ein Zusammenstoß stattgefunden hatte. Da der Rumpf umgeschlagen war, blieb diese Öffnung fünf bis sechs Fuß über Wasser, wodurch es sich erklärte, daß die Brigg nicht weiter sank.
Auf dem Deck, das der Kapitän nun vollständig übersehen konnte, befand sich niemand. Der Hund hatte die

Schanzverkleidung verlassen und glitt bis zur offenstehenden Luke, von wo er bald nach außen, bald nach dem Schiffsraum innen bellte.
»Das Tier ist sicher nicht allein an Bord!« meinte Dick Sand.
»Nein, gewiß nicht!« bemerkte auch der Kapitän.
Das Boot fuhr nun längs des fast halb versenkten Barkholzes des Backbords hin. Bei einem einigermaßen starken Seegang wäre die »Waldeck« sicher binnen weniger Augenblicke versunken. Das Verdeck der Brigg war wie abgefegt. Vom Großmast und dem Fockmast standen nur noch Stümpfe; sie waren beide etwa zwei Fuß direkt unter der Mars abgebrochen und hatten bei ihrem Sturz die Wanten *(Taue zum seitlichen Festhalten des Mastes)* und die gesamte Takelage *(Segeleinrichtung)* mit sich gerissen. So weit man schauen konnte, entdeckte man aber keine weitere Seedrift, was darauf hindeutete, daß die Katastrophe sich schon vor mehreren Tagen ereignet haben mußte.
»Sind bei dieser Katastrophe wirklich einige Unglückliche mit dem Leben davongekommen, so dürfte sie Hunger und Durst getötet haben, denn in der Kombüse *(Schiffsküche)* kann kein Wasser mehr sein.«
»Nein«, widersprach Dick Sand, »der Hund würde nicht in dieser Weise bellen; hier sind noch lebende Wesen!«
Wie als Antwort auf die Behauptung des Leichtmatrosen glitt der Hund ins Meer hinab und schwamm mühsam auf das Boot zu. Er stürzte sich nicht auf ein Stück Brot, das Dick Sand ihm zunächst anbot, sondern auf einen Eimer, der ein wenig Süßwasser enthielt.
»Das arme Tier stirbt fast vor Durst!« rief Dick Sand.
Das Boot suchte nun eine geeignete Stelle, um bequem an der »Waldeck« anlegen zu können und entfernte sich zu diesem Zwecke auf einige Faden *(F = 1,70 m)*. Da der

Hund anzunehmen schien, daß seine Retter nicht an Bord gehen wollten, packte er Dick an der Jacke und bellte kläglich. Man verstand ihn. Das Boot glitt bis zu den Ankerbalken des Backbords. Dort legten es die beiden Matrosen fest an, während Kapitän Hull und Dick Sand mit dem Hund das Verdeck bestiegen und sich bis zu der Luke zwischen Fock- und Großmast hinarbeiteten. Von dort drangen sie in den Raum ein. Dieser war mit Wasser halb gefüllt und enthielt keinerlei Waren. Die Brigg segelte also unter Ballast *(wertlose Fracht zum Ausgleich des Tiefgangs)* – ein Ballast von Sand, der sich nach Backbord hin gesenkt hatte und dazu beitrug, das Schiff auf der Seite zu halten. Hier war demnach nichts zu bergen und zu retten.
»Niemand hier!« rief Kapitän Hull. »Niemand!« antwortete der Leichtmatrose, der bis zum Vorderteil des Raumes gegangen war. Als beide wieder auf dem Deck erschienen, lief der Hund auf sie zu und suchte sie nach dem Oberdeck zu locken. Sie folgten ihm. Dort lagen fünf Körper auf dem Fußboden. Kapitän Hull erkannte bei der Beleuchtung, die die kleine Lichtöffnung gewährte, daß es Neger waren. Dick Sand glaubte zu bemerken, daß sie noch atmeten. »An Bord mit ihnen!« befahl Kapitän Hull. Die beiden im Boot zurückgebliebenen Matrosen wurden herbeigerufen und halfen die Schiffbrüchigen aus dem Oberdeck herauszuschaffen. Das ging zwar nicht ohne Mühe, aber zwei Minuten später lagen die fünf Schwarzen schon im Boot. Die »Pilgrim« hielt sich in einer halben Kabellänge von dem Wrack. Als das Boot an das Schiff stieß, wurde von der großen Rahe ein Jolltau *(Tau, das durch einen scheibenförmigen Block gleitet)* herabgelassen, mit dem man die leblosen Schwarzen emporhißte und sie auf dem Verdeck vorsichtig niederlegte. Der Hund hatte sie begleitet.

»Ach, diese Unglücklichen!« rief Mrs. Weldon aus, als sie die armen Menschen sah.

»Sie leben, Mistress Weldon, wir retten sie«, jubelte Dick Sand.

»Was ist ihnen denn zugestoßen?« fragte Vetter Benedikt.

»Warten Sie, bis sie sprechen können«, erwiderte Kapitän Hull, »sie werden dann ihre Geschichte erzählen. Vor allem wollen wir versuchen, ihnen etwas Wasser einzuflößen, dem einige Tropfen Rum zugesetzt werden können.«

Dann wendete er sich um: »Negoro!« rief er. Bei diesem Namen sprang der Hund mit gesträubtem Haar und halb offener Schnauze in die Höhe. Der Küchenmeister erschien auf den ersten Anruf nicht.

»Negoro!« wiederholte Kapitän Hull. Der Hund gab von neuem Zeichen der Wut. Negoro trat aus der Küche heraus. Kaum erschien er auf dem Deck, als der Hund sich auf ihn stürzte und ihn an der Kehle zu packen suchte. Nur durch einen Schlag mit dem Schüreisen, das er deshalb schon mitgenommen zu haben schien, konnte er sich des Tieres erwehren, das einige Matrosen zu bändigen sich bemühten.

»Kennt Ihr diesen Hund?« fragte Kapitän Hull den Küchenmeister.

»Ich?« erwiderte Negoro, »ich habe ihn noch nie gesehen.«

»Das ist doch merkwürdig!« murmelte Dick Sand.

Die Überlebenden der »Waldeck«

Noch immer blüht der Menschenhandel an den Küsten Afrikas. Trotz der englischen und französischen Kreuzer verlassen jährlich mit Sklaven befrachtete Schiffe den Strand von Angola und von Mozambique, um die Neger nach verschiedenen Punkten der Erde, leider muß man genauer sagen, der zivilisierten Welt zu schaffen. Kapitän Hull war das recht wohl bekannt. Obwohl diese Gegenden des Ozeans weit seltener von Menschenschacherern besucht werden, legte er sich doch die Frage vor, ob die Schwarzen, die er soeben gerettet hatte, nicht zu einer Ladung Sklaven gehörten, die die »Waldeck« nach irgendeiner Ansiedlung am Stillen Ozean überzuführen im Begriff war. In diesem Falle erlangten die Schwarzen dadurch ihre Freiheit, daß sie den Fuß auf sein Schiff gesetzt hatten, und es drängte ihn, jenen diese Mitteilung zu machen.

Inzwischen ließ man den Schiffbrüchigen die sorgfältigste Pflege zuteil werden. Mrs. Weldon flößte ihnen, unterstützt von Nan und Dick Sand, frisches Wasser ein, und in Verbindung mit einer Kleinigkeit Nahrung genügte dies, sie ins Leben zurückzurufen. Der älteste der Neger – er mochte gegen sechzig Jahre zählen – war bald imstande zu sprechen und antwortete in englischer Sprache auf die an ihn gerichteten Fragen.

»Euer Schiff ist mit einem anderen kollidiert?« fragte zuerst Kapitän Hull.

»Ja«, erwiderte der alte Neger. »Vor zehn Tagen erlitt unser Segler in tiefdunkler Nacht einen Zusammenstoß. Wir schliefen . . .«

»Aber die Leute von der ›Waldeck‹? Was wurde aus ihnen?«

»Sie waren nicht mehr da, Herr, als wir auf das Deck des Schiffes kamen.«

»Die Besatzung hat sich wohl an Bord des Fahrzeugs retten können, das die ›Waldeck‹ rammte?« fragte Kapitän Hull weiter.

»Vielleicht, wir hoffen es.«

»Und nach dem Zusammenstoß kehrte das andere Schiff nicht zurück, euch aufzunehmen?«

»Nein.«

»Ist es etwa selbst gesunken?«

»Gesunken ist es nicht«, entgegnete der alte Neger, »denn wir sahen es noch durch die Nacht davonsegeln.«

Diese von allen Überlebenden der »Waldeck« bestätigte Tatsache könnte fast unglaublich scheinen. Doch ist es leider nur zu wahr, daß manche Kapitäne nach einer durch ihre Unvorsichtigkeit herbeigeführten Kollision entflohen sind, ohne sich um die Unglücklichen zu kümmern, die sie ins Verderben gestürzt hatten und ohne einen Versuch zu deren Rettung zu unternehmen!

Kapitän Hull fuhr fort: »Woher kam die ›Waldeck‹?«

»Von Melbourne.«

»Ihr seid also keine Sklaven?«

»Nein, Herr«, erwiderte schnell der alte Neger, indem er sich in seiner ganzen Größe aufrichtete. »Wir sind Einwohner von Pennsylvanien und freie Bürger Amerikas!«

»Glaubt nicht, ihr guten Leute«, beruhigte ihn Kapitän Hull, »daß eure Freiheit gefährdet ist, weil ihr an Bord der amerikanischen Brigg ›Pilgrim‹ getreten seid!«

Die fünf Neger gehörten in der Tat nach Pennsylvanien. Der älteste von ihnen, der in Afrika im Alter von sechs Jahren verkauft und nach den Vereinigten Staaten geschafft worden war, hatte schon seit vielen Jahren, seit der »Emanzipationsakte«, seine Freiheit erlangt. Die anderen, alle noch jünger, waren als Söhne von befreiten

Sklaven schon von Kindheit an frei, und kein Weißer hatte jemals Anrecht auf sie gehabt. Wie sie Kapitän Hull mitteilten, waren sie bei einem Engländer, der in der Nähe von Melbourne eine große Besitzung bewirtschaftete, als Arbeiter angestellt gewesen. Nach dreijährigem Dienst hatten sie sich einen hübschen Notpfennig erworben und wollten jetzt nach Amerika zurückkehren. Sie hatten sich zu dem Zweck auf der »Waldeck« eingeschifft. Am 5. Dezember verließen sie Melbourne und siebzehn Tage später wurde die »Waldeck« in stockfinsterer Nacht von einem großen Steamer umgefahren. Sie lagen im Schlafe, und als sie an Deck stürzten, waren Kapitän und Mannschaft verschwunden. So blieben sie auf einem halb umgeschlagenen Schiff, eintausendzweihundert Meilen von jedem Land entfernt, zurück.
Der älteste dieser Neger nannte sich Tom. Sein Charakter und seine Erfahrungen machten ihn zum natürlichen Vormann seiner Gefährten. Die anderen Schwarzen, die alle nur fünfundzwanzig bis dreißig Jahre zählten, hießen Bat – abgekürzt von Bartholomäus –, der Sohn des alten Tom, weiter Austin, Acteon und Herkules; wegen ihres kräftigen Körperbaues und ihrer guten Konstitution hätte man auf den Märkten Zentralafrikas für sie einen hohen Preis bezahlt.
Was aber war mit Dingo – so hieß der gerettete Hund – los? Weshalb hatte ihn der Anblick Negoros auf so auffallende Weise erregt? Er gehörte der Rasse an, die aus Neuholland stammt. Dennoch war er nicht in Australien auf den Segler gekommen. Der Kapitän der »Waldeck« fand Dingo vor etwa zwei Jahren, vor Hunger dem Tode nahe, an der Westküste Afrikas, in der Nähe der Mündung des Kongo. Er hatte das schöne Tier aufgenommen, das sich nicht besonders anschloß und vielleicht einen früheren Herrn zu betrauern schien, von

dem man es gewaltsam getrennt haben mochte. S V – diese beiden auf dem Halsband eingravierten Buchstaben waren alles, was auf die Vergangenheit des Tieres hinwies. Dingo, ein kräftiges, herrliches Tier, war größer als die Pyrenäenhunde, ein prächtiges Exemplar jener neuholländischen Rasse. Wenn er sich mit zurückgelegtem Kopf aufrichtete, erreichte er die Höhe eines Menschen. Seine Gewandtheit und seine Kraft ließen vermuten, daß er Jaguare und Panther ohne Zögern angegriffen hätte und auch selbst vor einem Bären nicht zurückgeschreckt wäre. Er hatte ein dichtes Fell, sein Schweif war wohlausgebildet mit einer Quaste, ähnlich der des Löwen, und im allgemeinen von dunkelgelber Farbe, war Dingo nur an der Schnauze durch einige weiße Flecken gezeichnet. Wenn dieser Hund sich auch nicht ohne weiteres den Menschen anschloß, so konnte man ihn doch nicht bösartig nennen. Er schien vielmehr traurig zu sein. Der alte Tom hatte schon an Bord der »Waldeck« beobachtet, daß der Hund vor allem Schwarze nicht leiden mochte. Er suchte ihnen zwar nichts Böses zuzufügen, aber er mied sie, wo er konnte. Vielleicht hatte er an der afrikanischen Küste von den dortigen Eingeborenen eine schlechte Behandlung erlitten.

Das waren also alle überlebenden Wesen von jenem Wrack, das der erste starke Wellenschlag sofort versenkt hätte. Ohne die unerwartete Ankunft der »Pilgrim«, die Windstillen und Gegenwinde vom Kurs abgebracht hatten, hätte das Meer nur noch Leichen verschlungen. Jetzt galt es noch, die Schiffbrüchigen in ihre Heimat zurückzuführen.

Die »Pilgrim« war ja nach Löschung seiner Ladung in Valparaiso bestimmt, längs der Küste Amerikas nach Kalifornien hinaufzusegeln. Dort stand Tom und seinen Begleitern seitens James W. Weldons gewiß ein herzlicher Empfang bevor – das versicherte wenigstens dessen edelmütige Gattin – und sie durften hoffen, mit dem Notwendigsten versehen zu werden, um nach Pennsylvanien zurückzugelangen.

– S V –

Inzwischen setzte die »Pilgrim« ihren Kurs fort und suchte so weit wie möglich nach Osten vorzudringen. Kapitän Hull beunruhigte eine Verzögerung nicht grundsätzlich, wohl aber wegen der größeren Anstrengungen für die mitreisende Dame. Mrs. Weldon beklagte sich keineswegs, sondern faßte sich solchen Unbequemlichkeiten gegenüber in philosophischer Geduld.
Noch an demselben Tag, am 2. Februar, verlor man das Wrack aus den Augen. Kapitän Hull sorgte vor allem dafür, Tom und dessen Begleiter so bequem wie möglich unterzubringen. Die Schlafräume der Mannschaft wären für alle zu eng gewesen. Man richtete für die fünf also einen Platz unter dem Vorderkastell ein. Die an harte Arbeit gewöhnten Leute waren nicht wählerisch, und bei dem schönen Wetter erschien eine solche Wohnung selbst für eine lange Überfahrt ausreichend. Das durch diesen Zwischenfall unterbrochene monotone Leben an Bord ging bald wieder seinen gewohnten Gang. Tom, Austin, Bat, Acteon und Herkules hätten sich gern nützlich gemacht. Bei den stets gleichbleibenden Winden jedoch mußten die Segel nicht bedient werden. Kam es trotzdem einmal darauf an, die Segelstellung zu ändern, so beeilten sich der alte Neger und seine Begleiter, der Mannschaft zu helfen, und es war deutlich zu spüren, wenn der kolossale Herkules bei einem solchen Manöver mithalf. Der kräftige, sechs Fuß lange Neger wog allein

einen ganzen Haufen Seeleute auf. Der kleine Jack fürchtete sich vor diesem Riesen nicht, und wenn ihn Herkules wie eine Puppe auf seinen Armen schaukelte, jubelte er immer vor Freude.
»Heb mich recht hoch!«
»So, nicht wahr, Herr Jack?«
»Bin ich recht schwer?«
»Ich fühl' dich ja gar nicht.«
»Nun, also noch höher, so hoch du kannst!«
Dann faßte Herkules mit beiden Händen das Kind an den Beinen und spazierte mit ihm wie ein Akrobat im Zirkus umher. Jack fühlte sich groß, groß, und das war sein größtes Vergnügen. Er versuchte sogar, sich »schwer zu machen« – und doch wollte der Koloß ihn immer noch nicht fühlen. Aber auch Dingo erwies sich bald, wie man es öfter bei großen Hunden findet, als Kinderfreund. Jacks größtes Vergnügen bestand darin, aus Dingo einen flotten Renner zu machen, und er galoppierte mit dem Hund umher, der sich das ruhig gefallen ließ. Dingo war bald der Liebling der ganzen Mannschaft. Nur Negoro vermied es, mit ihm zusammenzutreffen. Jack vernachlässigte aber seinen früheren Freund Dick keineswegs. Jede Stunde, die der Dienst freiließ, verbrachte der Leichtmatrose in Gesellschaft des Jungen. Mrs. Weldon sah diese herzlichen Beziehungen zwischen beiden mit großer Freude. Eines Tages, am 6. Februar, sprach sie über Dick Sand mit Kapitän Hull und dieser erteilte dem Leichtmatrosen das höchste Lob. »Er wird einmal ein tüchtiger Seemann, dafür stehe ich ein!« äußerte der Kapitän.
»Und ich füge hinzu«, bemerkte Mrs. Weldon, »daß er auch sonst ein tüchtiger junger Mensch ist, der weiß, was er will, und seinen Altersgenossen weit voraus ist; er hat auch, so lange wir ihn kennen, keinen Vorwurf verdient.«

»Ich weiß«, fuhr Mrs. Weldon fort, »daß es in der Absicht meines Mannes liegt, ihn nach Beendigung der diesjährigen Schiffahrt an einem Kurs für Hydrographie *(Gewässerkunde)* teilnehmen zu lassen, so daß er sich später einmal das Kapitänspatent erwerben kann.«
»Woran Herr Weldon nur recht tut«, antwortete der Kapitän, »Dick wird noch der amerikanischen Marine Ehre machen.«
Eben erschien Vetter Benedikt auf dem Hinterdeck, ebenso mit sich beschäftigt und so wenig mit der Welt wie der Prophet Elias, wenn er einmal auf die Erde zurückkehrte. Vetter Benedikt begann seine Wanderung wie eine arme Seele; er suchte jede Spalte in der Schanzkleidung ab, durchstöberte den Raum unter den Hühnerkäfigen und strich mit der Hand durch die Fugen des Decks, überall wo der Teer herausgequollen war.
»Was suchen Sie denn da unter der Bank, Herr Benedikt?« wandte sich Kapitän Hull an ihn.
»Natürlich Insekten, mein Herr«, erwiderte Vetter Benedikt, »was soll ich denn anderes suchen?«
»Insekten? Nun ja, das durfte man von Ihnen erwarten, doch auf dem Meer werden Sie Ihre Sammlung kaum bereichern.«
»Und warum nicht, mein Herr? Wäre es nicht möglich, an Bord ein seltenes Exemplar von . . .«
»Vetter Benedikt«, unterbrach ihn Mrs. Weldon, »zanken Sie doch nicht mit Kapitän Hull! Sein Schiff ist leider so sauber, daß Sie ohne Beute von der Jagd zurückkehren werden!«
Kapitän Hull lachte. »Mistress Weldon übertreibt«, antwortete er. »Doch auch ich glaube, daß Sie unsere Kabinen vergeblich durchsuchen würden. Höchstens unten im Schiffsraum könnten Sie vielleicht einige Kakerlaken finden, nur sind es keine besonders interessanten Exemplare.«

Eben kam Dingo, der mit Jack spielte, schweifwedelnd dem Vetter Benedikt nahe.
»Marsch! Marsch fort!« rief dieser und trieb das Tier weg.
»Die Kakerlaken lieben und die Hunde verabscheuen. Aber Herr Benedikt!«
»Und noch dazu einen so guten Hund«, sagte der kleine Jack und nahm Dingos großen Kopf zwischen seine Händchen.
»Ja . . . das sage ich ja gar nicht!« stammelte Vetter Benedikt wie zur Entschuldigung. »Und doch, das verdammte Tier hat mich sehr enttäuscht!«
»Großer Gott«, rief Mrs. Weldon, »glaubten Sie ihn etwa in Ihre Insektenklassen einordnen zu können?«
»Nein, das nicht«, antwortete Vetter Benedikt ernsthaft, »aber ich dachte, daß der Hund einige Exemplare der besonderen Arten von Blattläusen aus Afrika mitgebracht haben könnte.«
»Gütiger Himmel!« rief Mrs. Weldon.
»Und vielleicht«, setzte Vetter Benedikt hinzu, »auch einen Sandfloh unbekannter Art.«
»Hörst du, Dingo, hörst du, mein Hund?« stichelte Kapitän Hull, »du hast deine Pflichten jämmerlich vernachlässigt.«
»Ich konnte aber suchen, soviel ich wollte«, fuhr der Entomologe fort, »nicht ein einziges Insekt habe ich entdeckt.«
»Und Sie hätten es doch sofort ohne Erbarmen gemordet und aufgespießt«, fügte Kapitän Hull hinzu.
Mit solchen Unterhaltungen, die sich allemal um die Insektenkunde drehten, sobald Vetter Benedikt daran teilnahm, verflossen die langen Stunden der Seefahrt. Das Meer blieb freundlich, aber der Wind hielt sich eben immer in einer Richtung, so daß der Schoner bei der schwachen Brise nur langsam nach Osten vorankam.

Unser Gelehrter machte inzwischen den Versuch, den jungen Leichtmatrosen in die Geheimnisse der Entomologie einzuweihen, doch Dick Sand schien der Sache wenig Geschmack abzugewinnen. In Ermangelung anderer Hörer sollten nun die Schwarzen für eine Einführung in diese hohe Wissenschaft gewonnen werden, doch bis auf Herkules stahlen sie sich alle aus dem Unterricht davon. Dieser Riese studierte nun die Sammlungen des Vetters durch, der nicht ohne Zittern seine toten Lieblinge unter Herkules' gewaltigen Fingern sah. Doch nahm der Lehrer dieses Risiko auf sich, da der Riese von einem Schüler mit größter Aufmerksamkeit den Lektionen lauschte.
Währenddessen lehrte Mrs. Weldon den kleinen Jack lesen und schreiben, und zwar lernte Jack das Lesen mittels beweglicher Buchstaben, die in roter Schrift auf einzelne Holzwürfel gedruckt waren, die er halb spielend so zusammenzusetzen suchte, daß sie ein Wort bildeten. Diese Spielerei führte nun eines Tages zu einer so unerwarteten Beobachtung, daß wir sie hier in allen Einzelheiten mitteilen.

Es war am Morgen des 9. Februar. Jack kauerte auf dem Verdeck und hatte seinen Spaß daran, ein Wort zusummenzusetzen, das der alte Tom wiederherstellen sollte, nachdem die Würfel in Unordnung gebracht worden waren. Tom mußte dabei die Hand vor die Augen halten und durfte nicht blinzeln. Unter den Lettern stellten die einen große, die anderen kleine Buchstaben vor, einige der Würfel trugen auch Ziffern. Seit einigen Augenblicken lief nun Dingo um das Kind herum, als der Hund plötzlich stehenblieb. Seine Augen wurden starr, er hob seine rechte Pfote und wedelte heftig. Dann sprang er mit einem Satz auf einen der Würfel los, packte ihn mit der Schnauze und legte ihn vor Jack auf das Deck. – Auf dem Würfel war ein großes S zu sehen. »Dingo, warte Dingo!« rief der Junge, aus Angst, daß der Hund sein S fressen könnte. Doch Dingo ging zurück und holte sich einen anderen Würfel, den er neben den ersten stellte. Dieser zweite Würfel trug ein großes V. Jetzt stieß Jack einen Schrei aus. Sofort stürzten Mrs. Weldon, Kapitän Hull und Dick Sand, die auf dem Deck promenierten, herbei! Jack erzählte ihnen den Vorfall. Dingo kannte seine Buchstaben! Dingo konnte lesen! Ganz ohne Zweifel, Jack hatte es ja gesehen! Dick Sand wollte die Würfel wieder holen, um sie seinem Freund Jack wiederzugeben, aber Dingo wies ihm die Zähne. Als es Dick dennoch gelang, sich in den Besitz der beiden Würfel zu setzen, sprang Dingo hinzu, ergriff sie zum zweiten Mal, setzte sie beiseite, stellte aber beide Pfoten darauf und schien entschlossen, sie um jeden Preis zu verteidigen. Die anderen Buchstaben des Alphabets schienen für ihn gar nicht vorhanden zu sein.

»Das ist doch sonderbar!« sagte Mrs. Weldon.

»In der Tat, sehr sonderbar«, wiederholte Kapitän Hull, der beide Buchstaben aufmerksam betrachtete.

»SV, sind das nicht dieselben Buchstaben, die sich auf Dingos Halsband befinden?« Kapitän Hull wandte sich an den alten Schwarzen. »Tom, sagtet Ihr nicht, daß Dingo dem Kapitän der ›Waldeck‹ gar nicht lange gehört und daß der Kapitän ihn an der Westküste Afrikas gefunden habe?«

»Gewiß, Herr, nahe der Mündung des Kongo, das habe ich mehr als einmal von ihm gehört.«

»Man hat also niemals gewußt, wem der Hund vorher gehörte?«

»Nie, Herr!« Kapitän Hull versank in Nachdenken.

»Erwecken diese beiden Buchstaben vielleich eine Erinnerung in Ihnen?«

»Ja, Mistress Weldon, eine Erinnerung oder mindestens eine auffallende Andeutung. Die beiden Buchstaben könnten uns nämlich über das Geschick eines unerschrockenen Reisenden aufklären.«

»Was wollen Sie damit sagen?« fragte die Dame.

»Hören Sie, Mistress Weldon. Im Jahr 1871 – also etwa vor zwei Jahren – reiste ein Franzose, unter der Protektion der Geographischen Gesellschaft von Paris, mit dem Ziel ab, Afrika von Westen nach Osten zu durchwandern, wozu er die Mündung des Kongo als Ausgangspunkt wählte. Er wollte am Kap Deldago, am Ausfluß der Ravouma, deren Lauf er folgen wollte, an der Ostküste ankommen. Dieser Reisende hieß Samuel Vernon. Ja, Mistress Weldon, seine Namen fangen mit den beiden Buchstaben an, die Dingo aus allen anderen heraussuchte und die auch an seinem Halsband eingraviert sind.«

»Und dieser Reisende ...?«

»Hat seinen Zug zwar angetreten, aber seitdem hat man nie wieder Nachricht von ihm erhalten.«

»Und was schließen Sie daraus?«

»Daß Samuel Vernon die Ostküste nicht erreichte, daß er entweder in Gefangenschaft der Eingeborenen gefallen oder den Strapazen der Reise erlegen ist.«

»Nun, und dieser Hund?«

»Der dürfte ihm gehört haben, konnte, wenn meine Hypothese stimmt, glücklicher als sein Herr, das Ufer des Kongo erreicht haben und wurde dann vom Kapitän der ›Waldeck‹ aufgenommen.«

»Aber wissen Sie denn«, warf Mrs. Weldon ein, »ob Vernon überhaupt einen Hund bei sich gehabt hat? Ist das von Ihnen nicht nur eine Vermutung?«

»Allerdings, Mistress Weldon«, antwortete Kapitän Hull. »Gewiß dagegen ist doch, daß Dingo die beiden Buchstaben S und V kennt und daß diese die Initialen

der beiden Namen des Franzosen sind. Wie das Tier nun gerade diese zu unterscheiden gelernt haben sollte, kann ich nicht entscheiden . . . sehen Sie, er stößt sie vor sich her, als wolle er uns einladen, sie mit ihm zu lesen.«
In der Tat konnte man Dingos Absicht kaum mißverstehen.
»War Vernon allein, als er das Ufer des Kongo verließ?« fragte Dick.
»Das weiß ich zwar nicht«, erwiderte Kapitän Hull, »doch ist es wahrscheinlich, daß er eine Eskorte Eingeborener mit sich führte.« Bei diesen Worten verließ Negoro seine Küche und trat auf das Verdeck. Niemand bemerkte zunächst seine Gegenwart und konnte den sonderbaren Blick beobachten, den jener dem Hunde zuwarf, als er die beiden Buchstaben erkannte, vor denen der Hund Wache zu halten schien. Sobald Dingo den Koch witterte, gab er wieder Zeichen von höchster Erregung. Negoro begab sich sofort in die Mannschaftsräume, doch nicht ohne eine drohende Handbewegung gegen das Tier zu machen.
»Dahinter steckt ein Geheimnis«, murmelte Kapitän Hull, dem dieser Auftritt nicht entgangen war.
»Wenn Dingo nur reden könnte, vielleicht erzählte er uns, was die beiden Buchstaben bedeuten und warum er unserm Küchenmeister knurrend die Zähne zeigt«, rief Dick.
»Und was für Zähne!« antwortete Kapitän Hull, als Dingo eben den Rachen öffnete und seine gewaltigen Spitzzähne zeigte.

Ein Walfisch in Sicht

Am 10. Februar schwächte sich der Nordostwind, der bisher immer auf die langen und ermüdenden Windstillen gefolgt war, merklich ab. Kapitän Hull durfte also mit einem bevorstehenden Wechsel der atmosphärischen Strömungen rechnen. Vielleicht würde die Brigg-Goelette endlich mit vollen Segeln fahren können. Den Hafen von Auckland hatte sie erst vor neunzehn Tagen verlassen. Die Verzögerung war also noch nicht so schlimm, und mit einem guten Wind von der Seite mußte der Schoner, wenn er alle Leinwand entfalten konnte, die verlorene Zeit bald wieder einholen.

Dieser Teil des Pazifischen Ozeans war öde und leer. Kein einziges Schiff kam in Sicht. Man segelte hier in einer von Seefahrern sonst völlig verlassenen Breite. Die Walfischfahrer der australischen Meere zogen jetzt noch nicht wieder heim; die »Pilgrim« hatten ja nur besondere Umstände gezwungen, die Fischgründe vor Ablauf der Saison zu verlassen. Die transpazifischen Paketboote aber fuhren bei der Überfahrt zwischen Australien und dem amerikanischen Kontinent unter einem niedrigeren Breitengrad.

So monoton aber das Meer einem oberflächlichen Beobachter erscheinen mag, so unendliche Abwechslungen bietet es doch dem, der dafür Augen hat. Nur geringfügige Veränderungen erregen die Einbildungskraft und wecken die Poesie des Ozeans. Ein wenig Seegras, das auf- und abwogend dahinfließt, ein Sargassozweig, der hinter sich einen leichten Streifen auf den Wellen zieht, ein Stück Planke, dessen Geschichte man ergründen möchte – etwas Weiteren bedarf man nicht. Über und unter den Meeren, immer zeigte sich Leben. Die Passagiere der »Pilgrim« sahen oft Scharen von Vögeln, die dem rauhen Winter der Polargegenden entflohen. Wiederholt gab Dick Sand Beweise seiner Geschicklichkeit im Umgang mit der Flinte oder Pistole, wenn er einige dieser flüchtigen Zugvögel erlegte. Hier schwärmten weiße Sturmvögel, dort andere Arten mit braun geränderten Fittichen. Manchmal zogen Schwärme von Kaptauben vorüber oder Gesellschaften von Pinguinen, die sich am Lande bekanntlich schwerfällig fortbewegen, was so herrlich zum Lachen reizt. Auf dem Wasser aber bedienen sich diese Pinguine – wie Kapitän Hull erzählte – ihrer kurzen Füße ganz wie Schwimmvögel und übertreffen selbst die flinkesten Fische an Schnelligkeit, so daß auch Seeleute sie nicht selten mit Breitfischen verwechseln. Höher oben schwebten riesige Albatrosse mit einer Flügelspannweite von zehn Fuß und setzten sich dann auf die Oberfläche des Wassers, in das sie mit dem Schnabel einhieben, um sich Nahrung zu suchen.

An diesem 10. Februar nun ging Mrs. Weldon eben auf dem Hinterdeck spazieren, als eine merkwürdige Erscheinung ihre Aufmerksamkeit erregte. Das Wasser des Meeres war nämlich plötzlich ganz rot geworden. Man hätte glauben können, es sei von Blut gefärbt, und diese unerklärliche Färbung reichte, so weit das Auge blicken konnte. Dick Sand befand sich mit dem kleinen Jack in ihrer Nähe.

»Siehst du, Dick, diese sonderbare Farbe des Wassers? Rührt sie vielleicht von einer Seepflanze her?«

»Nein, Mistress Weldon«, erwiderte Dick, »diese Färbung entsteht durch unzählige Myriaden kleiner Krustazeen, die den großen Seesäugetieren zur Nahrung dienen. Die Fischer nennen das nicht zu Unrecht das ›Walfischfutter‹.«

»Krustazeen!« rief Mrs. Weldon verwundert. »Aber diese Schalentiere sind so klein, daß man sie Insekten des Meeres nennen sollte. Vetter Benedikt dürfte entzückt sein, einen Vorrat einzusammeln!«

Sie wendete sich um: »Vetter Benedikt!«
Der Gerufene erschien fast gleichzeitig mit Kapitän Hull auf dem Deck.
»Vetter Benedikt«, begann Mrs. Weldon, »sieh nur diese ungeheure rote Fläche!«
»Alle Wetter!« rief Kapitän Hull, »das ist Walfischfutter! Eine schöne Gelegenheit, Herr Benedikt, diese merkwürdige Art von Krustazeen zu studieren.«
»Pah«, machte der Entomologe.
»Warum pah?« rief der Kapitän. »Sie haben nicht das Recht, eine solche Gleichgültigkeit zu zeigen. Diese Krustazeen bilden eine besondere Klasse der Gliedertiere, wenn ich nicht irre, und als solche ...«
»Pah«, wiederholte Vetter Benedikt.
»Ich finde, daß Sie diese Sache als Entomologe sehr geringschätzig behandeln.«
»Bezüglich eines Entomologen hätten Sie wohl recht«, erwiderte Vetter Benedikt, »ich bin aber ein Spezialist, und zwar ein Hexapodist, das wollen Sie gefälligst nicht vergessen, Kapitän.«
»Nun, es mag sein«, fuhr Kapitän Hull fort, »daß diese Krustazeen Sie nicht besonders interessieren; anders wäre es freilich, wenn Sie einen Walfischmagen hätten! Was für eine leckere Mahlzeit! – Sehen Sie, Mistress Weldon, sobald wir Walfischfänger auf einen Zug Krustazeen stoßen, gilt er für uns als Signal, die Harpunen und Leinen parat zu halten; wir sind dann sicher, daß das Wild nicht mehr fern ist.«
»Werden denn die großen Walfische von diesen winzig kleinen Tieren satt?« fragte Jack.
»Ja, mein Junge«, erwiderte Kapitän Hull, »genauso wie du satt wirst von einer guten Suppe, die aus vielen Grießkörnchen, Stärkekörnchen oder Mehlstäubchen besteht. Die Natur hat es ebenso gemacht. Schwimmt ein Walfisch inmitten dieser rötlichen Wellen, so ist die

Suppe für ihn aufgetragen, er braucht nur seinen ungeheuren Rachen zu öffnen. Eine Unmenge von solchen winzigen Schalentierchen dringt sofort ein; im Maul hat dieser Riese unzählige Fransen, die sich wie Fischernetze ausspannen, man nennt sie Barten, weißt du, und was einmal hineingeschwommen ist, kann nicht mehr heraus, und bald verschwindet die ganze Menge in dem Riesenmagen.«
»Du mußt nämlich wissen, lieber Jack«, setzte Dick hinzu, »daß der Walfisch die Zeit nicht damit verschwendet, die Schalen dieser Krustentiere zu entfernen, wie du es tust, wenn du Krabben ißt!«
»Für uns kommt dazu«, fuhr Kapitän Hull fort, »daß man sich dem gewaltigen Vielfraß, wenn er in dieser Weise beschäftigt ist, viel besser nähern kann, ohne daß er es merkt. Das ist dann der günstigste Augenblick, ihn mit Erfolg zu harpunieren.«
In diesem Augenblick erscholl, wie um des Kapitäns Worte zu bekräftigen, die Stimme eines Matrosen:
»Ein Walfisch vor Backbord!«
Kapitän Hull hatte sich umgedreht. »Ein Walfisch!« wiederholte er und eilte wie getrieben von seinem Fischerinstinkt nach dem Vorderkastell der »Pilgrim«. Mrs. Weldon, Jack, Dick Sand und selbst der Vetter Benedikt folgten ihm sofort nach.
In einer Entfernung von etwa vier Seemeilen verriet das Brodeln des Wassers, daß sich ein solches Seesäugetier in den roten Wellen tummelte, doch konnte man noch nicht unterscheiden, welcher speziellen Art jenes Exemplar angehören mochte. War es einer von den eigentlichen Walfischen, die von den Fischern der nördlichen Meere mit Vorliebe gesucht werden? Dieser Walart fehlt die Rückenflosse, ihre Haut ist mit einer dicken Specklage überdeckt; sie kann eine Länge von achtzig Fuß erreichen und liefert leicht bis hundert Tonnen Tran.

Oder hatte man es hier mit einem »Humpback« zu tun? Diese Spezies besitzt weiße Rückenflossen, halb so lang wie ihre Körper, so daß sie fast Flügeln ähnlich sind: etwa so etwas wie fliegende Walfische? Sollte es vielleicht aber, und das war das Wahrscheinlichste, ein »Schnabelfisch« sein, bekannt unter dem Namen »Jubart«, dessen Länge der des eigentlichen Walfisches nicht selten nahekommt?

Inzwischen bemühte sich Kapitän Hull, das Tier zu erkennen, das ihm signalisiert worden war. Zunächst erregte der Schaum- und Wasserstrahl, den der Walfisch durch die Luftlöcher auswarf, seine Aufmerksamkeit.

»Der eigentliche sogenannte Walfisch ist das nicht«, rief er. »Sein Wasserstrahl wäre höher und schwächer. Was ist deine Meinung, Dick?«

»Ich möchte annehmen, Herr Kapitän, daß es sich um einen Jubart handelt«, antwortete Dick. »Sehen Sie, wie der Wasserstrahl ganz heftig aus den Atmungsöffnungen emporgetrieben wird? Scheint es Ihnen nicht auch so, daß – was meine Ansicht bestärken würde – der Strahl mehr Wasser als Luft enthält? Wenn ich nicht irre, spricht das doch für einen Schnabelfisch.«

»Richtig, Dick«, bestätigte Kapitän Hull, »ohne Zweifel, das ist ein Jubart!«

»Das scheint ein großer Kerl zu sein«, fuhr Dick fort.

»Ja, richtig, mindestens siebzig Fuß!« Den Kapitän packte das Jagdfieber; er stieg auf das Bugspriet, um besser sehen zu können.

»Wenn wir den fangen«, rief der Hochbootsmann, »würden wir bald die Hälfte der zweihundert Tonnen Öl haben, die uns fehlen!«

»Ja, wirklich, ja, ja . . .«, murmelte Kapitän Hull.

»Wohl wahr«, meinte Dick Sand, »doch es ist nicht ganz einfach, mit einem Jubart von solcher Größe anzubinden.«

»Ja, das ist eine sehr ernste Sache«, meinte auch Kapitän Hull. »Diese Schnabelfische haben ungeheure Schwänze. Auch das beste Boot würde einen Schlag nicht aushalten.«

»Bah!« rief einer der Matrosen, »ein tüchtiger Jubart ist allemal ein fetter Fang!«

Offenbar wurde die ganze Besatzung allmählich warm. Dort schwamm ja, fast erreichbar, eine ganze Ladung Öl. Wenn man sie so sprechen hörte, hätte man glauben können, es handle sich um weiter nichts, als frisch gefüllte Tonnen in den Raum der »Pilgrim« zu verstauen, um die Ladung zu vervollständigen. Einige Matrosen, die die Wanten des Fockmastes erstiegen hatten, jubelten schon. Kapitän Hull sagte kein Wort, er nagte nur an den Nägeln.

»Mama, Mama«, rief der kleine Jack, »ich möchte gern den Walfisch haben!«

»Warum nicht, Leute?« antwortete Kapitän Hull. »Unsere Hilfsmannschaften fehlen jetzt freilich, doch ich denke, wir sollten auch allein . . .«

»Ja, jawohl!« riefen die Matrosen wie aus einem Munde.

»Es ist nicht das erste Mal, daß ich als Harpunier auftrete«, fügte der Kapitän hinzu, »ihr werdet sehen, ob ich es noch kann!«

»Hurra! Hurra! Hurra!« gab die Mannschaft zur Antwort.

Vorbereitungen

Die Begeisterung war verständlich, denn der Wal, der dort in den rötlichen Wogen dahinschwamm, schien von ungewöhnlicher Größe zu sein. Ihn zu fangen und dadurch die Ladung zu komplettieren, war gar zu verführerisch!

Als Mrs. Weldon fragte, ob der bevorstehende Angriff nicht gefährlich sei, beruhigte sie Kapitän Hull:

»Keineswegs, Mistress Weldon, mehr als einmal habe ich auf einen Walfisch mit einem einzigen Boot Jagd gemacht. Die ganze Sache ist für uns mit keinerlei Gefahr verbunden und selbstverständlich auch nicht für Sie, meine Dame.«

Mrs. Weldon beruhigte sich, Kapitän Hull aber ordnete sofort die nötigen Maßnahmen zum Fang des Jubart an. Er konnte nur mit einem einzigen Boot operieren, obwohl der Schoner eine Schaluppe besaß, die auf dem Bootsgalgen zwischen Fock- und Großmast vertäut lag, und drei Jollen, von denen zwei am Mantelholz des Back- und Steuerbords, eine dritte an einem Bootsdavit über den Stern des Schiffs hinaushing. Gewöhnlich wurden diese drei Jollen beim Walfischfang zusammen benutzt, denn den Matrosen stand während der Fischereisaison eine angeheuerte Hilfsmannschaft zur Seite. Unter den jetzigen Verhältnissen konnte die »Pilgrim« nur seine fünf Matrosen abstellen, um eine der Jollen zu besetzen. Wenngleich sich Tom und seine Gefährten anboten, mußte man dennoch auf ihre Hilfe verzichten, da eine Jolle gerade beim Fischen geübte Seeleute verlangt. Oft reicht ein falscher Ruderschlag, eine unvorhergesehene Abweichung des Steuers, die Sicherheit des Bootes und seiner Insassen zu gefährden. Da Kapitän Hull zur Bemannung der Jolle möglichst kräftige Seemannsarme benötigte, beauftragte er Dick Sand, wäh-

rend seiner Abwesenheit an Bord zu bleiben. Gewiß hätte Dick gern selbst am Fang teilgenommen, doch er sah ein, daß die Arme eines erwachsenen Mannes für die Handhabung der Jolle geeigneter waren als die seinen, und daß er andrerseits der einzige sei, Kapitän Hull im Notfall zu ersetzen. Die Bemannung der Jolle sollte also, den Hochbootsmann Howick eingerechnet, aus fünf Leuten, d. h. der ganzen Besatzung der »Pilgrim« bestehen. Die vier Matrosen waren bestimmt, auf den Ruderbänken Platz zu nehmen, während Howick hinten das Manövrieren mit einem Ruder übernahm, wie das bei kleineren Booten dieser Art üblich ist; denn ein gewöhnliches Steuerruder wirkt nicht schnell genug, ein geschickt geführtes Ruder am Ende dagegen kann das Boot leicht den Schweifschlägen eines verfolgten Wals entziehen. Kapitän Hull fiel die Aufgabe zu, die Harpune zu werfen, das Abrollen der Leine zu überwachen und das Tier mit Lanzenstichen zu töten, wenn es an der Meeresoberfläche ermattet wieder auftauchte.
Die Witterung begünstigte den Jagdzug. Das ruhige Meer kam dem Manövrieren mit der kleinen Jolle sehr zustatten. Der Wind schwächte sich mehr und mehr ab, so daß die »Pilgrim« während der Abwesenheit seiner Mannschaft nur wenig abtreiben würde. Die Steuerbordjolle wurde also klar gemacht, und die vier Matrosen nahmen darin Platz. Howick ließ zwei jener großen Wurfspieße, die als Harpune dienen, und außerdem zwei lange gut zugespitzte Lanzen mit hinabschaffen, dazu noch fünf Packen geschmeidiger, aber sehr fester Taue, die die Walfischfahrer speziell »Leinen« nennen und die eine Länge von sechshundert Fuß haben *(200 m)*. So lang müssen sie auch sein, denn es kommt nicht selten vor, daß auch die mit den Enden verknüpften Seile der »Nachfrage« noch immer nicht genügen, wenn ein verwundeter Walfisch allzuweit in die Tiefe

geht. Bevor Kapitän Hull selbst in die Jolle stieg, warf er noch einen letzten Blick über sein Schiff. Er überzeugte sich, ob alles in Ordnung, ob die Hißtaue gut befestigt und die Segel richtig gestellt waren. Da er den jungen Leichtmatrosen während seiner gewiß mehrere Stunden dauernden Abwesenheit allein an Bord ließ, wünschte er, daß Dick Sand, außer im Notfall, möglichst keinerlei Manöver auszuführen hätte. Noch ehe er abstoßen ließ, erteilte er seine letzten Anordnungen.

»Dick«, sagte er, »ich lasse dich allein. Wache über alles. Sollte es wider Erwarten nötig werden, das Schiff wieder in Gang zu setzen, wenn wir bei der Verfolgung des Jubart zu weit weggeführt werden, können Tom und seine Freunde dir helfen. Wird ihnen nur richtig gesagt, was sie tun sollen, so bin ich sicher, daß sie es auch ausführen werden.«

»Gewiß, Herr Kapitän«, antwortete der alte Tom, »Herr Dick kann sich auf uns verlassen.«

»Was gibt's zu tun?« fragte Herkules, der schon die weiten Ärmel seiner Jacke hochkrempelte.

»Vorläufig noch gar nichts«, erwiderte Dick Sand lächelnd.

»Ich stehe zu Ihrer Verfügung«, versicherte der Riese.

»Dick«, fuhr Kapitän Hull fort, »das Wetter ist schön, der Wind hat sich gelegt, und nichts zeigt an, daß er jetzt wieder auffrischen sollte. Mag geschehen, was will, du setzt kein Boot ins Meer und verläßt das Schiff auf keinen Fall.«

»Ich verspreche es!«

»Sollte es nötig werden, daß die ›Pilgrim‹ zu uns kommen muß, so werde ich an der Gaffelspitze eine Flagge aufziehen lassen.«

»Seien Sie ohne Sorge, Herr Kapitän«, versicherte Sand, »ich werde die Jolle nicht aus den Augen lassen.«

»Brav, mein Sohn«, entgegnete Kapitän Hull. »Du bist

nun der erste Deckoffizier und vertrittst nun den Kommandanten. Mach deiner Stellung Ehre! In deinen Jahren hat vor dir wohl noch keiner eine solche eingenommen!«
Dick Sand erwiderte nichts, aber er errötete lächelnd. Kapitän Hull verstand ihn.

Diese eindringlichen Ermahnungen ließen doch erkennen, daß Kapitän Hull, obwohl damit keinerlei Gefahr verbunden schien, sein Schiff, selbst auf nur wenige Stunden, ungern verließ. Sein unwiderstehlicher Fischerinstinkt aber und vor allem der lebhafte Wunsch, seine Ladung an Öl vollzumachen, um nicht hinter den von Mr. James W. Weldon in Valparaiso eingegangenen Verpflichtungen zurückzubleiben, brachte ihn dazu, das kleine Abenteuer zu wagen. Er betrat die Falltreppe.
»Viel Glück auf den Weg!« verabschiedete sich Mrs. Weldon.
»Ich danke, Mistress Weldon!«
»Bitte tun Sie dem armen Walfisch nicht so weh!« rief der kleine Jack.
»Nein, nein, mein Söhnchen!« versicherte der Kapitän.
»Manchmal«, ließ sich Vetter Benedikt vernehmen, »macht man auf dem Rücken dieser großen Mammiferen eine recht gute Ernte an seltenen Insekten.«
»Schön, Herr Benedikt«, antwortete Kapitän Hull lachend, »Sie sollen autorisiert sein, den Jubart einem entomologischen Examen zu unterwerfen, wenn wir ihn erst an der Seite der ›Pilgrim‹ haben!«
Dann wandte er sich an Tom. »Tom, ich zähle auf Euch und Eure Begleiter, wenn es so weit ist, daß der Wal abgehäutet und ausgeweidet wird!«
»Wir stehen zu Ihrer Verfügung«, antwortete der Schwarze.

»Gut«, erwiderte Kapitän Hull. »Dick, diese braven Leute werden dir helfen, die leeren Tonnen vorzubereiten. Schafft sie schon auf Deck, damit die Arbeit nach unserer Rückkehr desto schneller beendigt ist!«
»In Ordnung, Herr Kapitän!«
Zur Information des Lesers sei hinzugefügt, daß ein erlegter Wal an Steuerbord befestigt wird. Matrosen, die Eisenspitzen an den Stiefelsohlen tragen, steigen dann auf den Rücken des gewaltigen Tiers und lösen den Speck in parallelen Streifen ab, wobei sie vom Kopf in Richtung Schwanz vorgehen. Diese Streifen werden hierauf in ein bis anderthalb Fuß breite Stücke zerschnitten, letztere nochmals mehrfach geteilt und, nachdem sie in Fässer verpackt sind, im Schiffsraum verstaut. Gewöhnlich geht die Mannschaft auch mit an Land und nimmt das Ausschmelzen des Speckes vor, der unter Einwirkung höherer Wärmegrade den Tran abgibt und dabei etwa ein Drittel von seinem Gewicht verliert.
Kapitän Hull beabsichtigte, seine neugewonnenen Speckvorräte erst in Valparaiso zu schmelzen; er hoffte mit frischerem Wind, der doch voraussichtlich bald nach Westen drehen mußte, die amerikanische Küste etwa binnen zwanzig Tagen zu erreichen.
Der Augenblick des Aufbruchs war da. Bevor man auf der »Pilgrim« gegenbraßte, hatte sich das Schiff der Stelle etwas mehr genähert, wo der Jubart seine Anwesenheit durch den aufsteigenden Wasser- und Luftstrahl verriet. Das Tier schwamm noch immer inmitten der ungeheuren von Krustazeen erfüllten roten Fläche, öffnete automatisch den weit gähnenden Rachen und verschlang mit jedem Zuschlagen ganze Myriaden der kleinen Tierchen. Es war gar nicht zu befürchten, daß er sich auf- und davonmachen werde. Unzweifelhaft stand dort, wie die Fischer sagen, ein »gefechtsbereiter« Walfisch.

Kapitän Hull stieg über die Schanzkleidung und die Strickleiter hinab nach dem Vorderteil des Bootes. Mrs. Weldon, Jack, Vetter Benedikt, Tom und seine Gefährten wünschten dem Kapitän zum letzten Mal Glück auf den Weg. Selbst Dingo stellte sich auf die Hinterpfoten, so daß er mit dem Kopf über die Reling hinaussah, als wollte auch er der Mannschaft im Boote adieu sagen. Dann kehrten alle nach dem Vorderdeck zurück, um sich nichts von den interessanten Zwischenfällen einer solchen Jagd entgehen zu lassen.

Die Jolle stieß ab und entfernte sich bald, von den vier kräftigen Ruderern getrieben, deutlich von der »Pilgrim«.

»Gib acht, Dick!« rief Kapitän Hull zum letzten Mal dem jungen Leichtmatrosen zu.

»Verlassen Sie sich darauf, Herr Kapitän!«

»Ein Auge auf das Schiff und eins auf die Jolle! Vergiß das nicht, mein Junge!«

Schon befand sich die Jolle mehrere hundert Fuß vom Schiff entfernt. Kapitän Hull stand aufrecht und erneuerte, da er sich nicht mehr vernehmbar machen konnte, seine Wünsche und Empfehlungen durch nicht mißzuverstehende Gesten. Da stieß Dingo, der die Pfoten immer noch auf dem Barkholz liegen hatte, ein wahrhaft klägliches Gebell aus, das gewiß auch die weniger abergläubischen Leute beunruhigt hätte. Mrs. Weldon begann zu zittern.

»Dingo«, rief sie, »ermutigst du deine Freunde so? Schnell, bell einmal fröhlich!« Doch der Hund bellte nicht mehr, ließ die Vorderpfoten wieder auf das Deck herab, kam langsam an Mrs. Weldon heran und leckte ihr schmeichelnd die Hand.

»Er wedelt nicht mit dem Schweif«, sagte Tom halblaut. »Ein schlechtes Vorzeichen! Ein schlechtes Zeichen!«

Aber fast gleichzeitig richtete sich Dingo auf und heulte wütend. Mrs. Weldon wandte sich um. Negoro hatte den Küchenraum verlassen und ging nach dem Vorderdeck, sicherlich in der Absicht, die Bewegungen der Jolle mit zu beobachten. Dingo stürzte auf ihn los. Negoro ergriff einen daliegenden Hebebaum und setzte sich zur Wehr. Der Hund wollte ihm an die Gurgel springen.

»Hierher, Dingo, hierher!« rief Dick Sand, der seinen Beobachtungsposten für einen Augenblick verließ und nach dem Vorderdeck eilte. Negoro hatte kein Wort gesprochen, aber sein Gesicht war leichenblaß. Er ließ den Hebebaum fallen und ging in seine Kabine zurück.

»Herkules«, sagte da Dick Sand, »ich beauftrage Sie ausdrücklich, diesen Mann besonders zu beobachten!«

»Ich werde über ihn wachen!« erwiderte Herkules, und dabei schlossen sich als Zeichen des Einverständnisses seine Fäuste kräftiger zusammen. Dann hielt man wieder nach der Jolle Ausschau, die von kräftigen Ruderschlägen schnell entführt wurde. Sie erschien bald nur noch als ein Punkt auf dem Meer.

Der Jubart

Kapitän Hull durfte als erfahrener Walfischfänger nichts dem Zufall überlassen. Der Fang eines Jubart ist immer ein schwieriges Unternehmen. Zuerst manövrierte er so, daß er dem Walfisch unter den Wind kam, um die Annäherung durch keinerlei Geräusch zu verraten. Howick steuerte die Jolle also immer längs der ausgedehnten Bogenlinie der rötlichen Wellen, in deren Mitte der Jubart schwamm.

»Vorsichtig steuern, Howick!« mahnte der Kapitän, »wir wollen versuchen, den Jubart zu überraschen. Er

darf uns nicht eher sehen, als bis ihn eine Harpune erreichen kann. – Jungens, möglichst wenig Geräusch beim Rudern!«
Die Riemen glitten ohne jedes Plätschern durch das Wasser. Die von dem Hochbootsmann geschickt geführte Jolle hatte die Myriaden schwimmender Krustazeen erreicht. Die Steuerbordruder griffen in grünliches, durchsichtiges Wasser ein, während die Ruder backbords, wenn sie das rote Wasser emporhoben, wie von Blut zu triefen schienen.
»Wein und Wasser nebeneinander!« sagte einer der Matrosen.
»Ja, ganz recht«, bemerkte darauf Kapitän Hull, »aber Wasser, das man nicht trinken, und Wein, den man nicht hinunterschlucken kann. – Los, Jungens, wir wollen jetzt nicht plaudern, sondern kräftig anziehen!«
Die Jolle glitt geräuschlos über die Oberfläche des halbfettigen Wassers, als schwämme sie auf einer Schicht Öl. Der Jubart wich nicht von der Stelle und schien das ihn umkreisende Boot überhaupt noch nicht bemerkt zu haben. Eine halbe Stunde nach der Abfahrt vom Schiff befand sich Kapitän Hull mit seinen Begleitern direkt unter dem Wind des Walfischs, so daß dieser sich in der Mitte zwischen dem Boot und der Brigg befand. Es war nicht unmöglich, so nahe an das Tier heranzukommen, daß man es aus bequemer Entfernung harpunieren konnte, bevor seine Aufmerksamkeit erregt wurde.
»Rudert etwas langsamer, Jungens!« befahl der Kapitän mit unterdrückter Stimme.
»Mir scheint«, antwortete Howick, »der Coujon hat schon etwas gewittert! Er schnauft weniger stark als vorher.«
»Still! Still!« wiederholte Kapitän Hull.
Nach weiteren fünf Minuten befand sich die Jolle etwa eine Kabellänge – ungefähr 200 Meter – vom Jubart

entfernt. Am Hinterteil der Jolle aufrecht stehend, manövrierte der Hochbootsmann in der Weise, daß er sich der linken Flanke des Riesen näherte, wobei er jedoch vermied, dem furchtbaren Schwanz des Tieres nahe zu kommen, der mit einem einzigen Schlag das leichte Boot zertrümmert hätte. Vorn dagegen stand Kapitän Hull mit etwas gespreizten Beinen, um sicherer zu balancieren, und hatte schon den Wurfspieß zur Hand. Neben ihm lag in einer Kufe die erste der erwähnten Leinen, fest mit der Harpune verknüpft, mit der nach und nach auch die anderen vier verbunden werden sollten, wenn der Wal in große Tiefen tauchen sollte.

»Alles fertig, Jungens?« murmelte Kapitän Hull.

»Ja«, erwiderte Howick, der den Riemen fester packte.

»So fahr zu! Fahr zu!«

Die Jolle glitt bis auf zehn Fuß an das Tier heran. Dieses rührte sich nicht und schien zu schlafen.

»Diese Unbeweglichkeit ist wirklich erstaunlich!« dachte Kapitän Hull. »Der Spitzbube wird doch nicht schlafen und doch . . . da steckt etwas dahinter!«

Jetzt war aber keine Zeit zu überlegen, sondern der Augenblick anzugreifen. Kapitän Hull hielt seine Harpune an der Mitte des Schafts, schwang sie mehrmals vor- und rückwärts, um die Sicherheit des Wurfs zu erhöhen, während er nach der Flanke des Jubart zielte. Dann schleuderte er sie mit aller Kraft gegen das Tier.

»Zurück! Zurück!« rief er gleichzeitig. Die Matrosen ruderten alle gleichzeitig rückwärts, um die Jolle den Schweifschlägen zu entziehen. Plötzlich rief der Hochbootsmann:

»Ein junger Walfisch!«

Der von der Harpune getroffene Wal hatte sich auf die Seite gedreht, und man erblickte nun einen jungen Wal, der von der Mutter gesäugt werden wollte. Nun wußten alle, warum das Tier so lange und so ruhig auf der Oberfläche des Meeres gelegen hatte. Dieser Umstand mußte den Fang wesentlich erschweren. Die Mutter würde sich viel wütender verteidigen um ihrer selbst und um des Kleinen willen, wenn man diese Bezeichnung für ein Tier noch gebrauchen kann, das immerhin schon seine zwanzig Fuß maß.

Ganz wider Erwarten stürzte sich der Jubart jedoch nicht gleich auf das Boot, so daß es nicht nötig war, die Leine zu kappen, die es mit der Harpune verband. Im Gegenteil, der Walfisch tauchte, wie das ja häufig geschieht, gefolgt von seinem Jungen, schräg nach unten; dann schnellte er mit gewaltigem Sprung wieder in die Höhe und schwamm, halb über, halb im Wasser mit entsetzlicher Schnelligkeit davon. Noch vor seinem ersten Untertauchen konnten Kapitän Hull und der Hochbootsmann, weil sie aufrecht standen, das Tier in seiner ganzen Größe sehen und seinen Wert einschätzen. Dieser Jubart war ein Riesenexemplar. Vom Kopf bis zum Schwanz maß er mindestens achtzig Fuß. Seine bräunliche Haut schien mit noch dunkleren Flecken gleichmäßig besät. Es wäre wirklich schade gewesen, sich eine so reiche Beute entwischen zu lassen.

Die Verfolgung oder vielmehr das Nachschleifen nahm nun seinen Anfang. Die Jolle, deren Ruder eingelegt worden waren, flog wie ein Pfeil über den Rücken der Wellen hin. Howick behielt sie trotz heftigen Schaukelns stets in der Gewalt. Da sie aber nicht mit derselben Geschwindigkeit dahinflog wie der Walfisch, rollte die Harpunenleine so rasch ab, daß man fürchten konnte, sie finge Feuer durch die Reibung, der sie am Bootsrand ausgesetzt war. Kapitän Hull sorgte dafür, daß sie immer angefeuchtet blieb, indem er die Kufe, in der sie aufgerollt lag, mit Wasser füllte. Da der Jubart die Schnelligkeit seiner Flucht nicht verminderte, knüpfte man die zweite Leine an das Ende der ersten, und auch diese wurde eben so schnell fortgerissen. Nach fünf Minuten mußte schon die dritte Leine zugegeben werden, die gleich den beiden anderen unter dem Wasser verschwand. Der Jubart hielt noch immer nicht an. Offenbar hatte die Harpune keinen lebenswichtigen Teil verletzt. An der schrägen Richtung der Leine konnte man sogar bemerken, daß der Walfisch eher noch immer tiefer hinabging, als zur Oberfläche emporzutauchen.

»Alle Teufel!« rief Kapitän Hull, »der Schurke wird alle unsere fünf Leinen aufzehren.«

»Und schleppt uns ein gutes Stück von der ›Pilgrim‹ weg«, setzte der Hochbootsmann hinzu.

»Aber er muß ja, um Atem zu holen, auf die Oberfläche zurückkehren«, antwortete Kapitän Hull. »Er ist ja kein Fisch, und er braucht seine nötige Portion Luft so gut wie jeder andere.«

»Der hat den Atem angehalten, um besser ausreißen zu können«, rief lachend einer der Matrosen.

Der dritten Leine mußte bald die vierte angefügt werden, was die Matrosen doch ein wenig beunruhigte, da es den schon sicher geglaubten Fang wieder unsicher erscheinen ließ.

»Zum Teufel!« murmelte Kapitän Hull, »das ist mir doch noch nicht vorgekommen! Verwünschter Jubart!«

Auch die fünfte Leine wurde angeschlossen und war schon zur Hälfte abgewickelt, als sie allmählich zu erschlaffen begann.

»Gut, gut!« rief Kapitän Hull erfreut. »Die Leine ist weniger gespannt. Der Bursche wird müde!«

Die »Pilgrim« befand sich jetzt mehr als fünf Meilen von der Jolle unter dem Wind. Kapitän Hull hißte einen Wimpel an der Gaffelspitze und gab dem Schoner damit das Signal, näher heranzusegeln. Freilich wehte die Brise sehr schwach, sie erhob sich nur in einzelnen leisen Stößen von kurzer Dauer. Die »Pilgrim« würde Mühe haben, die Jolle zu erreichen, wenn es ihr überhaupt gelang.

Inzwischen war der Jubart, wie man vorausgesehen hatte, an die Oberfläche des Meeres zurückgekehrt, um Atem zu schöpfen, wobei sich die in seiner Seite festsitzende Harpune zeigte. Er hielt einige Augenblicke an, als wolle er auf sein Junges warten, das bei dieser raschen Flucht ihm nicht zu folgen vermocht hatte. Kapitän Hull ließ wieder mit allen Kräften rudern, um das Tier zu erreichen, und man kam auch dicht heran. Zwei Ruder wurden eingelegt, und zwei Matrosen bewaffneten sich, wie der Kapitän, mit langen Spießen, um das Tier zu verwunden. Howick blieb auf seinem Posten und hielt sich bereit, die Jolle schnell zu wenden, wenn der Walfisch auf diese zustürzen sollte.

»Achtung«, rief Kapitän Hull, »zielt gut, Jungens! Alles fertig, Howick?«

»Fertig«, antwortete der Hochbootsmann, »aber es gefällt mir nicht, daß die Bestie jetzt so ruhig geworden ist.«

»Das kommt mir auch verdächtig vor, Howick.«

»Seien wir also auf der Hut!«

»Ja, ja, aber wir müssen vorwärts!«

Der Kapitän wurde immer hitziger. Das Boot glitt noch näher heran. Der Jubart drehte sich nur langsam auf der Stelle. Das Junge war noch nicht nachgekommen; vielleicht suchte er es. Plötzlich machte er eine Bewegung mit dem Schweife, die ihn um dreißig Schritte entfernte. Floh er noch einmal, und sollte diese endlose wilde Jagd über das Wasser zum zweiten Mal beginnen?

»Achtung!« rief Kapitän Hull, »der Wal holt zum Angriff aus und wird sich auf uns stürzen! Leg um, Howick, weich aus!«

In der Tat hatte sich der Jubart so gewendet, daß er der Jolle gerade gegenüberstand. Dann peitschte er das Meer mit seinen gewaltigen Flossen und schoß pfeilschnell vorwärts. Der Hochbootsmann hatte diesen direkten Angriff vorausgesehen und steuerte so geschickt, daß der Jubart an der Jolle vorüberflog, ohne diese zu berühren. Kapitän Hull und die beiden Matrosen brachten ihm mit den Lanzen drei kräftige Stiche bei, wobei sie möglichst lebenswichtige Organe zu treffen suchten. Der Jubart hielt an, spritzte zwei Säulen von blutgetränktem Wasser hoch empor und wendete sich aufs neue gegen das Boot, indem er wütend halb aus dem Wasser heraussprang. Es gehörten so geübte und beutegierige Fischer dazu, wie die Leute von der »Pilgrim« es waren, um jetzt den Kopf nicht zu verlieren. Howick wich auch diesem Angriff kaltblütig aus und lenkte die Jolle rechtzeitig zur Seite. Die anderen brachten dem Jubart drei weitere Lanzenstiche bei. Im Vorüberschwimmen schlug er aber das Wasser so furchtbar mit dem riesigen Schweif, daß eine ungeheure Woge sich erhob, die überstürzend die Jolle halb mit Wasser füllte.
»Die Eimer! Die Eimer!« rief Kapitän Hull.
Die beiden letzten Matrosen verließen die Ruder und beeilten sich, das Boot auszuschöpfen, während Kapitän Hull die jetzt offenbar überflüssig gewordene Leine kappte. Aber das durch den Schmerz vor Wut aufschäumende Tier dachte gar nicht daran, zu fliehen. Im Gegenteil, es wiederholte seine Angriffe, die dem Boot gefährlich zu werden drohten. Zum dritten Mal kehrte es zurück und stürmte gegen die Jolle an. Das vom Wasser zum Teil angefüllte Boot konnte nicht mehr so schnell wie vorher ausweichen – wie würde es dem drohenden Stoß entgehen können? Es handelte sich jetzt nicht mehr darum, anzugreifen, sondern nur, sich zu verteidigen. Kapitän Hull erkannte das recht gut. Schon

der dritte Angriff konnte nicht mehr ordentlich pariert werden. Im Vorüberstreichen glitt die enorme Rückenflosse des Wals über die Jolle hin, und zwar mit solcher Gewalt, daß Howick von seiner Bank geschleudert wurde. Infolge der heftigen Bewegungen des Bootes verfehlten die drei Lanzen diesmal ihr Ziel.
»Howick! Howick!« rief Kapitän Hull, der selbst Mühe gehabt hatte, sich aufrecht zu halten.
»Hier!« antwortete der Hochbootsmann, sich erhebend. Da bemerkte er, daß sein Ruder beim Fallen mitten entzweigebrochen war.
»Ein anderes Ruder!« befahl Kapitän Hull.
»Ist zur Hand!« erwiderte Howick.
In diesem Augenblick entstand im Wasser, einige Faden entfernt, ein Schäumen und Tosen. Der junge Walfisch kam wieder zum Vorschein. Der Jubart sah ihn und schwamm auf ihn zu. Jetzt wurde es noch gefährlicher, denn der Jubart wehrte sich nun für zwei. Kapitän Hull schaute nach der »Pilgrim« aus und bewegte kräftig die Gaffel, an der der Wimpel hing. Was aber konnte Dick Sand tun? Die Segel waren gerichtet, doch der Wind begann sie nur langsam zu schwellen. Eine Schraube besaß der Schoner nicht, ein weiteres Boot ins Wasser zu lassen und dem Kapitän mit den Negern zu Hilfe zu eilen, hätte zuviel Zeit gekostet, außerdem hatte der Leichtmatrose Order, das Schiff nicht zu verlassen, es geschehe, was da wolle. Doch ließ Dick Sand für jeden Fall das Boot am Stern von seinen Davits herunter und schleppte es im Wasser nach, damit der Kapitän und seine Begleiter sich in dasselbe retten könnten, wenn das nötig wäre.
Der Jubart, der jetzt sein Junges mit dem eigenen Körper deckte, war wieder angriffsbereit und schien noch einmal auf die Jolle losgehen zu wollen.
»Achtung, Howick!« rief Kapitän Hull zum letzten

Male. Der Hochbootsmann war aber schon entwaffnet. Statt eines Hebels, der durch seine Länge kräftiger wirkt, hielt er jetzt nur ein kurzes Ruder in der Hand. Er versuchte eine andere Richtung einzuschlagen. Es war unmöglich. Die Matrosen sahen, daß sie verloren waren. Sie erhoben sich und stießen einen entsetzlichen Schrei aus.

Die Schwanzflosse des Ungeheuers traf die Jolle mit einem furchtbaren Schlag von unten. Das Boot wurde in die Höhe geschleudert und stürzte dann in die aufgewühlten Wogen zurück. Noch einmal drehte sich der wütende Jubart um, warf sich mitten in den schrecklichen Todeskampf der Leute und peitschte mit seinem gewaltigen Schwanz die Wogen, zwischen denen die Unglücklichen schwammen. Einige Minuten lang sah man nichts anderes als eine schaumige Wasserhose, die strahlenförmig nach allen Seiten aufschoß.

Eine Viertelstunde später, als Dick Sand, der mit den Schwarzen in das vorbereitete Boot gesprungen war, den Schauplatz der Katastrophe erreichte, waren alle lebenden Wesen verschwunden und nichts mehr übrig als einzelne Trümmer der Jolle, die auf dem blutgeröteten Wasser trieben.

Kapitän Sand

Als die Brigg-Goelette an der Unglücksstelle anlangte, fiel Mrs. Weldon auf die Knie und erhob die Hände zum Himmel. Der kleine Jack kniete weinend neben seiner Mutter nieder. Das arme Kind begriff alles. Dick Sand, Nan, Tom und die anderen Neger standen mit gesenktem Haupt im Kreis und sprachen das Gebet nach, in dem Mrs. Weldon die Armen, die jetzt vor Gottes Ant-

litz treten sollten, seiner Güte empfahl. Dann wendete sie sich an die Überlebenden:
»Flehen wir den Himmel an, meine Freunde, um Mut und Kraft für uns selbst!«
Gewiß konnten sie nicht innig genug den um seinen Beistand bitten, der alles vermag – ihre Lage war ernst genug. Dem Schiff fehlte nun der Kapitän, der es leitete, und die Mannschaft, die es bediente. Es befand sich nahezu in der Mitte des ungeheuer großen Pazifischen Ozeans, Hunderte von Meilen von jedem Land entfernt, ein Spielball der Wellen und Winde.
An Bord der »Pilgrim« befand sich nun kein Seemann mehr! Doch – ein einziger, Dick Sand, aber er war nur ein Leichtmatrose, ein junger Mann von fünfzehn Jahren! Kapitän, Steuermann, Matrose, man kann sagen, die ganze Schiffsbesatzung vereinigte sich in seiner Person. Daß sich an Bord eine reisende Dame, eine Mutter mit ihrem Sohn, befand, ließ die Situation noch schwieriger erscheinen. Wohl waren Tom und seine Gefährten da, aber sie verstanden von der Seefahrt so gut wie gar nichts.
Dick stand mit gekreuzten Armen bewegungslos da und starrte auf die Stelle, wo sein geliebter väterlicher Freund und Beschützer untergegangen war. Dann suchte er den weiten Horizont ab, aber es zeigte sich kein Schiff, das er hätte um Hilfe angehen oder dem er wenigstens Mrs. Weldon mit ihrem Sohn hätte übergeben können. Er selbst wollte die »Pilgrim« auf keinen Fall verlassen, ohne versucht zu haben, sie nach einem amerikanischen Hafen zu führen. Doch er wußte nur zu gut, daß er sich außerhalb der von Kauffahrern eingehaltenen Route befand und daß die anderen Walfischfänger sich jetzt noch weit entfernt in ihren Fischgründen aufhielten. Es blieb nichts übrig, als die Dinge zu nehmen, wie sie standen.

In diesem Augenblick erschien Negoro auf dem Verdeck. Niemand hätte sagen können, was er empfunden hatte, als sich die Katastrophe ereignete. Er hatte der entsetzlichen Szene schweigend zugesehen, seine Augen hatten jede Einzelheit verfolgt. Hätte ihn jemand beobachtet, hätte er bemerkt, daß sich auch nicht ein Muskel seines Gesichts rührte. Er schien es auch überhört zu haben, als Mrs. Weldon alle aufforderte, für die Verunglückten zu beten. Negoro begab sich jetzt nach dem Hinterdeck und blieb drei Schritte vor Dick Sand stehen.
»Wollen Sie mich sprechen?« fragte dieser.
»Ich spreche nur mit Kapitän Hull«, erwiderte Negoro, »und wenn dieser nicht da wäre, mit dem Hochbootsmann Howick.«
»Sie wissen doch genau, daß beide umgekommen sind«, erwiderte der Leichtmatrose unwillig.
»Wer kommandiert jetzt also an Bord?« fragte Negoro unverschämt.
»Ich«, antwortete Dick Sand ohne Zögern.
»Sie«, murmelte Negoro achselzuckend, »ein Kapitän von fünfzehn Jahren!«
»Ein Kapitän von fünfzehn Jahren, gewiß!« wiederholte Dick Sand und ging auf den Küchenmeister zu. Dieser wich zurück.
»Vergessen Sie das niemals!« fiel da Mrs. Weldon ein. »Es ist nur ein Kapitän hier, der Kapitän Sand, und jeder wird gut tun, zu wissen, daß er diesem zu gehorchen hat!«
Negoro verneigte sich und ging, noch einige unverständliche Worte murmelnd, auf seinen Posten zurück. Dick Sands Entschluß war also gefaßt.
Inzwischen hatte der Schoner unter auffrischender Brise die Unglücksstelle schon hinter sich gelassen. Dick Sand prüfte die Segelstellung. Dann glitten seine Augen über

das Verdeck hinweg. Er hatte sich selbst aufrichtig geprüft. Fühlte er sich auch imstande, mit Hilfe Toms und seiner Gefährten die Segel je nach Lage richtig zu stellen und zu handhaben, so besaß er doch nicht alle notwendigen Kenntnisse, um den jeweiligen Ort des Schiffes rechnerisch zu bestimmen. Nach vier oder fünf weiteren Jahren hätte er alles Nötige gründlich erlernt. Er hätte am Chronometer die Zeit des Meridians von Greenwich abgelesen und daraus mittels des Stundenwinkels die geographische Länge feststellen können. Durch astronomische Beobachtungen hätte er, wie das sein Kapitän täglich vorgenommen hatte, den Standort des Schiffes bis auf eine Seemeile genau feststellen und damit ebenso den schon zurückgelegten wie auch den einzuschlagenden Weg bestimmen können. Jetzt ermittelte er seinen Weg eigentlich nur durch Schätzung, d. h. aus der durch das Log gemessenen und am Kompaß beobachteten Route, bei der noch die Abdrift durch die Strömung in Rechnung zu stellen war.

Mrs. Weldon begriff, was in dem jungen Leichtmatrosen vorging. »Ich danke, Dick!« sagte sie mit fester Stimme. »Das Schicksal des Schiffes ruht jetzt in deinen Händen! Dick, du wirst die ›Pilgrim‹ retten und alle, die sie trägt.«

»Ja, Mistress Weldon«, erwiderte Dick Sand, »ja, mit Gottes Hilfe will ich es versuchen.«

Die Zeit zu handeln war gekommen; die auffrischende Brise aus Nordwest mußte genutzt werden. Dick Sand rief Tom und seine Begleiter herbei.

»Meine Freunde«, begann er, »unser Schiff hat keine andere Besatzung mehr als euch. Ohne eure Hilfe kann ich es nicht führen. Ihr seid zwar keine Seeleute, habt aber tüchtige Arme.«

»Herr Dick«, antwortete Tom, »wir sind Ihre Matrosen. An gutem Willen soll es uns nicht fehlen.«

»Gut«, fuhr Dick Sand fort, »doch wir müssen klug sein, ich werde nicht soviel Segel setzen, um nichts zu riskieren. Etwas weniger Schnelligkeit, dafür aber mehr Sicherheit, das fordern die Umstände. Ich werde euch sagen, Freunde, was jeder einzelne bei der Handhabung der Segel zu tun hat. Ich selbst werde so lange am Steuer bleiben, bis ich vor Erschöpfung nicht mehr kann. Wenn ich einige Stunden schlafe, muß einer von euch mich vertreten. Euch, Tom, werde ich zuerst beibringen, wie man nach der Angabe des Kompasses steuert.«

»Sobald Sie wollen, Herr Dick«, antwortete der alte Neger.

»Gut«, sagte Dick, »bleibt den Tag über bei mir am Steuer, und sollte ich müde werden, könntet Ihr mich schon für einige Stunden ersetzen.«

Dann wandte er sich auch an alle anderen: »Meine Freunde, wir wollen nun die Segel beisetzen und in den Wind stellen. Ihr habt nur zu tun, was ich euch sage.«

»Zu Befehl, Kapitän Sand!« antwortete Tom.

Die folgenden vier Tage

Dick Sand war nun Kapitän der »Pilgrim« und ergriff, ohne eine Minute zu verlieren, die nötigen Maßnahmen, um das Schiff voll unter Kontrolle zu bekommen. Die Passagiere hatten nur die eine Hoffnung, irgendeinen Punkt der amerikanischen Küste, und wenn es auch nicht Valparaiso wäre, zu erreichen. Dick Sands erste Beschäftigung war, sich über Richtung und Geschwindigkeit des Schiffes zu unterrichten, um seine Berechnungen darauf aufbauen zu können. Hierzu war es nötig, jeden Tag den zurückgelegten Weg auf der Karte einzutragen. An Bord befand sich glücklicherweise eines jener »Patent-Logs« mit Gradbogen und Schraube, die für eine gegebene Zeit die Geschwindigkeit mit größter Genauigkeit zu messen gestattete. Tom und seine Gefährten konnten bald geschickt dieses leicht zu handhabende Instrument bedienen. Um die einzige Fehlerquelle – die Strömungen – auszuscheiden, genügten allerdings nicht gewöhnliche Schätzungen; nur astronomische Beobachtungen konnten hier ein verläßliches Resultat liefern. Doch Dick Sand war außerstande, solche Beobachtungen anzustellen.

Einen Augenblick hegte der neue Kapitän wohl die Absicht, die »Pilgrim« nach Neuseeland zurückzuführen. Diese Überfahrt war kürzer, und er würde es auch getan haben, wenn der bisher widrige Wind nicht in eine günstigere Richtung umgeschlagen wäre. Unter diesen Umständen schien es ratsamer, auf Amerika zuzusegeln. Der Wind hatte jetzt vollständig gedreht und blies aus Nordwesten, mit der Neigung sich aufzufrischen. Da galt es, ihn zu nutzen, um soviel Fahrt wie möglich zu machen. Dick beeilte sich also, die »Pilgrim« vor allen Segeln laufen zu lassen.

Auf einer Brigg-Goelette führt der Fockmast vier vierkantige Segel: das große Focksegel am unteren Mast, darüber das Marssegel an der Marsstange, ferner ein Bram- und ein Topsegel an der Bramstange. Der Großmast dagegen trägt weniger Leinwand. Er führt am Untermast nur eine Brigantine und darüber ein dreieckiges lateinisches Segel. Zwischen diesen beiden Masten kann man dann noch an den Stagen, die sie von vorn her halten, drei weitere, sogenannte Stagsegel anbringen. Im Vorderteil befinden sich, vom Fockmast nach dem Bugspriet und dem Klüverbaum gezogen, die drei Focksegel.

Diese Focksegel, die Brigantine, das lateinische und die

Stagsegel sind sehr leicht zu dirigieren. Sie können vom Verdeck aus gehißt werden, ohne daß man in die Takelage zu steigen braucht, da sie nicht an Rahen mittels Seisingen befestigt sind, die man erst lösen müßte. Die Manöver mit den Segeln des Fockmastes dagegen verlangen die geübten Hände erfahrener Seeleute. Sollen diese benutzt werden, müssen die Matrosen entweder auf den Rahen hinausreiten oder an den Pardunen und Stagen bis zum Top des Mastes hinaufklettern, gleich, ob sie diese hissen oder einziehen oder ihre Oberfläche nur zum Teil vermindern, d. h. reffen wollen. Hierbei müssen sie sich auf den Laufseilen – das sind lose, parallel mit den Rahen gespannte Seile – fortbewegen, wobei sie sich mit der einen Hand festzuhalten haben, während sie mit der anderen arbeiten, ein Manöver, das für den Ungeübten nicht ohne Gefahr ist. Die stampfenden und schlingernden Bewegungen, die sich hier oben wie durch einen langen Hebelarm verstärken, und das Schlagen der Segel bei einigermaßen frischer Brise können einen Mann leicht über Bord schleudern. Für Tom und seine Begleiter waren solche Arbeiten bestimmt kein gefahrloses Unternehmen.
Zum Glück wehte der Wind nur mäßig. Der Seegang war noch gering, und daher hielt sich die Bewegung des Schiffes nach vor- und rückwärts, sowie von einer Seite zur anderen, noch in bescheidenen Grenzen. Als sich Dick Sand auf das Signal Kapitän Hulls nach dem Schauplatz der Katastrophe begeben hatte, trug die »Pilgrim« nur die Focksegel, die Brigantine, das große Focksegel und das Marssegel. Um aus der Ruhelage in Bewegung überzugehen, brauchte Dick nur wenig an der früheren Segelstellung zu ändern, wobei ihm die Schwarzen nach Kräften behilflich waren. Jetzt wollte er den günstigen Seitenwind ausnutzen, und dazu sollten das Bramsegel, das Topsegel, das Gaffel- und die Stag-

segel gehißt werden. »Vorwärts!« rief er, »hißt schnell alle Segel!«
»Hißt?« fragte Tom, der diesen Ausdruck nicht verstand.
»Ja, macht sie los! – Ihr, Bat . . . dasselbe! Gut! . . . Halt an! . . . Achtung, zieht nach oben!«
»Ja, wie denn? – So?« fragte Bat.
»Jawohl, richtig. So ist's gut! . . . Nun, Herkules . . . etwas kräftig! Fest ziehen!«
Das Herkules zu empfehlen, war unklug. Ohne Zögern langte der Riese zu, so als hätte er alles herabreißen wollen.
»Halt! Nicht so kräftig, mein Bester!« rief Dick Sand und mußte lachen. »Ihr wollt wohl die ganze Takelage herunterholen?«
»Ich habe ja kaum angezogen«, antwortete Herkules.
»Ist schon gut, nachlassen . . . hißt auf . . . gebt euch die Hände . . . legt die Taue fest . . . knotet sie an . . . so! – Gut! . . . Nun zusammen! . . . Holt an . . . zieht . . .!«
Langsam drehte sich das ganze Segelwerk des Fockmastes, dessen Backbordbrassen locker gemacht worden waren. Sofort schwellte der Wind die Segel und trieb das Schiff bald merkbar vorwärts. Dick ließ hierauf die Schoten der Focksegel schießen. Dann rief er Tom und seine Leute nach dem Achterdeck zurück.
»Ja, ihr guten Leute, das wäre geschafft, und es ging ja alles glatt! Jetzt zum Großmast. Aber zerreißt und zerbrecht mir nichts, Herkules!«
»Will es versuchen«, antwortete der Koloß.
Das zweite Manöver erschien gegen das erste ein Kinderspiel. Die Schoten der Gaffel wurden ein wenig nachgelassen, die Brigantine fing den Wind besser und vereinigte ihre mächtige Wirkung mit den Segeln des vorderen Mastes. Dann hißte man noch das lateinische Segel über der Brigantine, das nur auf der einen Seite zu lösen,

durch das Geitau anzuziehen und wieder zu befestigen war. Herkules aber zog zusammen mit seinem Freunde Acteon – den kleinen Jack, der mithalf, gar nicht zu rechnen – so kräftig, daß das Jolltau glatt wegriß. Alle drei fielen rückwärts nieder, glücklicherweise ohne sich weh zu tun, und der kleine Jack war darüber ganz entzückt.

»So geht's nicht! So geht's nicht!« rief Dick Sand, »jetzt knüpft die Tauenden wieder aneinander und hißt langsam und vorsichtig!«

Schon lief die »Pilgrim«, den Vordersteven nach Osten gerichtet, und nun galt es nur, ihn in dieser Richtung zu halten. Da der Wind stetig blieb, waren starke Abweichungen vom Kurs nicht zu befürchten. Noch war die Besegelung der »Pilgrim« nicht vollständig. Es fehlten die obersten Segel, deren Mitwirkung bei günstigem Seitenwind nicht zu unterschätzen ist. Wenn die Brigg-Goelette auch noch ihre Bram-, Top- und Stagsegel führte, konnte sie zusätzlich an Fahrt gewinnen. Die Ausführung dieses Vorhabens war freilich viel schwieriger als die früheren Manöver, nicht wegen der Stagsegel, die man von unten aus hissen, reffen und befestigen konnte, wohl aber wegen der oberen viereckigen Segel des Fockmastes. Um sie zu entfalten, mußte man bis zu den Rahen klettern, und da Dick Sand niemand von seiner improvisierten Mannschaft in Gefahr bringen wollte, übernahm er die Aufgabe selbst. Er rief Tom herbei und übergab ihm das Steuer, wies den anderen ihre Plätze an und kletterte selbst in die Takelage. Die Wanten und Putings des Fockmastes, dann die der Bramstange zu ersteigen und auf den Rahen hinauszugleiten, war für ihn nur ein Spiel. Binnen einer Minute befand er sich schon auf der Laufleine der Rahe des Topsegels und löste die Seisinge. Dann begab er sich nach der Marsrahe, befestigte dort die unteren Enden des Segels und knüpfte das Bramsegel los. Danach ergriff er die Pardunen des Steuerbords und glitt wieder aufs Deck nieder. Dort wurden die beiden Segel nach seiner Anordnung festgemacht und richtig gestellt. Als dann noch die Stagsegel zwischen Groß- und Fockmast gehißt waren, hatte das Schiff all seine Leinwand entfaltet bis auf die Beisegel an Backbord. Dick Sand verzichtete darauf, diese zu setzen, da man sie im Notfalle nicht schnell genug hätte reffen können.

Was trieb nun Vetter Benedikt während dieser Zeit? Er war damit beschäftigt, unter der Lupe ein kleines Gliedertierchen zu studieren, das er endlich an Bord entdeckt hatte, ein Insekt mit flachen Flügeldecken, rundlichem Leib und langen Flügeln, das der Familie der amerikanischen Motten angehörte. Er hatte diesen kostbaren Fund gemacht, als er die Küche Negoros durchsuchte und dieser das Insekt eben töten wollte. Die Motte erfüllte nun all seine Gedanken. Er vertiefte sich eiligst in das Studium ihrer Eigenart und vergaß darüber, daß Kapitän Hull mit seiner Mannschaft elend umgekommen war. Vetter Benedikt bewunderte das jämmerliche Insekt so, als ob es ein Goldkäfer wäre.
Das Leben an Bord nahm wieder seinen gewöhnlichen Verlauf, und es herrschte musterhafte Ordnung. Man durfte hoffen, daß alles noch glücklich ablaufen werde. Negoro machte keinen weiteren Versuch, sich der Autorität Dick Sands zu widersetzen, ja, er schien diese schweigend anzuerkennen. Da ihn seine Beschäftigung wie immer in der engen Küche zurückhielt, sah man ihn auch nicht häufiger als früher. Übrigens war Dick Sand entschlossen, ihn beim geringsten Widerspruch im Schiffsraum einzusperren, und Nan, die mit der Kochkunst vertraut war, hätte die Funktionen des Küchenmeisters übernommen. Negoro mußte sich also sagen,

daß er keineswegs unentbehrlich sei, und da man ein scharfes Auge auf ihn hatte, schien er sich Mühe zu geben, keinen Anlaß für einen Vorwurf zu geben.
Während der Nacht pflegt man meist die Segelfläche etwas zu vermindern und vor allem die höchsten mindestens zu reffen. Es ist dies ein Gebot der Klugheit, weil ein Schiff unversehens von einer starken Böe überrascht werden kann. Dick Sand glaubte aber, für heute darauf verzichten zu können, denn die Wetterlage erschien nach keiner Seite drohend und außerdem beabsichtigte er diese erste Nacht auf dem Deck zu bleiben und auf alles ein wachsames Auge zu haben. Wie erwähnt, waren Log und Kompaß die einzigen Instrumente, mit deren Hilfe Dick Sand den zurückgelegten Weg annähernd schätzen konnte. Im Laufe dieses Tages ließ er das Log jede halbe Stunde auswerfen und notierte sich die Daten. Ihm standen auf dem Schiff zwei Kompasse, auch Bussolen genannt, zur Verfügung. Der eine befand sich im Kompaßhäuschen vor den Augen des Steuermannes. Seine zifferblattähnliche, am Tage von der Sonne, in der Nacht von zwei Seitenlampen erleuchtete Scheibe zeigte in jedem Augenblick an, welche Richtung das Schiff einhielt. Der andere Kompaß bestand aus einer umgekehrten Bussole, die an den Deckbalken der früher von Kapitän Hull bewohnten Kabine angebracht war. Auf diese Weise konnte der Kapitän, ohne sein Zimmer zu verlassen, stets kontrollieren, ob die vorgeschriebene Route genau eingehalten wurde.
Unglücklicherweise löste sich in der Nacht vom 12. zum 13. Februar, als Dick Sand das Steuerruder bediente, diese Bussole, die mit einem kupfernen Ring am Deckbalken der Kabine hing und fiel zu Boden, was man erst am nächsten Morgen bemerkte. Wie der Ring nachgeben konnte, erschien zunächst unbegreiflich. Möglicherweise war er oxydiert und eine heftige Schiffsbewegung war

der Anlaß des Vorfalls. In dieser Nacht gingen die Wellen auch etwas höher.

Dick Sand traf besondere Anordnungen, um den anderen Kompaß vor jeder Zufälligkeit zu schützen. Er blieb während der Nacht am Steuer und schlief nur am Tag fünf bis sechs Stunden, was ihm zu genügen schien. Währenddessen vertraten ihn Tom oder dessen Sohn Bat am Steuer. Tom hatten seine Gefährten ohnehin zum Obersteuermann erwählt. Er befehligte die Wache, während Dick Sand ruhte, und hatte dann Bat und Austin zur Seite; Acteon und Herkules bildeten die andere Wache unter dem Kommando Dick Sands; während so der eine steuerte, lugten die anderen über das Vorderdeck aus. Obwohl das Meer verlassen schien und an einen Zusammenstoß so gut wie gar nicht zu denken war, bestand Dick doch darauf, vor allem die Nacht über gewissenhaft zu wachen. Er ließ stets die beiden Positionslichter – ein grünes an Steuerbord und ein rotes an Backbord – anbringen.

In den Nächten, die Dick Sand ununterbrochen am Steuer zubrachte, fühlte er sich manchmal völlig erschöpft. Seine Hand regierte dann das Steuer nur noch instinktiv.

In der Nacht vom 13. zum 14. Februar mußte er sich einige Stunden Ruhe gönnen und ließ sich durch den alten Tom vertreten. Dunkle Wolken, die sich gegen Abend unter dem Einfluß der kälteren Luft tief herabgesenkt hatten, bedeckten ringsum den Himmel. Die Dunkelheit war so undurchdringlich, daß man die oberen, halb im Nebel verschwimmenden Segel nicht unterscheiden konnte. Herkules und Acteon hielten auf dem Vorderdeck Wache. Auf dem Hinterdeck verbreiteten die Lampen des Kompaßhäuschens einen schwachen Lichtschein, den der Metallbeschlag des Steuers schwach widerspiegelte. Die Signallaternen, die ihre Strahlen mehr

seitwärts aussendeten, ließen das Deck in tiefer Dunkelheit.
Da, gegen drei Uhr morgens überkam auch den alten Tom der Schlaf. Seine Augen, die längere Zeit auf einen beleuchteten Punkt am Kompaßhäuschen geblickt hatten, fielen ihm zu. Er bemerkte also auch den Schatten nicht, der geräuschlos über das Deck glitt. Es war Negoro, der, am Hinterdeck angekommen, einen ziemlich schweren Gegenstand unter dem Kompaß verbarg, eine Sekunde lang nach der erhellten Scheibe der Bussole blickte und sich wieder zurückzog. Als Tom wieder erwachte, richteten sich seine Augen auf den Kompaß. Er glaubte, daß die »Pilgrim« nicht mehr den richtigen Kurs segle, drehte das Steuer, um das Schiff wieder in seine alte Richtung nach Osten zu wenden. Doch das Stück Eisen, das Negoro unter dem Kompaß versteckt hatte, lenkte die Magnetnadel ab, und statt nach dem magnetischen Nordpol zu zeigen, der von dem Nordpol der Erde nur wenig abweicht, wies sie jetzt nach Nordosten. Die Abweichung betrug demnach vier Striche der Windrose oder einen halben rechten Winkel. So stand das Bugspriet statt nach Osten, jetzt nach Südosten. Die »Pilgrim« segelte also bei dem herrschenden günstigen Wind mit einem Fehler von fünfundvierzig Grad seitlich von ihrem Kurs.

Sturm

Während der auf dieses Ereignis folgenden Woche vom 14. bis 21. Februar trug sich an Bord kein weiterer Zwischenfall zu. Der Nordwestwind frischte noch etwas mehr auf und die »Pilgrim« segelte ziemlich schnell – etwa 160 Meilen in vierundzwanzig Stunden – dahin.

Nach Dicks Schätzung mußte sich der Schoner nun der Gegend nähern, die von den Überseeschiffen befahren wird. Er hoffte tagtäglich einem dieser Fahrzeuge zu begegnen und beabsichtigte, entweder seine Passagiere überzusetzen oder sich zur Aushilfe einige Matrosen und womöglich auch einen Offizier zu erbitten. Aber kein Segel kam in Sicht, und das Meer blieb öde und verlassen. Dick Sand wunderte sich. Während seiner drei Fischerei-Kampagnen in den australischen Gewässern war er schon mehrmals über diesen Teil des Stillen Ozeans gekommen, und nur selten kam es in der Länge und Breite, in der er sich zu befinden glaubte, vor, daß man nicht ein englisches oder amerikanisches Schiff sah, das entweder vom Kap Hoorn nach dem Äquator hinauffuhr oder nach der Südspitze Südamerikas hinabsegelte. Freilich konnte er nicht wissen, daß sich die »Pilgrim« schon in weit höherer Breite, d. h. tiefer im Süden befand, als er es annahm. Einmal konnte er die Schnelligkeit der Driften dieser Meeresgegenden nur unvollkommen einschätzen; sie hatten das Schiff, ohne daß man sich darüber klar sein konnte, längst aus seinem rechten Kurs gedrängt. Vor allem aber war Dick Sand nicht imstande, seit dem Verlust des zweiten Kompasses die durch Negoros Anschlag entstandene Fehlanzeige des Kompasses im Steuerhäuschen zu erkennen.
War aber der junge Leichtmatrose in seinen hydrographischen Studien auch noch nicht genügend fortgeschritten, um sein Besteck zu machen, d. h. die jeweilige genaue geographische Lage des Schiffs zu bestimmen, so besaß er andererseits doch ein feines Gespür für das bevorstehende Wetter. Das Aussehen des Himmels und die Angaben des Barometers ließen ihn immer auf der Hut sein. Da, am 20. Februar, begannen ihn die Schwankungen des Barometers, das er täglich mehrmals sorgfältig beobachtete, einigermaßen zu beunruhigen.

Das Quecksilber sank nämlich langsam, aber ständig, was auf bevorstehenden Regen hinwies, dessen Eintreten sich jedoch auffallend verzögerte. Dick Sand schloß daraus auf anhaltend schlechtes Wetter. Seine Vorahnung sollte sich auch bestätigen. Regen aber war gleichbedeutend mit Wind, und tatsächlich frischte die Brise so stark auf, daß die Windgeschwindigkeit schließlich sechzig Fuß in der Sekunde oder einunddreißig Meilen in der Stunde betrug. Dick Sand mußte einige Vorsichtsmaßregeln ergreifen, um Maste und Segelwerk keiner Gefahr auszusetzen. Er hatte schon das Topsegel, das lateinische und das Klüverfocksegel einbinden lassen und wollte dasselbe mit dem Bramsegel machen und das Marssegel zweimal reffen lassen. Letztere Operation konnte bei einer so wenig geübten Mannschaft schwierig werden; dennoch durfte man nicht zögern. Dick stieg mit Bat und Austin in die Takelage des Fockmastes, wo es ihm auch gelang, die Bramsegel einzubinden. Bei weniger drohendem Wetter hätte er die beiden Rahen wohl am Mast gelassen; da er aber voraussah, daß es nötig werden könnte, die Bramstange selbst ganz einzunehmen, löste er die beiden Rahen und ließ sie aufs Deck nieder. Nach Abschluß dieser Arbeit, die übrigens zwei volle Stunden in Anspruch nahm, ging Dick Sand mit seinen Helfern daran, das große Marssegel zweimal zu reffen, um dadurch seine Oberfläche zu verkleinern.

Während der drei folgenden Tage, am 20., 21. und 22. Februar, veränderten sich Richtung und Stärke des Windes nicht besonders. Noch immer fiel das Quecksilber im Barometer. Für ein baldiges Steigen gab es keine Anzeichen. Der Himmel zeigte Sturm an. Dichte Dunstmassen behinderten die Sicht, so daß man kaum die Sonne wahrnehmen und den Ort ihres Auf- oder Untergangs bestimmen konnte. Dick Sand wurde unruhig. Er verließ das Deck nicht mehr, schlief kaum noch. Dennoch gelang es ihm, seine Angst vor den anderen zu verbergen. Am 23. Februar schien die Brise sich am Morgen etwas abzuschwächen, aber schon am Nachmittag frischte der Wind wieder auf und der Seegang wurde schwerer. Gegen vier Uhr verließ Negoro, den man sonst selten sah, den Wohnraum der Mannschaft und begab sich nach dem Vorderdeck. Ohne Zweifel schlief Dingo in irgendeiner Ecke, da er nicht wie gewöhnlich bellte. Schweigend blieb Negoro eine halbe Stunde stehen und beobachtete den Horizont. Lange Wellen wälzten sich hintereinander her, ohne sich gegenseitig zu brechen. Sie erschienen höher, als die Gewalt des Windes hier sie auftürmen konnte. Man mußte daraus schließen, daß sehr schweres Unwetter im Westen, vielleicht in nicht allzugroßer Entfernung, herrschte, das den Schoner bald einholen würde.

Negoro betrachtete die aufgewühlte See. Dann richteten sich seine kalten starren Augen nach dem Himmel. Der Anblick war in hohem Grad beunruhigend. Mit unterschiedlicher Schnelligkeit jagten die Dunstfetzen dahin: die Wolken der höheren Schichten schneller als die in den tieferen Zonen. Man mußte mit der Möglichkeit rechnen, daß diese schweren Nebelmassen herabsinken und den augenblicklichen Zustand, den der Seemann eine »frische Kühlte« nennt, in einen Sturm, vielleicht in einen Orkan verwandeln könnten.

Negoro schien keineswegs beunruhigt. Nur ein boshaftes Lächeln spielte um seine Lippen. Man konnte vermuten, daß ihm die Umstände gefielen. Kurze Zeit kletterte er sogar auf dem Bugspriet ein Stück hinaus, als suche er irgendein Zeichen am Horizont. Dann glitt er wieder aufs Deck zurück und ging zum Mannschaftswohnraum.

Während der folgenden dreizehn Tage vom 24. Februar bis zum 9. März änderte sich die Wetterlage nicht. Der

Himmel blieb mit dichten Dunstmassen bedeckt. Einige Stunden lang schwächte sich der Wind wiederholt ein wenig ab, gewann aber stets sehr bald seine ursprüngliche Stärke wieder. Zwei- oder dreimal stieg auch das Barometer, doch fiel es stets sofort wieder, und nichts deutete auf ein Ende der schlechten Witterung. Wiederholt brachen schwere Gewitter los, zwei- oder dreimal schlug ein Blitz in die Wogen, nur einige Kabellängen vom Schiff entfernt. Dann floß der Regen in Strömen, und dichter Nebel hüllte die »Pilgrim« ein: Der Mann auf Wache hatte manchmal stundenlang nicht die geringste Sicht, und man segelte nur auf gut Glück dahin.

Es war am 9. März. Dick Sand stand auf dem Vorderdeck, sandte bald einen prüfenden Blick über das Meer und den Himmel, bald nach der Bemastung, die unter dem Druck des Windes arbeitete. Mrs. Weldon trat hinzu.

»Du siehst noch nichts, Dick?« fragte sie, als dieser einmal das Fernrohr von den Augen nahm.

»Nichts, Mistress Weldon, nichts«, erwiderte der Leichtmatrose, »und dabei scheint sich der Horizont etwas aufzuhellen.«

»Und deiner Ansicht nach, Dick, könnte die amerikanische Küste jetzt nicht mehr fern sein?«

»Unmöglich, Mistress Weldon!«

»Das Schiff«, fuhr Mrs. Weldon fort, »hat doch stets gute Fahrt gemacht?«

»Ja, seit dem Tag, da wir Kapitän und Mannschaft verloren und der Wind auf Nordwesten drehte. Das war am 10. Februar. Heute ist der 9. März, das ergibt siebenundzwanzig Tage.«

»In welcher Entfernung von der Küste befanden wir uns damals?«

»Etwa viertausendfünfhundert Meilen, Mistress Weldon. Wenn ich auch über manches andere im Zweifel bin, so stehe ich doch für diese Zahl ein, bis auf zwanzig Meilen ab und zu.«

»Und wie groß war die Schnelligkeit des Schiffs?«

»Seit der Wind auffrischte, im Durchschnitt hundertachtzig Meilen. Ich wundere mich, daß wir noch nicht Land gesichtet haben, noch auffälliger aber ist es, daß wir noch keinem einzigen Schiff begegneten.«

»Solltest du dich bei der Einschätzung der Schnelligkeit nicht getäuscht haben, Dick?«

»Nein, Mistress Weldon, bestimmt nicht. Alle halbe Stunde wurde das Log ausgeworfen, und ich habe die Angaben sorgfältig notiert. Erlauben Sie, ich werde es gleich auswerfen lassen, und Sie sollen sich überzeugen, daß wir jetzt mit einer Geschwindigkeit von zehn Meilen in der Stunde segeln, was für den Tag mehr als zweihundert Meilen ergäbe.«

Dick Sand rief Tom und befahl ihm das Log auszuwerfen – eine Arbeit, die dem alten Neger jetzt vollkommen geläufig war. Das mit dem Ende der Leine sorgfältig verknüpfte Instrument wurde hinabgelassen. Fünfundzwanzig Faden waren schon abgelaufen, als die Leine in Toms Hand plötzlich erschlaffte.

»Oh, Herr Dick!« rief er.

»Was gibt's, Tom?«

»Die Leine ist gerissen!«

»Gerissen? . . .« wiederholte erschrocken Dick Sand, »das Log ist verloren!«

Der alte Tom zeigte das Ende der Leine, das er in der Hand hielt. Es war leider nur zu wahr. Der Knoten hatte sich nicht gelöst. Die Leine war in der Mitte zerrissen, obwohl sie aus feinstem, bestem Hanf bestand. Die Trossen mußten also an der Bruchstelle sehr abgenutzt sein. Und so war es auch, wie Dick sich überzeugen konnte, als er das Ende der Leine in der Hand hatte.

Doch Dick fragte sich mit einigem Mißtrauen, ob der häufige Gebrauch sie verschlissen hatte.
Auf jeden Fall blieb das Log jetzt verloren, und Dick Sand besaß kein weiteres Mittel, die Fahrgeschwindigkeit mit einiger Genauigkeit zu messen. Sein ganzer Besitz an nautischen Instrumenten beschränkte sich nun auf einen einzigen Kompaß, und Dick wußte nicht einmal, daß dessen Angaben falsch waren! Mrs. Weldon sah, wie betroffen er über diesen Unfall war, und zog sich, um ihn nicht noch mehr zu bedrängen, schweren Herzens in ihre Kabine zurück.
Am nächsten Tag, dem 10. März, fiel das Barometer gar auf sechsundzwanzig zwei Zehntel Zoll = 716 mm. Das war das Vorzeichen eines jener furchtbaren Stürme, die bis sechzig Meilen in der Stunde durcheilen. Jetzt wurde es dringend nötig, die Besegelung zu vermindern, um die Sicherheit des Schiffs nicht zu gefährden. Dick Sand beschloß, auch die Bramstange und die Gaffel einzunehmen und nur mit dem kleinsten Focksegel und dem dreimal gerefften Marssegel zu fahren. Er rief Tom und die anderen, ihm bei dieser schwierigen Arbeit zu helfen. Die Zeit drängte, denn schon entfesselte sich der Sturm mit ungeheurer Gewalt. Dick Sand, Austin, Acteon und Bat stiegen in die Takelage, während Tom am Steuer und Herkules auf dem Deck zurückblieben, um die Hißtaue zu lösen, wenn Befehl dazu erging. Nach großer Anstrengung waren Gaffel und Bramstange herabgelassen, wobei die tapferen Leute wohl hundertmal Gefahr liefen, bei dem heftigen Rollen des Schiffs aus der Takelage ins Meer geschleudert zu werden. Nachdem die Rundhölzer herabgeschafft und der Fockmast gut befestigt war, trug der Schoner nur noch das kleinste Focksegel und das dreimal gereffte Marssegel. Trotz dieser außerordentlichen Verminderung der Segelfläche schoß die »Pilgrim« noch immer mit rasender Schnellig-

keit dahin. – Am 12. nahm die Witterung noch bedrohlichere Formen an. Am Morgen dieses Tages bemerkte Dick mit Schrecken, daß das Barometer bis auf fünfundzwanzig neun Zehntel Zoll = 709 mm gefallen war. Damit kündigte sich ein so gewaltiger Sturm an, daß die »Pilgrim« auch die restliche Leinwand unmöglich tragen konnte. Er gab Befehl, das Marssegel sofort einzuziehen. Vergeblich. Da traf ein entsetzlicher Windstoß das Schiff und sprengte das aufs höchste gespannte Segel. Austin, der sich schon auf der kleinen Marsrahe befand, erhielt von den Backbordschoten einen heftigen Schlag, konnte jedoch, trotz seiner zum Glück nur leichten Verwundung, das Deck wieder erreichen. Dick Sands Besorgnis stieg; er fürchtete, daß das mit so toller Gewalt dahingetriebene Schiff jeden Augenblick in Trümmer gehen werde, da seiner Schätzung nach die Uferklippen nicht mehr fern sein konnten. Er begab sich deshalb wiederholt zum Vorderdeck, um nach Land auszuspähen, konnte aber nichts entdecken und kehrte wieder zu dem Steuer zurück.
Da erschien Negoro auf Deck. Er streckte seinen Arm nach einem Punkt des Horizonts aus. Man konnte glauben, er erkenne Land durch den dichten Nebel, dann lachte er boshaft auf und verließ das Deck.

Am Horizont

Am selben Tag wurde der Sturm zum wütenden Orkan. Der Wind hatte nach Südwest gedreht und zwar mit einer Geschwindigkeit von neunzig Meilen – gegen 166 Kilometer – in der Stunde. Es war in der Tat einer jener entsetzlichen Wirbelstürme, die alle Schiffe von den Reeden auf die Küste werfen, und denen auf dem Festland selbst die solidesten Bauten nicht zu widerstehen vermögen. Ein ähnlicher Orkan verwüstete z. B. Guadeloupe am 25. Juli 1825. Wenn damals schwere Vierundzwanzigpfünder aus ihren Lafetten gehoben wurden, kann man sich wohl denken, was aus einem Schiff werden mag, das der aufgewühlten, kochenden See ausgeliefert ist! Und doch, gerade seine leichte Beweglichkeit ist oft seine Rettung! Es gibt den Stößen des Windes nach, und trotzt, wenn es solid konstruiert ist, dem Ansturm der Brecher. Wie erging es nun der »Pilgrim«? Wenige Minuten nach dem Zerreißen des Marssegels hing auch das kleine Focksegel in Fetzen. Der Schoner lief jetzt also ganz ohne Segel, der Wind drückte aber noch gegen seinen Rumpf, die Masten und die wenige Takelage, und das reichte aus, ihm eine ungeheure Geschwindigkeit zu geben. Manchmal schien er aus den Wogen ganz und gar herauszutauchen, so daß er sie kaum noch streifte. Doch jeden Augenblick mußte man darauf gefaßt sein, von einer fürchterlichen Sturzwelle von hinten über Bord gespült zu werden. Die riesigen Wogen liefen noch schneller als die Brigg-Goelette und drohten über dem Hinterdeck zusammenzubrechen, wenn sie sich nicht rasch genug erhob. Wie konnte man dem entgehen? Es blieb nur der Versuch übrig, sie mit dem Steuer möglichst in günstiger Richtung zu halten. Dick Sand verließ den Helmstock nicht mehr. Er hatte sich ein Tau um den Leib geknüpft, um nicht durch einen Brecher weggerissen zu werden. Auch Tom und Bat hatten sich festgebunden und hielten sich stets in seiner Nähe bereit. Herkules und Acteon klammerten sich an das Bätingholz und lugten über das Vorderdeck hinaus. Mrs. Weldon, Jack, Vetter Benedikt und Nan blieben auf Anordnung Dicks in den Kabinen, damit sie sich nicht ohne Not der Gefahr aussetzten. Alle Luken waren hermetisch verschlossen worden; man durfte hoffen, daß sie auch dem Aufschlag größerer Wassermassen noch widerstehen würden. Zum Glück war die Ladung so gut verstaut, daß sie trotz der Neigung nach der einen Seite ihren sicheren Platz behielt.

Als sich Dick, völlig übermüdet, in der Nacht vom 13. zum 14. März ein wenig niedergelegt hatte, ereignete sich ein neuer Zwischenfall. Tom und Bat befanden sich auf dem Hinterdeck, als Negoro, der sich dort nur selten blicken ließ, auf sie zukam, scheinbar in der Absicht, eine Unterhaltung anzuknüpfen: die beiden gaben ihm jedoch keine Antwort. Plötzlich stürzte Negoro bei einer heftigen Bewegung des Schiffes und wäre wohl ins Meer geschleudert worden, hätte er sich nicht am Kompaßhäuschen festgehalten. Tom stieß aus Furcht, die Bussole habe Schaden gelitten, einen lauten Schrei aus. Dick Sand, der immer nur in halbem Schlummer lag, hörte ihn und eilte auf das Deck. Negoro hatte sich schon wieder erhoben, er hielt das Eisenstück in der Hand, das er schnell unter dem Kompaß weggenommen hatte, und versteckte es, bevor Dick Sand es sehen konnte.

»Was gibt es hier?« fragte dieser.

»Dieser unselige Koch ist eben auf die Bussole gefallen!« berichtete Tom.

Dick beugte sich beunruhigt über das Kompaßhäuschen ... es war unversehrt und der durch die Seitenlampen erhellte Kompaß schwebte noch immer in den beiden konzentrischen Ringen. Der junge Mann atmete erleichtert auf. Zerbrach diese einzige an Bord befindliche Bussole, wäre dies ein unersetzlicher Verlust gewesen. Eines aber hatte Dick Sand nicht bemerken können, daß die Nadel nämlich nach Wegnahme des Eisenstücks jetzt wieder in normaler Richtung spielte und genau nach dem magnetischen Nordpol zeigte. Er hatte aber doch alle Ursache, sich zu wundern, daß Negoro sich um diese Zeit überhaupt auf dem Hinterdeck aufhielt.

»Was macht Ihr hier?« fragte er ihn.
»Was mir beliebt«, antwortete Negoro.
»Was sagt Ihr . . .«, rief Dick Sand, der seinen Zorn nur mit Mühe zurückhalten konnte.
»Ich sage nur«, antwortete der Küchenmeister, »daß es keine Vorschrift gibt, die es verbietet, auf dem Hinterdeck herumzugehen.«
»Gut, doch diese Vorschrift erteile ich hiermit«, erwiderte Dick Sand, »und ich verbiete Euch ein für allemal, diesen Teil des Schiffes zu betreten.«
»Sehr schön«, entgegnete der Küchenmeister.
Unwillkürlich machte er, obwohl er sich sonst so vollkommen beherrschte, eine drohende Bewegung. Dick zog einen Revolver aus der Tasche und richtete ihn auf Negoro.
»Vergeßt nicht, Negoro, daß ich Euch bei der ersten Insubordination den Schädel zerschmettere!«
In diesem Augenblick fühlte sich Negoro unwiderstehlich auf das Verdeck niedergedrückt: Herkules hatte nur seine wuchtige Hand auf seine Schulter gelegt.
»Kapitän Sand«, begann der Riese, »wünschen Sie, daß ich den Zwerg über Bord werfe? Das wäre ein leckerer Bissen für die Fische, die ja nicht so wählerisch sind!«
»Noch nicht!« antwortete Dick Sand.
Als die Hand des Negers nicht mehr auf ihm lastete, erhob sich Negoro wieder.
»Verdammter Schwarzer«, murmelte er, als er an Herkules vorbeischlich, »das sollst du mir noch büßen!«
Inzwischen schien der Wind um 45 Grad umgesprungen zu sein, doch das Meer zeigte zum großen Erstaunen Dicks keine entsprechende Veränderung. Wind und Wellen trafen das Schiff jetzt an der Backbordseite statt von rückwärts – eine nicht minder gefährliche Lage. Dick war gezwungen, um fünfundvierzig Grad beidrehen zu lassen, um wieder vor dem Sturm zu laufen. Im

übrigen war sein Mißtrauen größer als früher. Er legte sich die Frage vor, ob zwischen dem Sturz Negoros und dem Verlust des ersten Kompasses doch nicht ein Zusammenhang bestehe. Was hatte der Küchenmeister da, wo er ihn antraf, vorgehabt? Hatte er vielleicht ein Interesse daran, daß die zweite Bussole auch ihren Dienst versagte? Aber mußte Negoro nicht ebenso wie alle übrigen wünschen, möglichst bald die amerikanische Küste zu erreichen? Negoro wurde nun streng überwacht. Übrigens gehorchte er den Befehlen des Leichtmatrosen und mied das Hinterdeck.

Während der ganze Woche nahm der Sturm nicht ab. Noch immer sank das Barometer. Vom 14. bis zum 26. März war es unmöglich, einige Leinwand beizusetzen. Die »Pilgrim« flog nach Nordosten mit einer Schnelligkeit, die mindestens zweihundert Meilen in vierundzwanzig Stunden betragen mußte, aber kein Land kam in Sicht. Und dieses ersehnte Land war doch das große Amerika, das sich in einer Länge von mehr als hundertzwanzig Graden als riesige Scheidewand zwischen dem Atlantischen und dem Pazifischen Ozean hinstreckt. Dick fragte sich, ob er noch bei rechtem Verstand sei, ob er nicht – vielleicht schon seit vielen Tagen – in ganz falscher Richtung segle. Nein, er konnte sich nicht täuschen! Immer noch stieg die Sonne, wenn auch der Dunst völlig freie Sicht verhinderte, vor ihm auf und ging hinter ihm unter. Aber irgendwie mußte er doch durch die Bussole, deren Angaben er mangels eines zweiten Kompasses nicht kontrollieren konnte, getäuscht worden sein! Wenn Dick nicht am Steuer stand, verschlang er mit den Augen seine Karte. Doch er mochte über ihr brüten, wie er wollte, das Rätsel wollte sich nicht lösen lassen.

Da trat gegen acht Uhr morgens, am 24. März, ein Ereignis von höchster Bedeutung ein.

Herkules, der auf dem Vorderdeck auf Wache stand, rief plötzlich:
»Land! Land!«
Dick Sand sprang in Windeseile nach vorn. Sollte sich Herkules, der ja kein Seemannsauge hatte, wohl getäuscht haben?
»Land?« rief Dick fragend.
»Dort!« antwortete Herkules und wies nach einem kaum wahrnehmbaren Punkt am nordöstlichen Horizont. Dick lugte in der bezeichneten Richtung aus – er sah nichts. Da kam auch Mrs. Weldon, die Herkules' Ausrufe gehört hatte, an Deck, doch auch sie konnte nichts entdecken. Plötzlich jedoch streckte auch Dick Sand die Hand aus und rief:
»Ja! Ja! Land!« Durch eine Lichtung in den Dunstmassen zeigte sich ein Berggipfel.
»Endlich!« rief er, »endlich!«
Er klammerte sich mit fieberhafter Kraft an die Schanzkleidung. Die mit einer hohen Bergspitze gekrönte Küste erhob sich etwa zehn Meilen backbordwärts unter dem Winde. Als ein weiterer Riß in den Wolken eine bessere Aussicht gewährte, erkannte man alles deutlicher. Offenbar war das ein Vorgebirge des amerikanischen Festlandes. Ohne Segel war die »Pilgrim« nicht imstande, gerade darauf zuzuhalten, doch mußte er ja auf jeden Fall darauf stoßen. Das konnte nur eine Frage von wenigen Stunden sein. Jetzt war es acht Uhr morgens. Noch am Vormittag mußte die »Pilgrim« an Land kommen.
Auf ein Zeichen Dick Sands führte Herkules Mrs. Weldon wieder nach dem Hinterdeck zurück, denn sie hätte es bei dem Rollen und Stampfen des Schiffes hier kaum länger aushalten können. Noch einen Augenblick lang blieb der Leichtmatrose auf dem Verdeck, dann begab er sich zum Steuer, das Tom führte. Endlich sah er die

ersehnte Küste vor sich, doch nicht ohne Angst und Schaudern. Unter den Verhältnissen, in denen sich die »Pilgrim« befand, war Land unter dem Wind fast gleichbedeutend mit einem Schiffbruch. Zwei Stunden gingen hin. Jetzt zeigte sich das Vorgebirge seitwärts des Schiffes. Da erschien Negoro auf dem Deck. Er betrachtete die Küste mit gespannter Aufmerksamkeit, bewegte den Kopf so wie jemand, der ganz genau weiß, woran er ist, und verschwand dann wieder. Wiederum enteilten zwei Stunden. Der Berg stand jetzt schon backbordwärts hinter ihnen, aber von einer weiteren Küste war nichts zu sehen. Da der Himmel sich am Horizont klärte, hätte eine hohe Küste, wie die Amerikas, neben der die gewaltigen Anden liefen, auf mehr als zwanzig Meilen sichtbar sein müssen. Dick Sand ergriff sein Fernrohr und suchte längs des ganzen östlichen Horizonts. Nichts! Er sah nichts mehr! Um zwei Uhr nachmittags war jede Spur von Land hinter der »Pilgrim« verschwunden. Dick begab sich in die Kabine zu Mrs. Weldon:

»Eine Insel war es«, sagte er, »nichts als eine Insel!«

»Eine Insel, Dick? Aber welche?« fragte Mrs. Weldon.

Dick entfernte sich einen Augenblick und brachte die Seekarte herbei.

»Hier, Mistress Weldon«, sagte er, »hier. Das kann nur die Osterinsel gewesen sein. Es gibt keine andere in dieser Gegend.«

»In welcher Entfernung von der amerikanischen Küste liegt sie wohl?«

»Fünfunddreißig Grad.«

»Das macht?«

»Ungefähr zweitausend Meilen.«

»So hat die ›Pilgrim‹ also gar keine Fahrt gemacht, da wir doch noch so weit vom Festland entfernt sind?«

»Mistress Weldon, ich kann diese unglaubliche Verzögerung nicht erklären . . . vorausgesetzt, daß die Bussole richtig gezeigt hat. Und doch, die Insel kann keine andere als die Osterinsel sein. Wir waren ja gezwungen, vor dem Sturm nach Nordosten zu fliehen, und wir müssen dem Himmel noch danken, daß er uns jetzt die Gelegenheit gegeben hat, wenigstens unsere jetzige Position zu bestimmen. Endlich weiß ich, wohin uns der Sturm verschlagen hat, und wenn er sich legt, werden wir doch mit einiger Aussicht auf Rettung die Küste Amerikas anlaufen können!«

Alle, die ihn so reden hörten, teilten seine Zuversicht, sogar Mrs. Weldon. Jedenfalls konnte die »Pilgrim« bei dem mit voller Kraft wehenden Wind irgendeinen Landungspunkt Südamerikas in weniger als zehn Tagen erreichen. Überdies hatte das Schiff trotz des gewaltigen Unwetters, dank seiner soliden Bauart und guten Ausrüstung, nur wenig gelitten. Seine Havarien beschränkten sich auf den Verlust des Marssegels und des kleinen Focksegels – ein Schaden, der leicht zu beheben war. Nicht ein Tropfen Wasser war durch die sorgsam kalfaterten Fugen der Schiffswand oder des Verdecks gedrungen. Die Pumpen befanden sich im besten Zustand. Nach dieser Seite war also so gut wie nichts zu fürchten.

Land! Land!

Die Zuversicht Dicks schien gerechtfertigt. Am folgenden Tag, dem 27. März, stieg die Quecksilbersäule im Barometer, zwar langsam, aber stetig. Blieb der Seegang auch noch schwer, so ließ der Wind, der mehr nach Westen umschlug, schon etwas nach. Noch konnte Dick

Sand freilich nicht daran denken, ein Segel zu entfalten. Auch das kleinste Stück Leinwand wäre zerrissen worden. Jedenfalls hoffte er aber vor Ablauf von vierundzwanzig Stunden, wenigstens ein Sturmsegel setzen zu können.

Während der Nacht mäßigte sich der Wind beträchtlich, und das Schiff wurde auch nicht mehr so heftig von den Wasserbergen hin- und hergeworfen. Die Passagiere fanden sich allmählich wieder auf dem Verdeck ein; sie liefen jetzt nicht mehr Gefahr, von einer Sturzwelle über Bord gespült zu werden.

»Dick, mein liebes Kind, mein Kapitän!« sagte Mrs. Weldon, indem sie dem Leichtmatrosen die Hand bot.

»Ah, Mistress Weldon«, rief Dick Sand, »Sie verletzen ja die Anordnungen Ihres Kapitäns! Sie erscheinen wieder auf Deck!«

»Ja, ich gehorche dir nicht«, erwiderte Mrs. Weldon, »doch ich habe ein gewisses Vorgefühl, daß der Sturm sich bald legen wird.«

»Sie täuschen sich nicht. Das Barometer ist seit gestern nicht gefallen. Ich glaube, daß unsere Prüfungen nun vorüber sind.«

»Wirst du dir nun endlich Ruhe gönnen?«

»Ruhe?« wiederholte Dick. »Ich befinde mich, Gott sei Dank, wohlauf und halte bis zum Ende durch. Sie haben mich Kapitän genannt, und ich will auch wirklich Kapitän bleiben, bis alle Passagiere der ›Pilgrim‹ in Sicherheit sind.«

»Dick«, fuhr Mrs. Weldon fort, »mein Mann und ich werden nicht vergessen, was du für uns getan hast. Du hast dich als ganzer Mann erwiesen. Sobald deine Studien abgeschlossen sind, wirst du – mein Mann wird mein Wort einlösen – für das Haus James W. Weldon ein Kommando führen.«

»Ich . . . ich?« rief Dick.

»Lieber Dick«, antwortete Mrs. Weldon, »du warst unser Adoptivkind, jetzt bist du unser Sohn, der Retter deiner Mutter und deines Bruders Jack!« und gerührt schloß sie ihn in ihre Arme.

Dicks Gefühle waren unbeschreiblich. Er fühlte sich nach diesem Gespräch neu gestärkt. Wurde nun der Wind günstiger und konnte er auch nur wenig Segel entfalten, dann zweifelte er nicht, alle retten zu können.

Da sich der Wind am 29. noch weiter legte, dachte Dick daran, das Mars- und Focksegel beizusetzen, um die Geschwindigkeit zu steigern und den Kurs besser einhalten zu können.

»Nun, vorwärts, Tom! Vorwärts, meine Freunde!« rief er, als er am frühen Morgen auf Deck kam. »Kommt, ich brauche eure Arme!«

Von dem Leichtmatrosen geführt, machten sich die Neger an die Arbeit. Ein Marssegel zu befestigen, machte ihnen doch einige Schwierigkeiten. Es handelte sich darum, das zusammengerollte Segelleinen erst emporzuhissen und dann an der Rahe zu verknüpfen. Dick Sand erteilte jedoch so genaue Anweisungen, und diese wurden so pünktlich ausgeführt, daß die Leinwand nach Verlauf einer Stunde an ihrer Rahe befestigt, gehißt und das Marssegel mit zwei Reffen eingestellt war. Das große Fock- und das zweite Focksegel, die vor dem Sturm eingebunden worden waren, ließen sich trotz der Kraft des Windes leichter in Ordnung bringen. Um zehn Uhr morgens war die Arbeit erledigt. Mehr Leinwand zu entfalten, hielt Dick nicht für ratsam; die Segel, die er jetzt trug, mußten ihn in zehn Tagen an die Küste Amerikas tragen.

Am folgenden Tag flogen die Wolken noch mit derselben Schnelligkeit dahin, ließen aber durch weite Zwischenräume die Strahlen der Sonne auf die Meeresfläche niederblitzen. Zuweilen schien die »Pilgrim« wie übergossen mit Licht. Endlich konnten auch die Luken geöffnet werden, um die Schiffsräume einmal zu lüften. Nun wurden auch die Segel getrocknet, die man auf dem Deck ausbreitete. Das Verdeck selbst wurde gereinigt. Wenn man einen Hafen erreichte, sollte das Schiff blitzsauber sein. Nachdem Dick kein Log mehr auswerfen konnte, hatte er sich geübt, aus dem Kielwasser die Geschwindigkeit des Fahrzeugs ziemlich verläßlich abzuschätzen. Er hielt es für ganz sicher, vor Ablauf von sieben Tagen noch kein Land in Sicht zu bekommen, und teilte seine Ansicht auch Mrs. Weldon mit.

»An welcher Stelle der Küste werden wir ankommen?« fragte die Dame.

»Hier, Mistress«, antwortete Dick und zeigte auf die Küstenstriche zwischen Peru und Chile.

»Bestimmter kann ich das nicht sagen. Hier liegt die Osterinsel, die wir im Westen hinter uns gelassen haben, und nach der beständig anhaltenden Windrichtung muß ich annehmen, daß wir Land zuerst im Osten erblicken werden. An dieser Küste gibt es genug Nothäfen, die uns aufnehmen können. Dort finden Sie überall Gelegenheit, sicher und schnell nach San Francisco zurückzukehren. Die Dampfschiff-Kompagnie des Pazifischen Ozeans unterhält da einen sehr gut organisierten Dienst. Ihre Dampfer berühren alle wichtigen Küstenpunkte, und es wird für Sie leicht sein, sich nach Kalifornien einzuschiffen.«

»Du denkst also nicht daran, die ›Pilgrim‹ nach San Francisco zurückzuführen?« fragte Mrs. Weldon.

»Gewiß, doch erst, wenn ich Sie an Land gesetzt habe. Gelingt es uns, einen Offizier und eine Mannschaft zu heuern, werden wir unsere Ladung in Valparaiso löschen, wie es Kapitän Hull vorhatte. Dann kehren wir in unseren Heimathafen zurück. Doch das würde Sie zu sehr aufhalten, und so leid es mir tun wird, von Ihnen Abschied zu nehmen ...«

»Geduld, Dick«, fiel Mrs. Weldon ein, »später werden wir ja sehen, was zu tun ist. Erst müssen wir einmal an Land setzen. Aber das dürfte nicht ganz ungefährlich sein.«

»Ja«, bestätigte der Leichtmatrose, »doch hoffe ich noch, einem Schiff zu begegnen, und wundere mich, das wir noch keines gesehen haben. Käme eins, würden wir uns mit ihm in Verbindung setzen, um unsere genaue Position zu erfahren, was die spätere Landung wesentlich erleichtern würde.«

»Und wenn wir keinem Lotsen begegnen?«

»Dann werde ich bei günstigem Wetter und brauchbarem Segelwind die Küste entlangfahren, bis sich uns ein Hafen zeigt. Frischt der Wind freilich zu sehr auf, dann ...«

»... dann, was dann, Dick?«

»Dann kann es sehr schwierig sein, mit der ›Pilgrim‹ unter den gegebenen Verhältnissen wieder in See zu stechen. Ich wäre dann gezwungen, das Schiff auf die Küste laufen zu lassen. Gott gebe, daß wir nicht dazu gezwungen werden! Doch, Mistress Weldon, das Aussehen des Himmels ist ganz beruhigend, und es erscheint mir ganz unglaublich, daß uns nicht ein Schiff oder ein Lotse begegnen sollte.«

In den nächsten Tagen veränderte sich die Wetterlage, so daß Dick Sand wieder unruhiger wurde. Der Wind hielt sich als steife Brise, und wiederholte Schwankungen des Barometers deuteten darauf hin, daß er noch weiter auffrischen werde. Dick fragte sich schon, ob er nicht wieder gezwungen würde, ohne Segel zu fahren. Als das Barometer wieder stieg, mußte man ein Umschlagen des Windes, vielleicht gar nach Osten, befürchten. Eine neue Sorge für Dick. Was sollte er bei widrigem Wind tun? Mußte er sich entschließen zu lavieren? Da gab es neue Verzögerungen, und dazu lag die Gefahr nahe, wieder ins Meer hinausgetrieben zu werden. Aber glücklicherweise erfüllten sich diese Befürchtungen nicht. Der Wind wechselte zwar mehrere Tage lang, blies bald aus Norden, bald aus Süden, zuletzt aber wieder aus Westen.

Es war am 5. April. Mehr als zwei Monate waren seit der Abfahrt verflossen, und noch immer war die Küste nicht in Sicht. Am 6. April acht Uhr morgens stieg Dick Sand auf den Mast. Die Wolken erhoben sich unter den ersten Strahlen der Sonne, und der Horizont zeigte sich in voller Klarheit.

Da rief Dick: »Land! Land in Sicht gerade vor uns!«

Alle eilten aufs Deck, nur Negoro erschien nicht. In der Entfernung von etwa vier Meilen im Osten zog sich eine niedrige Küste hin. Weiter rückwärts mußte sie von der mächtigen Kette der Anden beherrscht sein; eine dort hängende Wolkenschicht verbarg die Gipfel den Blikken. Die »Pilgrim« lief direkt und sehr schnell auf die Küste zu. Zwei Stunden später waren es nur noch drei Meilen bis dorthin. Im Nordosten erschien ein ziemlich hohes Vorgebirge, davor breitete sich eine Bucht aus. Nach Südosten verlängerte sich der Küstenstreifen gleich einer schmalen Landzunge. Das niedrige Ufer bedeckten einige Bäume, deren Silhouetten sich vom Himmel scharf abhoben. Nach dem ganzen geographischen Charakter der Gegend mußte man annehmen, daß es sich nur um ein Vorland der Anden handelte. Nirgends zeigte sich eine menschliche Wohnung, ein Hafen oder eine Flußmündung, die einem Schiff hätte als Zuflucht dienen können.

Die »Pilgrim« flog weiter auf die Küste zu. Die verminderte Segelfläche und der nach der Küste hin wehende Wind machten es Dick unmöglich, den Kurs zu ändern.

Vorn erblickte er eine lange Reihe Klippen, über die weißer Gischt emporstäubte. Die Wellen schlugen bis zur halben Uferhöhe empor. Es mußte eine gewaltige Brandung sein. Dick ging, ohne ein Wort zu äußern, vom Vorderdeck ans Steuer zurück. Der Wind frischte immer mehr auf. Der Schoner befand sich nur noch eine Meile weit vor der Küste. Da erkannte Dick Sand eine kleine Einbuchtung, auf die er zuzusteuern beschloß; zuvor aber mußte das Schiff die Riffe passieren, durch die eine Fahrstraße zu finden nicht leicht sein mochte. Auf einmal sprang Dingo nach dem Vorderdeck und fing, als er das Land erblickte, jämmerlich zu bellen an. Man hätte glauben können, er erkenne diesen Landstrich wieder und sein Instinkt riefe in ihm eine schmerzliche Erinnerung wach. Negoro mochte ihn wohl gehört haben, denn er trat jetzt aus seiner Küche und lehnte sich auf die Schanzkleidung, ohne auf den Hund zu achten, der ihn auch gar nicht zu bemerken schien. Negoro flößte die fürchterliche Brandung offenbar keinen Schrecken ein.

Mrs. Weldon beobachtete seine Gesichtszüge: Kannte Negoro wohl diesen Punkt des Festlandes? In diesem Augenblick verließ Dick Sand das Steuer, und Tom übernahm. Noch einmal faßte er die kleine Bucht, die sich jetzt etwas weiter öffnete, ins Auge.

»Mistress Weldon«, begann er dann mit fester Stimme, »ich habe keine Hoffnung mehr, einen rettenden Hafen zu finden. Noch vor Ablauf einer halben Stunde wird die ›Pilgrim‹ auf den Klippen sitzen. Wir müssen versuchen, sie auf Grund zu setzen. Ich werde Ihr Schiff in gar keinen Hafen zurückführen können. Ich bin jetzt gezwungen, es verloren zu geben, um Sie zu retten!«

»Du hast alles getan, was möglich war?« fragte Mrs. Weldon.

»Alles!« antwortete der Leichtmatrose.

Sofort traf er nun seine Anstalten für die Strandung. Zuerst mußten sich Mrs. Weldon, der kleine Jack, Vetter Benedikt und Nan mit Rettungsgürteln versehen. Dick Sand, Tom und seine Gefährten hofften als geübte Schwimmer die Küste zu erreichen, wenn sie ins Meer geschleudert würden. Herkules wurde speziell die Sorge für Mrs. Weldon aufgetragen. Dick nahm Jack unter seinen Schutz. Vetter Benedikt erschien übrigens merkwürdig ruhig, mit seiner Entomologentrommel am Band, wieder auf dem Verdeck. Der Leichtmatrose empfahl ihn an Bat und Austin. Negoros ruhiges Verhalten ließ erkennen, daß er niemandes Hilfe brauchte.
Aus übergroßer Vorsicht ließ Dick Sand ein Dutzend Tranfässer der Ladung nach dem Vorderdeck schaffen. Das Öl sollte, wenn die »Pilgrim« sich in der Brandung befand, auf das Wasser gegossen werden, um dieses wenigstens für kurze Zeit zu beruhigen. Man erwartete, daß das Schiff durch dieses Manöver leichter durch die Klippen gleiten könne. Nachdem alle Vorsichtsmaßnahmen getroffen waren, nahm er wieder Platz am Steuer.
Die »Pilgrim« segelte jetzt nur noch zwei Kabellängen vom Ufer, d. h. sie berührte fast schon die Klippen. Ihre Steuerbordseite badete schon in dem weißen Schaum der Brandung. Jeden Augenblick erwartete Dick Sand das Aufstoßen des Kiels gegen den Felsen unter dem Wasser. Plötzlich erkannte er an einem Streifen dunkleren Wassers eine Furt zwischen dem Klippenkranz. Diese galt es ohne Zögern zu benutzen, um erst so nahe wie möglich vor der Küste zu stranden. Dick besann sich keinen Augenblick. Eine Wendung des Steuers brachte das Fahrzeug in den eng gewundenen Kanal hinein. Die Wogen schlugen fast bis zum Deck hinauf. Die Neger standen auf dem Vorderdeck neben den Ölfässern in Erwartung der Befehle ihres Kapitäns.

»Gießt das Öl aus! Schnell, gießt aus!« rief Dick Sand.

Sobald sich das Öl auf den Wellen verbreitete, glättete sich das Meer zwar, aber nur, um im nächsten Moment desto empörter aufzubrausen.

Die »Pilgrim« flog über die schlüpfrigen Wogen dahin, in gerader Richtung auf das Ufer zu. Plötzlich ein Stoß. Erst erhob sich das Schiff auf dem Rücken einer furchtbaren Woge, dann saß es auf dem Grund fest. Die Masten brachen und stürzten zusammen, zum Glück, ohne jemand zu verletzen. Der Rumpf hatte ein großes Leck bekommen, durch das Wasser in vollen Strömen eindrang. Das Ufer lag jedoch nur noch eine halbe Kabellänge vor ihnen, und eine Kette kleinerer Felsen gestattete, es verhältnismäßig leicht zu erreichen.

Nach zehn Minuten standen alle, die die »Pilgrim« getragen hatte, glücklich am Fuß der Küste.

Was nun?

Nach einer langen, erst durch Windstillen verzögerten, später durch die Winde aus Nordwest und Südwest beschleunigten Überfahrt, die im ganzen nicht weniger als vierundsiebzig Tage in Anspruch genommen hatte, lag die »Pilgrim« als Wrack auf dem Strand. Dennoch dankten Mrs. Weldon und ihre Begleiter der Vorsehung für die Rettung aus schwerer Gefahr. Von hier aus schien eine Rückkehr in die Heimat nicht allzu schwierig zu sein. Die »Pilgrim« freilich war als verloren zu betrachten. Sie bestand nur noch aus einem wertlosen Rumpf, dessen Trümmer die Brandung in wenigen Stunden zerstreuen mußte. An Bergung irgendeines Teils ihrer Ladung war nicht zu denken gewesen.

In welcher Gegend Südamerikas aber befand man sich wohl? Vielleicht an der Küste Perus, wie Dick Sand vermutet hatte? Es war wichtig, sich bald über die genaue Ortslage zu unterrichten. Angenommen, es handelte sich um die Küste Perus, so mußte man hier bald auf Häfen, kleine Siedlungen und Dörfer stoßen. Die nähere Umgebung allerdings schien völlig verlassen. Sie bestand aus einem schmalen, da und dort mit dunklen Felsen besetzten Strand mit einer mittelhohen Uferböschung im Rücken, an der sich infolge herabgestürzter Gesteinsmassen sehr tiefe Einschnitte in unregelmäßiger Anordnung zeigten. An manchen Stellen konnte man auf sanfteren Hängen auf die Höhe gelangen. Nach Norden zu und etwa eine Viertelmeile entfernt fand sich die Mündung eines kleinen Flusses, den man aus der Ferne nicht hatte sehen können. Über seine Ufer hingen zahlreiche Rhizophoren, eine Art Wurzelträger. Die Ufer selbst – das sah man sehr bald – waren von dichtem Wald bedeckt. Seine grünen Blättermassen erstreckten sich bis zu den Bergen des Hinterlandes. Wäre Vetter Benedikt Botaniker gewesen, wie viele ihm noch unbekannte Bäume hätte er hier angetroffen! Da standen hohe Baobabs *(Affenbrotbäume)*, Latanen *(Fächerpalmen)*, Weißtannen, Tamarindenbäume, Pfefferstauden und hundert andere Gewächse, die ein Amerikaner im Norden der Neuen Welt zu sehen nicht gewöhnt ist. Merkwürdigerweise begegnete man unter den vielen Waldbäumen nicht einer einzigen Palme, von denen es über tausend Abarten gibt und die fast über die ganze Erde verbreitet sind. Über dem Strande tummelten sich Scharen laut schreiender Vögel, die hauptsächlich verschiedenen Schwalbenarten angehörten und schwarzes Gefieder hatten, das stahlblau schillerte, auf dem Kopf aber zeigte es kastanienbraune Färbung. Da und dort flatterten auch einzelne graue, nackthalsige Rebhühner empor. Mrs. Weldon und Dick Sand bemerkten, daß alle diese Vögel nicht besonders scheu waren. Man konnte sich ihnen nähern, ohne daß sie wegflogen. Hatten sie die Gegenwart der Menschen noch nicht fürchten gelernt? Am Strande stolzierten einige Pelikane umher, die eben die sackförmige Erweiterung zwischen den beiden Teilen ihres Unterkiefers mit kleinen Fischen füllten. Vereinzelte, von der offenen See her zufliegende Möwen schwebten anmutig um das Wrack. Die Vögel schienen tatsächlich die einzigen lebenden Wesen zu sein, die sich an der Küste aufhielten. Kein Haus, keine Hütte zeigte sich, weder nach Norden, noch gegen Süden, kein Rauch wirbelte aus dem dichten Wald in die Luft empor. Kein Fußabdruck verriet die Gegenwart eines menschlichen Wesens.

Dick Sand machte das doch etwas unruhig.

»Wo sind wir nur?« fragte er sich. »Wenn man sich nur mit jemandem verständigen könnte!«

Aber niemand zeigte sich. Wenn sich ein Eingeborener näherte, würde ihn Dingo ohne Zweifel wittern und durch sein Bellen anmelden. Der Hund lief indes auf dem schmalen Strand mit eingezogenem Schwanz und leise knurrend hin und her, deutete aber auf keine Weise die Annäherung eines Menschen oder irgendeines Tieres an.

»Dick, sieh doch Dingo!« sagte Mrs. Weldon.

»Ja, das ist merkwürdig!« erwiderte Dick. »Er scheint sich zu bemühen, eine Spur wiederzufinden.«

»Wirklich sehr merkwürdig!« murmelte Mrs. Weldon. Dann fuhr sie fort: »Schau doch, was macht denn Negoro?«

»Das gleiche wie Dingo ... er geht hier hin und dort hin ... aber er ist ja sein eigener Herr. Ich habe kein Recht mehr, ihm Befehle zu erteilen. Sein Dienst ist mit der Strandung der ›Pilgrim‹ zu Ende!«

Negoro durchstreifte den Strand, drehte sich wiederholt um, betrachtete die Küste und die Uferwand, so als ob er sich an etwas zu erinnern suchte. Kannte er wohl diese Gegend? Wahrscheinlich hätte er doch jede Antwort verweigert, wenn man eine solche Frage an ihn gestellt hätte. Am besten man beschäftigte sich mit diesem ungeselligen Menschen gar nicht. Dick sah noch, wie Negoro sich in Richtung des kleinen Flusses wandte, doch als dieser hinter einer Biegung des recht hohen Ufers verschwand, dachte er schon nicht mehr an ihn. Dingo hatte zwar gebellt, als Negoro über den schmalen Strand ging, doch war er bald darauf still.

Jetzt galt es an das Nötigste zu denken, vor allem an einen Unterschlupf, an irgendeinen Schutz, wo alle sich vorläufig einrichten konnten. Dann wollte man Rat halten und darüber entscheiden, was zu tun sei. Wegen Nahrung brauchte man sich keine Sorgen zu machen. Von etwaigen Hilfsquellen des Landes ganz zu schweigen, hatte auch die Kombüse des Schiffs noch einiges beizutragen. An mehreren Stellen der Klippen hatte die Brandung eine große Menge verschiedener Gegenstände abgelagert, die jetzt nach Eintritt der Ebbe sichtbar wurden. Tom und seinen Leuten war es schon gelungen, mehrere Fässer mit Zwieback und viele Büchsen mit konservierten Lebensmitteln und gedörrtem Fleisch zu bergen. Da sich alles noch vom Wasser unbeschädigt erwies, erschien die Versorgung der kleinen Gesellschaft sogar länger gesichert, als bis daran zu denken war, eine Siedlung zu erreichen. Ebensowenig fehlte es an Süßwasser. Dick Sand schickte Herkules nach dem kleinen Fluß, damit er von dort einige Pinten voll hole. Der Riese brachte auf seinen Schultern gleich darauf eine große Tonne voll herbei; sie war mit reinem, frischem Wasser gefüllt, das sich als gut trinkbar erwies. Es man-

gelte auch nicht an dürrem Holz, um ein Feuer anzuzünden, und die zahllosen Luftwurzeln der Manglien versprachen so viel Brennmaterial zu liefern, wie man brauchte. Auch hatte der alte Tom, der ein leidenschaftlicher Raucher war, genügend Zündschwamm bei sich, den er in einer hermetisch verschlossenen Büchse gut verwahrte. Es handelte sich also nur noch darum, einen geeigneten Schlupfwinkel zu entdecken, wenn man vor Antritt der Wanderung erst eine Nacht ausruhen wollte.
Dem kleinen Jack sollte das gelingen. Als er am Fuß der Uferwand hintrottete, entdeckte er hinter einer Einbuchtung eine von den Meereswellen ausgehöhlte, glattpolierte Grotte.
Unter Freudengeschrei rief er seine Mutter herbei und zeigte ihr triumphierend seine Entdeckung.
»Schön, lieber Jack«, bemerkte Mrs. Weldon. »Wären wir nun als Robinsons verurteilt, längere Zeit an diesem Strand zu leben, würden wir dieser Grotte deinen Namen geben.«
Jedenfalls reichte das neue Quartier aus, alle Schiffbrüchigen aufzunehmen und erwies sich – was Mrs. Weldon und Nan zu ihrer großen Befriedigung konstatierten – als völlig trocken. Noch stand der Mond im ersten Viertel, also war nicht zu befürchten, daß die Flut der nächsten Tage die Uferwand, viel weniger die Höhle selbst erreichen würde. Zehn Minuten später lagerten auch schon alle. Selbst Negoro mußte es für sinnvoll gehalten haben, sich der Gesellschaft wieder anzuschließen, um seinen Anteil an dem gemeinsamen Mahle zu bekommen. Jedenfalls mochte ihm die Aussicht, allein durch den dichten Wald längs der vielen Krümmungen des Flusses zu wandern, nicht allzu verlockend erschienen sein.
Es war um ein Uhr mittags. Fleischkonserven, Schiffszwieback und Süßwasser mit einigen Tropfen Rum, von

dem Bat ein kleines Fäßchen gerettet hatte, waren die Bestandteile dieses frugalen Mahles. Wenn Negoro auch daran teilnahm, so mischte er sich doch mit keiner Silbe in das Gespräch, das sich um die Maßnahmen drehte, die nun getroffen werden mußten, um die Lage nach dem Schiffbruch zu meistern. Mrs. Weldon, die ihren vor Müdigkeit schon halb eingeschlafenen Jack auf dem Arm hielt, nahm zuerst das Wort:

»Dick, mein Freund«, sagte sie, »im Namen aller spreche ich dir unseren Dank aus für die Opferwilligkeit, die du bisher gezeigt hast; du hast unser aller Vertrauen; so wirst du zu Land ebenso unser Führer sein, wie du Kapitän auf dem Schiff warst. Sag, was gedenkst du zu tun?«

Alle richteten die Augen auf den jungen Leichtmatrosen, selbst Negoro betrachtete ihn mit offensichtlicher Aufmerksamkeit. Die Antwort Dicks schien sein Interesse zu erregen. Dick Sand überlegte wenige Augenblicke, dann begann er: »Zuerst müssen wir wissen, wo wir uns befinden. Ich meine, an der Küste Perus. Wind und Strömungen konnten unser Schiff recht wohl bis in diese Breiten verschlagen. Vielleicht sind wir wirklich in einer der südlichen Provinzen, die am dünnsten bevölkert sind, in einem Landesteil, der an die Pampas stößt. Dann sind wir freilich von jeder Siedlung weit entfernt, und das wäre recht unangenehm.«

»Was ist zu tun?« wiederholte Mrs. Weldon.

»Wir dürfen diesen Zufluchtsort hier nicht verlassen, bevor wir über unseren Standort genau Bescheid wissen. Wenn wir geruht haben, können morgen zwei von uns auf Entdeckung ausgehen. Vielleicht treffen sie Eingeborene, von denen sie Erkundigungen einziehen können. Es ist doch kaum möglich, daß sich im Umkreis von zehn bis zwölf Meilen keine Menschenseele aufhalten soll.«

»Wir sollen uns also trennen?« fragte Mrs. Weldon.
»Das erscheint mir notwendig«, erwiderte Dick. »Wäre die Gegend wirklich menschenleer, müßten wir uns eben irgendwie anders helfen.«
»Und wer sollte auf Erkundung gehen?« fragte Mrs. Weldon nach kurzem Besinnen.
»Das wäre zu überlegen«, antwortete Dick. »Ich meine, daß Sie, Mistress Weldon, Jack, Herr Benedikt und Nan diese Grotte nicht verlassen dürften. Bat, Herkules, Acteon und Austin würden bei Ihnen bleiben, während Tom und ich aufbrächen. Negoro«, fügte Dick Sand mit einem Seitenblick auf den Küchenmeister hinzu, »wird es sicher vorziehen, hier zurückzubleiben?«
»Wahrscheinlich«, entgegnete Negoro, der sich nicht festlegen wollte.
»Wir nehmen natürlich Dingo mit«, fuhr Dick fort.
Als der Hund seinen Namen hörte, erschien er auch schon am Eingang der Grotte und bellte voll Freude, als wolle er seine Zustimmung zu Dick Sands Vorhaben ausdrücken. Während Dick Sand diese Vorschläge entwickelte, versank Mrs. Weldon in Nachdenken. Ihr Widerstreben gegen eine, wenn auch noch so kurze Trennung war gewiß nicht ungerechtfertigt. Konnte nicht der Schiffbruch der »Pilgrim« den Indianerstämmen, die im Norden oder Süden dieser Stelle hausen mochten, bekannt geworden sein, und wenn sich nun Strandräuber einfinden sollten, schien es da nicht ratsamer, beisammen zu bleiben, um sich ihrer zu erwehren? Dick meinte dagegen, daß die Indianer hier nicht mit den Wilden Afrikas oder Polynesiens zu verwechseln seien und man einen Angriff kaum zu befürchten habe.
»Sollten Tom und ich nach zwei Tagen niemanden getroffen haben, kehren wir eben wieder zurück. Doch das ist höchst unwahrscheinlich, und wir werden keine zwanzig Meilen in das Innere des Landes zu gehen

brauchen, um über unsere geographische Lage Aufklärung zu erhalten. Ich kann mich ja in meiner Schätzung getäuscht haben, da mir alle astronomischen Hilfsmittel fehlten, und es ist nicht ausgeschlossen, daß wir uns in höherer oder tieferer Breite befinden.«

»Ja, ja, du hast recht, mein Kind«, antwortete Mrs. Weldon sehr ängstlich.

»Und Sie, Herr Benedikt«, fragte Dick Sand, »was sagen Sie zu meinem Vorschlag?«

»Ich? . . .« fragte Vetter Benedikt.

»Ja, was ist Ihre Meinung?«

»Ich habe gar keine Meinung«, erwiderte Vetter Benedikt, »ich finde alles vortrefflich, was vorgeschlagen wird, und werde stets tun, was man wünscht. Sollen wir ein oder zwei Tage hier bleiben? Mir soll's recht sein, so werde ich meine Zeit dazu verwenden, diesen Strand vom rein entomologischen Standpunkt zu studieren.«

»Wagen Sie sich dabei nicht allzuweit weg, Herr Benedikt«, bat Dick, »wir empfehlen Ihnen das dringend!«

Wenige Minuten später verließ der Entomologe, die kostbare Blechbüchse am Band, die Grotte. Fast gleichzeitig begab sich auch Negoro hinaus. Während Vetter Benedikt einen Abhang des Steilufers erkletterte, um seine Untersuchungen am Saum des Waldes zu beginnen, wendete sich Negoro nach dem Flüßchen und ging langsam davon. Jack schlief noch immer. Mrs. Weldon legte ihn der alten Nan in den Schoß und ging an den Strand hinunter. Dick und die andern folgten. Der Anblick des Schiffes, das halb zertrümmert, ohne Masten und Segel, wie leblos auf der Seite lag, schnürte ihnen das Herz zusammen. Doch wenn sie von der großen Menge verschiedener Gegenstände etwas bergen wollten, was ihnen von Nutzen sein konnte, mußten sie schnell handeln, bevor der Wellenschlag das Wrack völlig zerstörte. Dick und die Neger kletterten an den herabhängenden Tauenden auf das Verdeck und konnten von dort leicht ins Innere eindringen. Während Tom, Herkules, Bat und Austin sich damit beschäftigten, aus der Kombüse alles, was ihnen brauchbar erschien, an Lebensmitteln und Getränken wegzuschaffen, begab sich Dick nach dem Wohnraum des Kapitäns. Glücklicherweise war, da das Hinterdeck nach der Strandung höher zu liegen kam, das Wasser in diesen Teil des Fahrzeugs noch nicht eingedrungen. Dick fand hier noch vier gut erhaltene Schußwaffen – ausgezeichnete Remingtongewehre aus der Fabrik von Purdey & Co. – sowie einen Vorrat Patronen, die noch wohlverschlossen in den zugehörigen Kästen lagen. Das reichte, die kleine Truppe zu bewaffnen, um einen etwaigen Angriff von Indianern abzuschlagen. Dick rüstete sich auch mit einem Taschenkompaß aus; die Schiffskarten freilich, die ihren Platz in einem Raum des Vorderteils hatten, waren durch Wasser beschädigt worden und konnten nicht mehr benutzt werden.

In der Rüstkammer der »Pilgrim« befanden sich eine Anzahl großer Messer, die zur Abhäutung der Walfische dienten. Dick Sand wählte davon sechs Stück aus, um die Ausrüstung seiner Leute zu vervollständigen. Auch vergaß er die Kinderflinte nicht, die dem kleinen Jack gehörte. Alles andere ließ er zurück, denn er wollte sich für eine Reise, die nur wenige Tage dauern sollte, nicht mehr belasten. Auf Anraten von Mrs. Weldon nahm er allerdings alles vorhandene bare Geld – etwa fünfhundert Dollar – mit. Das war in der Tat wenig. Mrs. Weldon allein hatte eine weit höhere Summe bei sich gehabt, die jedoch nicht aufzufinden war. Wer, wenn nicht Negoro, hätte das Wrack wohl vor ihnen schon besuchen und sich mit dem Geld des Kapitän Hull und der Mrs. Weldon bereichern können? Aber ganz sicher war Dick nicht. Gut, Negoro war zwar ein böser Mensch, aber das traute Dick ihm doch nicht zu. Immerhin beschloß er, Negoro zu befragen und nötigenfalls eine Leibesvisitation durchführen zu lassen, denn er wollte wissen woran er war.

Die Sonne neigte sich dem Horizont zu. In dieser Jahreszeit hatte sie den Äquator noch nicht überschritten, um der nördlichen Halbkugel die größere Menge Licht und Wärme zuzuführen, aber sie war schon nahe daran. Die Dämmerung dauerte nur kurze Zeit, und die Nacht brach sehr schnell herein – eine Beobachtung, die Dick Sand weiter in seiner Annahme bestärkte, daß er an einem zwischen dem Wendekreis des Steinbocks und dem Äquator gelegenen Küstenpunkt gestrandet sei.

Mrs. Weldon, Dick und die Neger kehrten zur Grotte zurück, um einige Stunden zu ruhen.

»Das wird noch eine schwere Nacht geben«, bemerkte Tom, indem er nach dem dicht mit Wolken bedeckten Himmel zeigte.

»Ja«, bestätigte Dick Sand, »es wird eine sehr frische Brise wehen. Doch was kümmert's uns jetzt? Unser armes Schiff ist nun mal verloren, und uns selbst kann der Sturm hier nichts anhaben.«

Man kam überein, daß während der voraussichtlich sehr dunklen Nacht je einer der Neger am Eingang der Grotte wachen sollte. Außerdem zählte man auch auf Dingo. Da bemerkte man, daß Vetter Benedikt noch nicht zurück war. Herkules rief ihn mit der ganzen Kraft seiner gewaltigen Lunge, und fast gleichzeitig sah man den Entomologen, auf die Gefahr hin, den Hals zu brechen, den Abhang der Uferwand herunterklettern.

Vetter Benedikt raste in Gelehrtenwut. Im Wald hatte er auch nicht ein einziges neues, zur Einreihung in seine Sammlung würdiges Insekt gefunden. Skorpione und dergleichen soviel man hätte verlangen können und

noch mehr, aber damit gab sich Vetter Benedikt – wie bekannt – nicht ab.
»Das lohnt sich freilich nicht der Mühe«, polterte er los, »fünf- oder sechstausend Meilen zurückzulegen, dem Sturm wochenlang zu trotzen und endlich auf die Küste geworfen zu werden, wenn ich hier auch nicht ein Exemplar jener amerikanischen Sechsfüßler entdecken sollte, das jedem entomologischen Museum zur Zierde gereicht! Nein, das war nicht der Mühe wert!«
Zum Schluß verlangte er, daß man ohne Verzug aufbrechen sollte; er wollte am liebsten keine Stunde mehr an diesem erbärmlichen Strand verweilen. Mrs. Weldon suchte ihr großes Kind zu beruhigen. Sie machte ihm Hoffnung, daß er am folgenden Tag glücklicher sein werde, und alle lagerten sich schon, so gut es eben ging, in der Grotte, um bis Sonnenaufgang zu schlummern, als Tom darauf aufmerksam machte, daß Negoro, trotz hereingebrochener Nacht noch nicht zurückgekehrt sei.
»Wo könnte er wohl sein?« fragte Mrs. Weldon.
»Das kümmert uns wenig«, meinte Bat.
»Im Gegenteil«, antwortete Mrs. Weldon, »mir wenigstens wäre es lieber, ich wüßte, daß er bei uns wäre.«
»Ganz recht, Mistress Weldon«, bemerkte Dick, »doch wenn er sich unserer Gesellschaft freiwillig entzogen hat, so sehe ich kein Mittel, ihn wieder zurückzuholen. Wer weiß, ob er nicht Grund hat, uns für alle Zukunft aus dem Weg zu gehen!«
Er zog Mrs. Weldon zur Seite und teilte ihr seinen Verdacht mit. Er war auch gar nicht erstaunt, ihn von ihr geteilt zu sehen. Nur in einem Punkt gingen ihre Ansichten auseinander.
»Wenn Negoro zurückkommen sollte«, meinte Mrs. Weldon, »dürfte er seinen Raub in Sicherheit gebracht haben. Dann sind wir außerstande, ihn zu überführen;

am besten wir tun so, als ob wir nichts wüßten, so daß er meint, er habe uns mit Erfolg betrogen.«
Dick mußte ihr schließlich aufgrund der Sachlage rechtgeben. Inzwischen hatte man wiederholt nach Negoro gerufen, doch keine Antwort erhalten. War er zu weit entfernt, um die Rufe zu hören, oder wollte er nicht zurückkehren? Die Neger bedauerten es nicht, von ihm befreit zu sein, und doch war er, wie Mrs. Weldon sagte, in der Ferne vielleicht noch mehr als in unmittelbarer Nähe zu fürchten. Wie sollte man sich aber erklären, daß Negoro es vorzog, sich ganz allein in diese unbekannte Wildnis zu wagen? Sollte er sich doch nur verirrt haben? Mrs. Weldon und Dick Sand wußten schließlich nicht mehr, was sie glauben sollten. Da schlug der Hund, der noch am Strand herumlief, plötzlich kräftig an.
»Was hat denn Dingo?« fragte Mrs. Weldon.
»Das müssen wir auf jeden Fall erfahren«, antwortete Dick Sand. »Vielleicht kommt Negoro doch noch wieder!«
Herkules, Bat, Austin und Dick eilten sofort zur Mündung des Flüßchens. Dort angekommen, bemerkten sie aber nicht das Geringste. Auch Dingo war wieder still geworden. Man ging wieder zur Grotte zurück. Allein Mrs. Weldon konnte vor Unruhe kein Auge zutun.

Harris

Am nächsten Morgen, dem 7. April, sah Austin, der bei Tagesanbruch Wache hatte, Dingo bellend nach dem kleinen Fluß laufen. Mrs. Weldon, Dick Sand und die Neger traten aus der Höhle. Offenbar ging hier etwas vor.

»Dingo hat irgendein lebendes Wesen, Mensch oder Tier, gewittert«, behauptete Dick.

»Auf keinen Fall ist es Negoro«, meinte Tom, »sonst würde Dingo wütender bellen.«

»Wenn das Negoro nicht ist, wo mag er dann sein?« fragte Mrs. Weldon, »und wenn er es wirklich nicht ist, wer kann es dann sein?«

»Das werden wir gleich wissen, Mistress Weldon!« erwiderte Dick Sand.

Er wandte sich an Bat, Austin und Herkules:

»Bewaffnet euch, meine Freunde und kommt mit mir!«

Die Neger nahmen jeder ein Gewehr und ein Faschinenmesser, wie es Dick Sand auch getan hatte; eine Patrone wurde in die Zündkammer der Remingtonbüchsen eingelegt, und so bewaffnet begaben sich alle nach dem Ufer des kleinen Flusses. Mrs. Weldon, Tom und Acteon blieben am Eingang der Grotte zurück, in der sich auch der kleine Jack und Nan noch aufhielten. Die Sonne stieg empor. Ihre Strahlen erreichten bisher nicht den Strand, das Meer aber glitzerte hinaus bis zum westlichen Horizont im ersten Glanz des Tages.

Dick Sand und seine Begleiter folgten der Biegung des Ufers, das nach der Mündung führte. Dort stand Dingo und bellte noch immer. Offenbar sah oder witterte er einen Eingeborenen. In der Tat galt der Zorn des Hundes diesmal nicht Negoro, seinem Feind vom Schiff. Auf der letzten Stufe der Berglehne erschien eben ein Mann, der vorsichtig herabstieg und durch anlockende Bewegungen Dingo zu beruhigen suchte. Er schritt, offenbar ohne besondere Scheu vor dem wütenden Hund zu haben, sicher vorwärts.

»Negoro ist das nicht«, sagte Herkules.

»Wir können bei einem Tausch nicht verlieren«, antwortete Bat.

»Nein, gewiß nicht«, bestätigte Dick Sand.
Alle vier hingen die Gewehre über die Schultern und gingen rasch dem Unbekannten entgegen. Dieser gab unverkennbar Zeichen des höchsten Erstaunens kund. Sicherlich erwartete er nicht, hier an der Küste fremden Leuten zu begegnen. Offenbar hatte er auch das Wrack der »Pilgrim« noch nicht gesehen, wodurch sich ihm die Anwesenheit der Schiffbrüchigen auf natürliche Weise erklärt hätte. Als er die Männer auf sich zukommen sah, schien es, als wolle er umkehren. Er trug eine Flinte am Band, die er erst schnell zur Hand nahm, dann aber eilig über die Schulter warf. Er fühlte sich wohl etwas unsicher. Dick Sand machte eine grüßende Bewegung, die der Unbekannte offenbar verstand, denn er wagte sich nach einigem Zögern heran. Dick konnte ihn jetzt genauer ins Auge fassen. Es war ein kräftiger, höchstens vierzig Jahre alter Mann mit feurigem Blick, mäßig grauem Kopf- und Barthaar und sonnverbranntem Gesicht, ähnlich einem Nomaden, der sein ganzes Leben in der freien Luft zugebracht hat. Er trug eine Art Bluse von gegerbtem Fell, einen breitkrempigen Hut und bis über die Knie reichende Wasserstiefel, an denen Sporen mit großen Rädern klirrten. Dick erkannte zuerst, daß er keinen Indianer, wie sie gewöhnlich durch die Pampas streifen, vor sich habe, sondern einen wenig Vertrauen erweckenden Abenteurer, wie sie in menschenleeren Gegenden umherzuirren lieben. Seine etwas steife Haltung und einige rötlich gefärbten Barthaare schienen darauf hinzudeuten, daß er Engländer war. Diese Annahme erhielt dadurch eine weitere Bestätigung, daß er, als Dick Sand ihm ein »Willkommen!« in englischer Sprache zurief, in derselben Sprache und ohne merkbare fremde Betonung antwortete.
»Seid auch Ihr willkommen, mein junger Freund!« sagte der Unbekannte, schritt auf Dick zu und schüttelte ihm

die Hand. Den Negern gegenüber begnügte er sich mit einer leichten Handbewegung, ohne ein Wort an sie zu richten.

»Sie sind ein Engländer?« fragte er den Leichtmatrosen.

»Amerikaner«, antwortete Dick Sand.

»Aus dem Süden?«

»Nein, aus dem Norden.«

Diese Antwort schien dem Unbekannten zu gefallen, denn er schüttelte Dicks Hand noch einmal und kräftiger, wie es die Amerikaner zu tun pflegen.

»Und darf ich fragen, mein junger Freund, wie Sie an diese Küste gelangt sind?« Noch bevor Dick Sand antworten konnte, zog der Unbekannte plötzlich den Hut und verneigte sich höflich grüßend. Mrs. Weldon war nämlich bis zum Ufer herangekommen und stand ihm jetzt gerade gegenüber. Sie übernahm es, die nötige Aufklärung zu geben.

»Wir sind Schiffbrüchige, mein Herr«, sagte sie, »unser Schiff ist auf diesen Klippen gestrandet.«

Über das Gesicht des Unbekannten flog ein Zug von Mitleid, während seine Blicke das Fahrzeug suchten, das auf die Küste geworfen worden sein sollte.

»Von unserm Schiff ist nichts mehr übrig«, erklärte Dick Sand. »Während der Nacht hat es die Brandung völlig zerstört. Unsere erste Frage, mein Herr, ist es, von Ihnen zu erfahren, wo wir eigentlich sind.«

»Sie befinden sich hier an der Küste Südamerikas«, erwiderte der Unbekannte, den diese Frage zu verwundern schien, »zweifeln Sie vielleicht daran?«

»Leider, mein Herr, denn der Sturm hat uns vielleicht aus unserem Kurs verschlagen, den ich genau zu kontrollieren nicht imstande war«, antwortete Dick Sand. »Doch ich hätte von Ihnen gern eine genauere Auskunft. Ich hielt dieses Land für die Küste von Peru.«

»Nein, mein junger Freund! Etwas weiter südlicher. Sie sind an der Küste Boliviens gestrandet.«

»Ah so!«

»Und zwar befinden Sie sich im südlichen Teil Boliviens, der an Chile grenzt.«

»Wie heißt wohl die Landspitze dort?« fragte Dick Sand, indem er nach dem im Norden von ihnen gelegenen Vorgebirge hinwies.

»Den Namen weiß ich selbst nicht«, antwortete der Unbekannte, »denn wenn ich das Innere des Landes auch so ziemlich kenne, da ich es oft durchstreift habe, so besuche ich diese Küste doch zum ersten Mal.«

Dick dachte kurze Zeit nach. Die Angaben verwunderten ihn nicht allzusehr, denn seine Schätzungen bezüglich der Meeresströmungen konnten oder mußten ihn jedenfalls getäuscht haben; doch war der Irrtum nicht sehr groß. Wenn er angenommen hatte, sich zwischen dem siebenundzwanzigsten und dem dreißigsten Breitengrad zu befinden, wozu ihn das Auftauchen der Osterinsel zu berechtigen schien, und wenn die Strandung dann unter dem fünfundzwanzigsten Grad erfolgte, so betrug die Abweichung der »Pilgrim« von ihrem richtigen Kurs in der Tat nur wenig. Nichts berechtigte ihn, die Angaben des Fremden zu bezweifeln, und befand sich die kleine Gesellschaft hier an der unteren Küste Boliviens, so schien es ganz natürlich, sie so verlassen zu finden.

»Ihren Worten nach, mein Herr«, begann der Leichtmatrose wieder, »muß ich annehmen, daß Lima noch ein gutes Stück entfernt ist.«

»Oh, Lima, das liegt sehr weit von hier . . . dort oben weit im Norden!«

Da Negoros Verschwinden Mrs. Weldon mißtrauisch gemacht hatte, betrachtete sie den Ankömmling mit größter Aufmerksamkeit, entdeckte aber weder in seinem Auftreten noch in seiner Ausdrucksweise irgend etwas Verdächtiges.

»Halten Sie meine Frage nicht für indiskret, mein Herr«, begann sie darauf, »Sie scheinen nicht selbst aus Bolivien zu sein?«

»Ich bin Amerikaner wie Sie, Mistress«, antwortete der Unbekannte, der einen Augenblick die Stimme anhielt, wie um den Namen der Amerikanerin zu hören.

»Mistress Weldon«, stellte die Dame sich ihm vor.

»Mein Name ist Harris; ich bin in Süd-Carolina zu Hause. Seit zwanzig Jahren schon hab' ich mein Vaterland mit den Pampas Boliviens vertauscht, und es macht mir ein besonderes Vergnügen, einmal wieder Landsleute zu sehen.«

»Sie wohnen in diesem Teil der Provinz, Herr Harris?« fragte Mrs. Weldon.

»Nein, Mistress Weldon, ich wohne weiter im Süden, an der Grenze Chiles, und bin eben auf der Reise nach Atacama im Nordosten.«

»Befinden wir uns etwa am Rand der Atacama-Wüste?« fragte Dick Sand.

»So ist es, mein junger Freund; diese menschenleere Gegend reicht bis weit jenseits der Berge, die dort den Horizont abschließen.«

»Die Einöde von Atacama«, wiederholte Dick Sand.

»Ja«, erwiderte Harris, »diese verlassene Gegend bildet in Südamerika fast ein Land für sich, so sehr unterscheidet sie sich in verschiedenen Beziehungen von den umliegenden Gegenden. Es ist der merkwürdigste wie der am wenigsten bekannte Teil des Kontinents.«

»Und doch reisen Sie hier allein?« fragte Mrs. Weldon.

»Oh, ich mache diesen Weg nicht zum ersten Mal«, antwortete der Amerikaner. »Etwa zweihundert Meilen von hier liegt eine ausgedehnte Farm, die Hazienda de

San Felipe, die einem meiner Brüder gehört, zu dem ich mich wegen einiger Handelsgeschäfte begebe. Wollen Sie mir dahin folgen, so dürfen Sie einer freundlichen Aufnahme sicher sein; auch wird es Ihnen dort nicht an Transportmitteln fehlen, um die Stadt Atacama zu erreichen. Mein Bruder wird sich glücklich schätzen, Ihnen dienen zu können.«

Das spontane Angebot des Amerikaners machte ihn Mrs. Weldon schon sympathischer. Er wandte sich noch einmal an die Dame.

»Die Schwarzen sind wohl Ihre Sklaven?«

Er wies dabei auf Tom und seine Gefährten.

»In den Vereinigten Staaten gibt es keine Sklaven mehr«, erwiderte Mrs. Weldon lebhaft. »Der Norden hat die Sklaverei schon lange abgeschafft, und der Süden hat seinem Beispiel folgen müssen.«

»Oh, das ist brav«, antwortete Harris. »Ich vergaß ja ganz, daß der Krieg von 1862 diese wichtige Frage gelöst hat. Ich bitte die wackeren Leute um Verzeihung«, fügte er mit leiser Ironie hinzu, von der er sich als Amerikaner aus dem Süden der Republik nicht befreien konnte, wenn er mit Negern sprach. »Doch als ich jene Gentlemen in Ihren Diensten sah, glaubte ich ...«

»Sie sind weder heut in meinem Dienst«, sagte Mrs. Weldon sehr ernst, »noch sind sie es jemals gewesen.«

»Wir würden es uns zur Ehre anrechnen, Ihnen zu dienen, Mistress Weldon«, ließ sich da der alte Tom vernehmen. »Doch Herr Harris soll wissen, daß wir niemandem gehören. Ich selbst bin zwar noch Sklave gewesen und wurde im Alter von sechs Jahren in Afrika verkauft; mein Sohn Bat hatte aber schon einen frei gewordenen Vater, und alle meine Gefährten dort wurden von freien Eltern geboren.«

»Ich wünsche Ihnen dazu alles Glück«, erwiderte Harris

in einem Ton, der Mrs. Weldon nicht sehr ernst schien.
»Wir in Bolivien haben übrigens keine Sklaven. Hier ist also nichts für Sie zu fürchten, und Sie können sich ebenso frei bewegen wie in den Staaten Neu-Englands.«
In diesem Augenblick erschien der kleine Jack, der sich noch die Augen rieb, von Nan gefolgt, vor der Grotte. Als er seine Mutter sah, lief er auf sie zu. Mrs. Weldon schloß ihn zärtlich in die Arme.
»Was für ein hübsches Kind!« rief der Amerikaner aus und schritt auf Jack zu.
»Es ist mein Sohn«, antwortete Mrs. Weldon.
»Oh, Mistress Weldon, so müssen Sie doppelt gelitten haben, wenn Sie auch Ihr Kind so vielen Gefahren ausgesetzt sahen!«
»Gott hat ihn mir erhalten, wie er auch uns gerettet hat, Herr Harris«, sagte die Dame.
»Gestatten Sie mir, ihn auf die Wangen zu küssen?« fragte Harris.
»Gern!« erwiderte Mrs. Weldon. Das Gesicht des Herrn Harris schien dem kleinen Jack aber gar nicht zu gefallen, denn er drückte sich nur dichter an die Mutter.
»Wie?« fragte Harris, »du willst dich nicht von mir umarmen lassen? Fürchtest dich wohl vor mir, mein kleiner Prinz?«
»Entschuldigen Sie, Herr Harris«, trat Mrs. Weldon für ihr Söhnchen ein, »er ist von Natur aus etwas schüchtern.«
»Nun, wir werden ja weitere Bekanntschaft machen! Auf der Hazienda wird er schon seine Freude haben, ein kleines edles Pony zu reiten, das ihn mit mir aussöhnen wird!«
Doch auch das Angebot eines »edlen Pony« schmeichelte Jack offenbar gar nicht oder doch ebensowenig wie

die Aussicht, von Harris umarmt zu werden. Mrs. Weldon, der die Situation etwas unangenehm erschien, beeilte sich, dem Gespräch eine andere Wendung zu geben. Sie wollte verhüten, daß ein Mann, der seine guten Dienste so selbstlos anbot, ohne Ursache beleidigt wurde.

Dick Sand ließ sich inzwischen den so unerwarteten Vorschlag, nach der Hazienda de San Felipe zu ziehen, durch den Kopf gehen. Nach Harris' Angabe handelte es sich dabei um einen zweihundert Meilen langen, durch Wälder und offenes Gelände führenden Weg – jedenfalls um einen beschwerlichen Marsch, da ihnen ja keine Transportmittel zur Verfügung standen. Er machte also einige Einwände und wartete gespannt die Antwort des Amerikaners ab.

»Die Reise ist zwar lang«, erwiderte Harris, »dafür habe ich aber dort, wenig hundert Schritte hinter der Uferbiegung, ein Pferd stehen, das ich Mistress Weldon und ihrem Sohn zur Verfügung stelle. Für uns wird es nicht schwer, ja nicht einmal besonders anstrengend sein, den Weg zu Fuß zurückzulegen. Wenn ich übrigens von zweihundert Meilen sprach, so gilt diese Angabe nur für den Fall, daß wir den Weg längs des Flusses einschlagen, auf dem ich an die Küste herabkam. Gehen wir dagegen quer durch den Wald, würde sich die Entfernung um gut achtzig Meilen vermindern; rechnen wir zehn Meilen auf den Tag, dürften wir meiner Ansicht nach ohne allzugroße Mühe die Hazienda innerhalb von zwölf Tagen erreichen.«

Mrs. Weldon dankte dem Amerikaner.

»Sie können mir nicht besser danken«, antwortete Harris, »als dadurch, daß Sie meinen Vorschlag annehmen. Zog ich auch noch nie durch diesen Wald, so wird der Weg doch bestimmt nicht schwer zu finden sein, da ich die Pampas schon lange gründlich kenne. Eine Frage muß allerdings geklärt werden, nämlich die der Nahrungsmittel. Ich selbst besitze leider nicht mehr, als was ich brauche, um bis zur Hazienda de San Felipe zu gelangen.«

»Wir, Herr Harris«, fiel da Mrs. Weldon ein, »haben dagegen glücklicherweise Überfluß an Lebensmitteln und werden uns glücklich schätzen, mit Ihnen zu teilen.«

»Nun, Mistress Weldon, so scheint sich ja alles nach Wunsch zu gestalten, und wir brauchen also nur aufzubrechen.«

Harris wandte sich schon dem Flußufer zu, um sein Pferd zu holen, als ihn Dick Sand noch einmal zurückhielt. Die Küste zu verlassen und sich durch diesen endlosen Wald in das Landesinnere zu begeben, war nun einmal nicht nach dem Sinn des jungen Leichtmatrosen. In ihm erwachte der Seemann wieder, und er hätte es offenbar vorgezogen, längs der Küste hinauf oder hinunter zu ziehen.

»Warum, Herr Harris«, begann er, »sollen wir einhundertzwanzig Meilen durch die Einöde von Atacama wandern, warum folgen wir nicht lieber dem Meeresufer? Ist's nicht ratsamer, die nächste Stadt im Norden oder Süden aufzusuchen?«

»Ja, mein junger Freund«, entgegnete Harris mit leichtem Runzeln der Stirn, »unter drei- bis vierhundert Meilen findet sich nur eine Stadt an der Küste, die ich übrigens selbst kaum kenne.«

»Nach Norden hin, ja«, warf Dick Sand ein, »aber im Süden?«

»Nach Süden zu«, versetzte der Amerikaner, »müßten wir bis nach Chile wandern. Das ist sehr weit, und an Ihrer Stelle würde ich nicht ohne Not längs der Pampas der Argentinischen Republik ziehen. Ich würde Sie zu meinem Bedauern dorthin nicht begleiten können.«

»Kommen denn die Schiffe, die von Chile nach Peru fahren, nicht an der Küste vorüber?«

»Nein«, antwortete Harris. »Sie halten sich weit draußen auf offener See, und Sie werden auch kaum einem begegnet sein.«

»Das ist richtig«, bemerkte Mrs. Weldon. »Nun, Dick, hast du noch irgendeine Frage an Herrn Harris zu richten?«

»Eine einzige, Mistress Weldon«, antwortete Dick. »Ich möchte Herrn Harris fragen, in welchem Hafen wir seiner Ansicht nach ein Schiff antreffen, das uns zurück nach San Francisco bringt?«

»Meiner Treu, junger Freund«, erwiderte der Amerikaner, »das weiß ich freilich selbst nicht. Ich weiß nur das eine, daß wir in der Hazienda de San Felipe Gelegenheit finden werden, die Stadt Atacama zu erreichen und von da aus . . .«

»Glauben Sie ja nicht, Herr Harris«, fiel da Mrs. Weldon ein, »daß Dick zögert, Ihr Anerbieten anzunehmen.«

»Nein, Mistress Weldon, gewiß nicht, ich zögere nicht«, beteuerte Dick, »aber ich bedauere noch immer, daß ich Sie nicht wenige Grade weiter nördlich oder südlich an Land setzen konnte. Wir wären dann ganz in der Nähe eines Hafens gewesen, und da dieser Umstand unsere Heimkehr wesentlich erleichtert hätte, brauchten wir Herrn Harris' Güte nicht in Anspruch zu nehmen.«

»Fürchten Sie nicht, mich zu belästigen, Mistress Weldon«, bemerkte darauf der Amerikaner. »Ich wiederhole Ihnen, daß ich leider selten Gelegenheit habe, Landsleute begrüßen zu können. Mir wird es nur ein Vergnügen sein, Ihnen zu dienen.«

»Wir nehmen Ihr Anerbieten an, Herr Harris«, antwortete Mrs. Weldon, »doch Ihres Pferdes möchte ich Sie nicht berauben. Ich bin eine gute Fußgängerin . . .«

»Und ich ein sehr guter Fußgänger«, fiel Harris ein und verneigte sich höflich. »Ich bin lange Märsche durch die Pampas gewohnt, Sie brauchen also nicht zu befürchten, daß Sie meinetwegen zu langsam vorankommen. Nein, nein, Mistress, Sie und Ihr kleiner Jack, niemand anderes wird das Pferd benutzen. Möglicherweise begegnen wir auch unterwegs einigen Leuten von der Hazienda, und da diese stets beritten sind, werden sie uns Tiere abtreten.«

Dick Sand begriff, daß er durch weitere Einwürfe Mrs. Weldon nur in Verlegenheit bringen würde.

»Wann werden wir aufbrechen, Herr Harris?« fragte er.

»Noch heute, mein junger Freund«, erwiderte dieser. »Mit dem Monat April beginnt die Regenzeit, und wir müssen die Hazienda möglichst noch vorher erreichen. Jedenfalls ist der Weg quer durch den Wald der kürzeste und vielleicht auch der sicherste. Wir haben hier die Einfälle nomadisierender Indianer weniger zu fürchten als an der Küste.«

Dick wandte sich an die Neger:

»Freunde, wir haben also nur die nötigsten Vorbereitungen zu treffen. Von dem, was uns noch geblieben ist, wollen wir nur das mitnehmen, was sich am bequemsten transportieren läßt. Wir stellen einzelne Bündel her, so daß jeder seinen Teil trägt.«

»Herr Dick«, meldete sich da Herkules, »wenn Sie wünschen, trage ich die ganze Ladung allein.«

»Schon gut, mein wackerer Herkules«, lehnte Dick ab, »es ist besser, wir verteilen die Last auf alle.«

»Ihr seid ja ein handfester Reisegefährte, Herkules«, sagte da Harris und maß den Neger mit einem Blick, als ob er käuflich wäre. »Auf einem Markt Afrikas würde man für Euch einen hohen Preis zahlen!«

»Ich bin ebenso viel wert, wie an mir ist«, antwortete

Herkules lächelnd, »und die Käufer sollten wohl Fersengeld zahlen, wenn sie mich fangen wollten!«
»Bevor wir aber aufbrechen, Herr Harris«, begann da Mrs. Weldon, »und wir Ihre Gastfreundschaft annnehmen, bitte ich Sie, die unsere nicht abzuweisen.«
»Ich danke Ihnen, Mistress Weldon, ich danke Ihnen von Herzen«, antwortete Harris.
»In wenigen Minuten wird unser Frühstück bereit sein.«
»Sehr schön, Mistress Weldon, diese zehn Minuten will ich nützen, mein Pferd zu holen. Das hat jetzt gewiß schon gefrühstückt.«
»Darf ich Sie begleiten, mein Herr?« fragte Dick den Amerikaner.
»Ganz nach Ihrem Belieben, junger Freund!« antwortete Harris; »kommen Sie, kommen Sie!«
In der Zwischenzeit wurde Herkules ausgeschickt, den Entomologen aufzusuchen. Vetter Benedikt kümmerte sich nicht im geringsten darum, was um ihn her vorging. Er irrte am Ufer umher, immer nach einem »unentdeckbaren« Insekt forschend. Herkules führte ihn trotz seines Sträubens zurück. Mrs. Weldon teilte ihm mit, daß man sich entschieden habe, aufzubrechen und durch das Landesinnere zu ziehen; das Unternehmen werde zehn Tage in Anspruch nehmen. Vetter Benedikt erwiderte, er sei bereit und er würde gern ganz Amerika durchwandern, wenn man ihn unterwegs nur »sammeln« lasse.
Mit Nans Hilfe bereitete Mrs. Weldon nun eine kräftige Mahlzeit in Hinblick auf den langen Fußmarsch. Harris war, von Dick Sand begleitet, inzwischen hinter der Biegung des Ufers verschwunden. Beide folgten dem Fluß etwa dreihundert Schritte. Dort stand, an einen Baum gebunden, ein Pferd, das bei der Annäherung seines Herrn freudig wieherte. Es war ein kräftiges Tier von einer Rasse, die Dick Sand unbekannt war. Der

schlanke Hals und der lange Rücken, die flachen Schultern und die Blesse verrieten dem Kenner jedoch sofort, daß es arabischen Ursprungs sein mußte. Harris band das Tier los, faßte es am Zügel und ging vor Dick Sand her am Flußufer hinab. Dieser hatte schnell einen prüfenden Blick in die Umgebung geworfen, entdeckte aber nichts, was einen Verdacht erregt hätte. Als er sich dem Amerikaner wieder anschloß, stellte er ihm plötzlich eine Frage, die diesem sicherlich unerwartet kommen mußte:

»Herr Harris, haben Sie in der vorigen Nacht vielleicht einen Portugiesen namens Negoro getroffen?«

»Negoro?« antwortete Harris mit einem Ton wie jemand, der gar nicht versteht, was man zu ihm spricht. »Wer ist dieser Negoro?«

»Es war der Schiffskoch«, erwiderte Dick Sand, »und er ist verschwunden.«

»Vielleicht ertrunken?« fragte Harris.

»Nein, das nicht!« erklärte Dick. »Gestern war er noch bei uns; erst während der Nacht hat er uns verlassen und ist allem Anschein nach längs des Ufers hier flußaufwärts gegangen. Da Sie aber von dieser Seite her gekommen waren, fragte ich, ob Sie ihm vielleicht begegnet seien?«

»Ich bin niemandem begegnet«, versetzte der Amerikaner, »und hat Ihr Koch sich allein in den Wald gewagt, so läuft er Gefahr, sich zu verirren. Vielleicht treffen wir ihn unterwegs.«

»Ja . . . vielleicht!« antwortete Dick Sand.

Als die beiden die Grotte erreicht hatten, stand das Frühstück schon bereit. Wie schon beim Abendbrot gab es wieder verschiedene Konserven, Cornedbeef und Zwieback. Harris tat ihm als ein von Natur mit gutem Appetit ausgestatteter Mann alle Ehre an.

»Ah, sehr schön«, sagte er, »ich sehe, daß wir unterwegs

nicht vor Hunger umkommen werden; dasselbe möchte ich von dem armen Teufel von Portugiesen, den unser junger Freund erwähnte, freilich nicht behaupten.«

»Dick Sand hat Ihnen also erzählt, daß Negoro seit gestern verschwunden ist?«

»Ja, Mistress Weldon«, erklärte ihr Dick gleich selbst. »Ich wollte wissen, ob Herr Harris ihm vielleicht begegnet ist.«

»Was aber nicht der Fall war«, fuhr Harris fort. »Aber lassen wir doch den Deserteur stecken, wo er will, und denken wir nun an den Aufbruch! Wenn es Ihnen gefällig wäre, Mistress Weldon.«

Jeder ergriff das für ihn bestimmte Paket. Mrs. Weldon nahm, von Herkules unterstützt, auf dem Pferd Platz, und Jack setzte sich, die Flinte am Band tragend, mit gekreuzten Beinen darauf, ohne Harris ein Wort des Dankes zu sagen. Er saß vor seiner Mutter und erklärte ihr, daß er das »Pferd des Herrn« ganz gut führen könne. Man gab ihm die Zügel in die Hand, und der kleine Mann hielt sich nun für den eigentlichen Anführer der Karawane.

Unterwegs

Wenn Dick Sands Befürchtungen bis jetzt auch nichts zu bestätigen schienen, so betrat er doch nicht ohne unangenehmes Vorgefühl den dichten Wald, den er mit seinen Gefährten volle zehn Tage lang auf beschwerlichen Fußpfaden durchwandern sollte. Mrs. Weldon dagegen, die doch als Frau und Mutter eher Unruhe hätte zeigen müssen, war voller Vertrauen und Zuversicht. Zwei nicht unwichtige Gründe trugen zu ihrer Beruhigung bei: erstens, daß diese Gegend der Pampas weder hinsichtlich der Eingeborenen noch hinsichtlich wilder Tiere besonders zu fürchten war, und zweitens, daß man sich unter Harris' Führung nicht verirren konnte, denn dieser Mann machte einen zuverlässigen Eindruck. Man marschierte in folgender Ordnung: An der Spitze Dick Sand und Harris, beide bewaffnet, der eine mit seiner langen Flinte, der andere mit dem Remington-Gewehr. Ihnen folgten Bat und Austin, beide mit Büchsen und Jagdmessern ausgestattet. Hinter ihnen kamen Mrs. Weldon und der kleine Jack zu Pferde; dann Nan und Tom. Den Schluß bildeten Acteon mit dem vierten Remington-Gewehr und Herkules mit einer Axt im Gürtel. Dingo lief, wie Dick Sand bald bemerkte, unruhig hin und her, als spürte er einer Fährte nach. Sein ganzes Benehmen erschien sichtbar verändert. Fast ohne Aufhören ließ er ein dumpfes mehr klägliches als zorniges Knurren vernehmen, was allen auffiel, ohne daß es jemand zu erklären wußte. Dem Vetter Benedikt hätte man ebenso unmöglich einen bestimmten Platz im Zug anweisen können wie Dingo. Man hätte ihn einfach an die Leine nehmen müssen. So aber streifte er mit seiner umgehängten Blechkapsel, das Netz in der Hand und die große Lupe am Halse tragend, bald voraus, bald hinterher durch die hohen Gräser und spürte jedem Insekt, dessen Namen nur die Endung »-ptere« hatte, nach, selbst auf die Gefahr hin, von einer giftigen Schlange gebissen zu werden. Mrs. Weldon, die sich darüber beunruhigte, rief ihn in der ersten Stunde wohl hundertmal zurück. Das half aber alles nichts.

»Vetter Benedikt«, sagte sie endlich, »ich bitte Sie nun ernstlich, sich nicht zu weit zu entfernen und ermahne Sie zum letzten Mal, meine Worte nicht in den Wind zu schlagen.«

»Recht gern, Cousine«, antwortete der unverbesserliche Entomologe, »wenn ich aber ein Insekt entdecke . . .«

»Wenn Sie ein Insekt entdecken«, fuhr Mrs. Weldon fort, »so werden Sie gut tun, es in Frieden laufen oder fliegen zu lassen, wenn ich mich nicht gezwungen sehen soll, Ihre Trommel einstweilen zu konfiszieren.«
»Mir meine Trommel nehmen!« rief Vetter Benedikt, als handle es sich darum, ihm das Herz aus dem Leibe zu reißen.
»Ihre Trommel und Ihr Netz, allerdings!« erklärte Mrs. Weldon unerbittlich.
»Mein Netz auch, Cousine! Und warum nicht die Brille dazu? – Nein, Sie scherzen nur, das wagen Sie nicht zu tun!«
»Selbst Ihre Brille, die ich vergessen hatte. Ich danke Ihnen, Vetter Benedikt, daß Sie mich selbst an das Mittel erinnert haben, Sie blind und dadurch zwangsweise klug zu machen!«
Diese dreifache Drohung hatte doch die Wirkung, Vetter Benedikt etwa eine Stunde lang zu zügeln. Dann begann er aber doch wieder auszuschwärmen, und da er das auch ohne Netz, ohne Trommel und Brille getan hätte, mußte man es eben dabei bewenden lassen. Herkules übernahm es, den Gelehrten speziell zu behüten; er sollte im Notfall mit ihm so verfahren, wie Vetter Benedikt mit einem Insekt, d. h. ihn einfangen und ebenso sorgsam zurücktragen, wie es jener mit dem allerseltensten Exemplar getan hätte.
Die Fußpfade, die den Wald in verschiedener Richtung durchschnitten, verdienten kaum diesen Namen. Es waren mehr Fährten von Tieren als Wege für Menschen. Man kam nur mit Mühe vorwärts und legte in zwölf Stunden nicht mehr als fünf bis sechs Meilen zurück. Die Witterung war sehr schön. Die Sonne näherte sich dem Zenit und sandte ihre Strahlenströme fast senkrecht nieder. Auf offener Ebene wäre, wie Harris mehrfach bemerkte, die Hitze jetzt unerträglich gewesen; unter

diesem undurchdringlichen Laubdach machte sie sich dagegen weit weniger bemerkbar. Die meisten Bäume waren der Reisegesellschaft völlig unbekannt. Dick Sand erkundigte sich bei Harris nach den Namen dieser Baumarten.

»Sie haben also diesen Küstenstrich Südamerikas noch niemals gesehen?« fragte Harris, bevor er die Frage beantwortete.

»Niemals bei meinen Seefahrten«, erwiderte Dick, »hatte ich Gelegenheit, hierher zu kommen.«

»Sie haben aber mindestens die Küste von Kolumbien oder Chile und Patagonien besucht?«

»Nein, auch diese nicht.«

»Doch Mistress Weldon hatte vielleicht Gelegenheit, diesen Teil der Neuen Welt kennenzulernen?« fragte Harris weiter, »die amerikanischen Damen fürchten ja diese Reisen nicht und ohne Zweifel . . .«

»Nein, Herr Harris«, erwiderte Mrs. Weldon, »die Handelsinteressen meines Mannes führten ihn stets nur nach Neuseeland, und ich habe ihn nie anderswohin begleitet.«

»Nun, Mistress Weldon, Sie und Ihre Gefährten werden ein eigenartiges Land zu sehen bekommen, das mit Peru, Argentinien und Brasilien nicht zu vergleichen ist. Seine Tier- und Pflanzenwelt würden jeden Naturforscher begeistern. Man könnte sagen, Sie hätten an einem sehr glücklich gewählten Punkt Schiffbruch erlitten, und wenn man jemals dem Zufall danken soll . . .«

»Ich glaube, daß nicht der Zufall, sondern daß Gott uns hierher geführt hat, Herr Harris.«

»Gott! Ja, Gott!« erwiderte Harris mit dem Ton eines Mannes, der von dem Eingreifen der Vorsehung in die Angelegenheiten dieser Welt nicht besonders viel hält. Da also niemand das Land kannte, machte sich Harris ein Vergnügen daraus, die Namen der merkwürdigsten

Bäume dieses Waldes zu nennen. Es war wirklich ärgerlich, daß Vetter Benedikt nicht auch Botaniker war! Wenn er bisher auch keine seltenen Insekten gefunden hatte, so hätte er doch dafür die herrlichsten Entdeckungen auf botanischem Gebiet machen können. Hier wucherten Bäume und Gewächse, deren Vorhandensein in den tropischen Wäldern der Neuen Welt noch niemand festgestellt hatte. Zuweilen wurde der Wald nahezu sumpfig. Man fühlte unter den Füßen ein Netz von Wasseradern, die wahrscheinlich die Nebenzweige des Flusses speisten. An ihren Ufern wuchs häufig eine Schilfart, die Harris »Papyrus« nannte. Als man die sumpfigen Teile überschritten hatte, schloß sich wieder ein dichtes Blätterdach über den engen Pfaden zusammen. Harris zeigte Mrs. Weldon und Dick Sand sehr schöne Exemplare von Ebenholzbäumen, die größer waren als die gewöhnlichen Arten und ein schwärzeres Holz zeigten, als man es sonst kannte. Dann traf man wieder auf Mangobäume, die trotz der Entfernung vom Meer noch ziemlich zahlreich waren. Ihr kühler Schatten und ihre köstlichen Früchte machen sie zu beliebten Bäumen und doch hätte, wie Harris erzählte, kein Eingeborener gewagt, Plantagen anzulegen. »Wer einen Mangobaum pflanzt, der stirbt!« so lautete ein Sprichwort des Landes.
Während der zweiten Hälfte dieses ersten Reisetages gelangte die kleine Gesellschaft nach der Einnahme des Mahles auf ein wellenförmiges Terrain, das zwar noch nicht die Ausläufer des Gebirgskammes durchzogen, sondern das nur eine Art hügeliger Ebene darstellte, die weiter entfernt an den Bergkamm grenzte. Da hier die Bäume mehr vereinzelt oder nur in kleineren Gruppen zusammenstanden, wäre man leichter vorangekommen, hätten nicht dichte, hohe Gräser den ganzen Boden bedeckt, so als befände man sich in den Dschungeln

Ostindiens. Die Vegetation war weniger üppig als in der Flußniederung, übertraf aber noch bei weitem die der gemäßigten Zonen der Alten und Neuen Welt. Die Indigopflanze wuchs hier in großer Menge und galt nach Harris' Aussage mit Recht als das gefürchtetste Unkraut in der ganzen Gegend. Gerade ein Baum, der sonst in diesem Teil des Kontinents überall vorkam, schien jedoch zu fehlen – der Kautschukbaum. Dick hatte seinem Freund Jack versprochen, ihm solche Kautschukbäume zu zeigen. Man kann sich also die Enttäuschung des kleinen Burschen vorstellen.

»Nur Geduld, mein kleines Männchen«, tröstete ihn Harris, »deine Kautschukbäume werden wir in der Umgebung der Hazienda noch zu Hunderten antreffen.«

»Recht schöne und elastische?« fragte Jack.

»So elastisch wie nur irgend etwas sein kann. Doch halt, möchtest du wohl so eine schöne Frucht, um den Ärger zu vergessen?«

Harris pflückte bei diesen Worten schon von einem nahen Baum eine so saftige Frucht wie einen Pfirsich.

»Wissen Sie genau, Herr Harris, daß diese Früchte nicht schädlich sind?« fragte Mrs. Weldon.

»Das kann ich versichern«, antwortete der Amerikaner, der selbst eine solche Frucht anbiß. »Das ist eine Mangofrucht.«

Ohne sich viel bitten zu lassen, folgte Jack dem Beispiel Harris'. Er erklärte, daß »die Birnen da« ausgezeichnet wären, und bald wurde der Baum herzhaft geplündert.

»Mein Freund Dick hat mir aber noch andere Sachen versprochen«, ließ sich Jack weiter vernehmen.

»Was hat dein Freund Dick denn zugesagt?« fragte Harris lächelnd.

»Kolibris, Herr Harris!«

»Du sollst auch noch Kolibris haben, mein Söhnchen,

aber fern ... fern von hier!« antwortete der Amerikaner.
Der Kleine hatte so unrecht nicht, sich Kolibris zu wünschen, denn er befand sich in einem Land, wo es sie in Mengen geben mußte. Die Indianer, die die Federn dieser Vögel so kunstvoll zu behandeln verstehen, haben an diese Edelsteine der gefiederten Welt die sinnigsten Namen verschwendet. Sie nennen sie z. B. »Strahlen« oder »Haare der Sonne«, hier flattert der »König der Blumen«, dort die »Himmelsblume, die die irdischen Blüten liebkost«. Daneben wiegt sich das »Sträußchen von Edelsteinen, das im Licht des Tages flimmert«. Man meint, daß die rege Einbildungskraft für jede der fünfhundert Arten einen neuen poetischen Namen erfunden habe. So zahlreich diese winzigen Vöglein aber in den Wäldern Boliviens hätten umherschwirren müssen, Jack mußte sich vorläufig mit der Antwort Harris' begnügen. Nach dessen Aussage befand man sich jetzt noch zu sehr in der Nähe der Küste, und die Kolibris lieben die dem Ozean benachbarten Wälder nicht. Auf der Hazienda würde man dann den ganzen Tag ihr »Teretere« hören und das dem Schnurren eines Spinnrades ähnliche Summen ihrer Flügel vernehmen.
»Ei, ich möchte schon dort sein!« rief der Kleine entzückt. Um möglichst bald dort anzukommen, gönnte man sich nur die nötigste Zeit zum Ausruhen.
Die Umgebung wechselte ihr Aussehen. Zwischen den verstreuten Bäumen öffneten sich viele Lichtungen. Wo die Sonne den Gräserteppich durchdrang, schimmerte der Boden in rötlicher Farbe. Noch vor Sonnenuntergang befand sich die Reisegesellschaft etwa acht Meilen von ihrem Ausgangspunkt entfernt. Unter allseitiger Zustimmung machte man an der erreichten Stelle halt. Hier sollte kein eigentliches Lager, sondern nur eine notdürftige Schlafstätte eingerichtet werden. Ein einzel-

ner Wachtposten, der nach zwei Stunden abgelöst werden sollte, genügte, da man weder wilde Eingeborene noch reißende Tiere fürchten mußte. Als Schutz fand man einen ungeheueren Mangobaum, dessen breite, dicht belaubte Zweige eine natürliche Veranda darstellten. Im Notfall hätte man in seiner Blätterkrone Nachtlager halten können. Es erhob sich nur, als sich die kleine Gesellschaft näherte, in dem Gipfel des Baumes ein wahrhaft betäubender Lärm. Der Mangobaum diente nämlich einer ganzen Kolonie geschwätziger, zänkischer, grauer Papageien als Sammelplatz. Dick Sand hatte nicht übel Lust, sie mit einer Schrotladung zu begrüßen, um sie entweder zum Schweigen zu bringen oder in die Flucht zu jagen. Harris redete ihm das aber unter dem Vorwand aus, daß es in diesen Einöden geraten sei, niemals ohne Not seine Gegenwart durch den Knall eines Gewehres zu verraten.

Das Abendbrot bestand wieder aus Konservenkost und Zwieback. Ein kleiner Bach lieferte trinkbares Wasser, dem man noch einige Tropfen Rum hinzusetzte, so daß es besonders gut mundete. Zum Dessert lieferte der Mangobaum seine saftigen, nahrhaften Früchte, die allerdings die Papageien nicht ohne lauten Protest abpflücken ließen. Gegen das Ende der Mahlzeit wurde es allmählich dunkel. Die Schatten erhoben sich vom Erdboden zu den Gipfeln der Bäume, deren Kronen einen wunderbaren Kontrast zu dem noch hellen Himmel bildeten. Die ersten Sterne glichen glänzenden Blüten, die an den Enden der Zweige glommen. Der Wind legte sich. Die Papageien verstummten. Die Natur bereitete sich zum Schlummer und lud die lebenden Wesen ein, es ihr nachzutun.

»Sollten wir für die Nacht nicht ein großes Feuer anzünden?« fragte Dick Sand den Amerikaner.

»Wozu?« antwortete Harris. »Die Nächte sind hier

nicht kalt, und der weit ausgebreitete Mangobaum schützt den Boden vor jeder Verdunstung. Außerdem wiederhole ich Ihnen, mein junger Freund: reisen wir inkognito! Weder ein Feuer noch ein Flintenschuß!«
»Verscheucht aber ein Feuer nicht wilde Tiere?« ließ sich Mrs. Weldon vernehmen.
»Oh, Mistress Weldon«, erwiderte Harris, »Sie tun den wilden Tieren dieses Landstrichs wahrlich zuviel Ehre an! Glauben Sie mir, diese fürchten hier den Menschen mehr als er sie.«
»Aber in einem Wald gibt es immer wilde Tiere«, meinte Jack.
Harris lächelte: »Stell dir vor, mein kleines Männlein, du wärest hier in einem großen Park. Die Indianer sagen von diesem Land nicht ohne Grund: Es como el Pariso! Es ist wie ein irdisches Paradies!«
»Aber Schlangen sind doch hier?«
»Nein, Jack«, versicherte Mrs. Weldon, »hier gibt es keine Schlangen; du kannst ganz ruhig schlafen.«
»Oder Löwen?«
»Nicht einen Schatten von Löwen, mein Söhnchen«, beruhigte ihn Harris.
»Aber Tiger?«
»Frag deine Mama, ob sie je schon gehört hat, daß es in diesem Erdteil Tiger gebe.«
»Niemals!« bestätigte Mrs. Weldon.
»Ganz recht«, fiel hier Vetter Benedikt ein, »aber man trifft hier auf Jaguare!«
»Sind das böse Tiere?« fragte der kleine Jack.
»Pah!« stieß Harris hervor, »ein Eingeborener fürchtet sich nicht, diese Bestien anzugreifen. Herkules wäre stark genug, zwei Jaguaren auf einmal den Garaus zu machen.«
»Du wachst doch gut, Herkules«, sagte Jack, »und käme ein wildes Tier, uns zu beißen ...«

»So beiße ich es dafür, Herr Jack!« antwortete Herkules, indem er seinen mit prächtigen Zähnen ausgerüsteten Mund zeigte.
»Aber«, begann Jack wieder, »wenn's im Wald keine Löwen und Tiger gibt, dann müssen wenigstens Wölfe darin sein!«
»Oh, aber ganz komische Wölfe«, antwortete Harris. »Das sind übrigens nicht einmal Wölfe, sondern mehr Füchse, eigentlich nur solche Waldhunde, die man ›Guaras‹ nennt.«
»Nun, so ein Guara beißt aber?«
»Bah! Für Dingo wäre es nur ein Bissen!«
»Schadet nichts«, murmelte Jack, »diese Guaras sind doch Wölfe . . .«
Bald schlummerte er friedlich in den Armen Nans ein. Später führte Herkules den Vetter Benedikt von seiner Jagd auf Leuchtmücken an seine Lagerstatt zurück. Nun lagen alle mit Ausnahme des wachehaltenden Riesen Herkules in süßer Ruhe.

Hundert Meilen in zehn Tagen

Gewöhnlich werden Reisende oder Waldläufer, die unter freiem Himmel im Urwald die Nacht verbrachten, morgens durch ein unangenehmes Geheul geweckt. In einem solchen Morgenkonzert hört man von allem etwas, ein Gluckern und ein Grunzen, ein Krächzen und Kichern, ein Bellen und Plappern, und was die verschiedenen Tiere sonst noch an Lauten hervorbringen. Meist sind es Affen, die den Morgen in dieser Weise begrüßen. Heute aber blieb es still. Nomadisierenden Indianern wäre das aufgefallen, allein schon weil sie gern Jagd auf Affen machen, deren Fleisch, vor allem in geräuchertem

Zustand, von ganz ausgezeichneter Qualität ist. Dick Sand und seine Gefährten waren mit dem Leben in der Wildnis nicht vertraut, sonst wären sie erstaunt gewesen über das Ausbleiben eines solchen »musikalischen Kunstgenusses«.

Um sieben Uhr morgens setzte sich die kleine Gesellschaft wieder in Richtung Osten in Bewegung, wobei man die schon am vorhergehenden Tage beobachtete Zugordnung einhielt. Noch war der Wald nicht zu Ende. Der Breitengrad dieser Gegend fiel fast mit dem der Tropen zusammen, und während einiger Sommermonate mußte die nahe dem Zenit kulminierende Sonne beinahe senkrechte Strahlen herabsenden. In dem Erdboden, dessen Untergrund sich stets feucht erhielt, war also eine ungeheure Wärmemenge aufgespeichert. Man konnte sich übrigens kein bezaubernderes Naturbild vorstellen.

Indessen hatte sich Dick Sand eine auffallende Beobachtung aufgedrängt, da man sich nach Harris' Aussage in den Pampas befinden sollte. Das Wort »Pampa« nämlich gehört der »Quichnasprache« an und bedeutet soviel wie Ebene. Täuschte ihn seine Erinnerung nicht, so sahen diese Ebenen ganz anders aus. Sie waren gekennzeichnet durch Mangel an Wasser und Bäumen, ebenso an Gestein. Während der Regenzeit fielen üppig wuchernde Distelmassen auf, die sich in der warmen Jahreszeit fast zu Sträuchern entwickelten und ein undurchdringliches Gewirr bildeten. Sonst fand man dort nur noch Zwergbäume und stachlige Gesträuche. Und all das verleiht diesen Ebenen ein mehr trockenes, ja trostloses Aussehen. Hier aber dehnte sich der Wald bis zu den Grenzen des Horizonts aus. Nein, das war nicht eine Pampa, wie sie sich Dick vorstellte. Er verhehlte auch Harris gegenüber seine Verwunderung nicht, wurde aber von diesem eines Besseren belehrt. Der Amerikaner teilte nämlich so viele Einzelheiten über diesen Teil Boliviens mit, das man überzeugt sein mußte, er kenne das Land ganz genau.

»Sie haben ganz recht, mein junger Freund«, erklärte er, »die eigentliche Pampa entspricht vollständig der Schilderung, wie Sie Ihnen aus Reisewerken bekannt ist. Eine solche aber treffen Sie zwischen den westlichen Kordilleren und der hohen Andenkette überhaupt nicht an, die würden Sie erst jenseits der Berge finden.«

»Werden wir die Kette der Anden übersteigen?« fragte Dick lebhaft.

»Nein, mein junger Freund, das nicht«, erwiderte lächelnd der Amerikaner. »Ich sagte auch: Sie würden, nicht: Sie werden eine solche finden. Wir werden dieses Plateau, dessen größte Höhen nur fünfzehnhundert Fuß erreichen, nicht verlassen. Wenn wir mit den uns zur Verfügung stehenden Transportmitteln die Anden übersteigen müßten, hätte ich Sie nicht zu einer so gefährlichen Reise überredet.«

»Aber dann wäre es doch besser gewesen, entlang der Küste zu marschieren!«

»Gewiß, viel besser!« bekräftigte Harris. »Die Hazienda de San Felipe liegt jedoch diesseits der Kordilleren. Unsere Reise wird also gar nicht schwierig werden.«

»Und Sie befürchten auch nicht, sich in den Wäldern, die Sie noch gar nicht kennen, zu verirren?«

»Nein, sicher nicht, mein junger Freund«, versicherte Harris. »Wohl weiß ich, daß dieser Wald einem unendlichen Meer gleicht, wo selbst ein Seemann keine Sternhöhe messen und seine Lage nicht bestimmen könnte. Ich aber weiß bei meiner Gewohnheit, durch Wälder zu reisen, den richtigen Weg schon aus der Anordnung gewisser Bäume, aus der Stellung ihrer Blätter, aus der Formation des Erdbodens, kurz aus tausend Einzelheiten zu erkennen, die Ihnen alle entgehen. Verlassen Sie sich darauf, ich führe Sie und Ihre Gefährten alle dahin, wohin Sie gelangen sollen!«

Der 8., 9., 10., 11. und 12. April vergingen, ohne daß die Reise durch irgendeinen Zwischenfall gestört wurde. In zwölf Stunden legte man freilich niemals mehr als acht bis neun Meilen zurück. Wenn sich auch eine gewisse Ermüdung einstellte, so blieb doch der Gesundheitszustand aller zufriedenstellend. Der kleine Jack allerdings litt an diesem Waldleben, das er nicht gewöhnt war, und das für ihn nach und nach gar zu einförmig wurde. Hierzu kam, daß man ihm nicht die gegebenen Versprechungen hielt. Weder zeigten sich Kautschukbäume noch Kolibris. Man hatte von den herrlichsten Papageien gesprochen, von den Aras mit entblößten Wangen, langen zugespitzten Schwänzen und helleuchtenden Farben, den farbenprächtigen Sittichen mit befiedertem Gesicht, von all den geschwätzigen Vögeln, die nach den Sagen der Indianer noch die Sprachen der verschollenen Stämme sprechen. Statt dessen sah Jack nur aschgraue, rotgeschwänzte Jakos, die in Massen unter den Bäumen umherschwärmten, und die, in aller Welt verbreitet, auch ihm schon bekannt waren. Auch Vetter Benedikt schien die Natur ordentlich zum Narren zu halten, denn er fand kein Insekt, das würdig gewesen wäre, seine Sammlung zu bereichern, was ihm die Laune gründlich verdarb.

Noch vier Tage lang ging die Wanderung nach Nordosten. Am 16. April durfte man annehmen, etwa 100 Meilen zurückgelegt zu haben. Wenn Harris sich nicht verirrt hatte, so befand sich die Hazienda nur noch zwanzig Meilen entfernt. Vor Ablauf von achtundvierzig Stunden mußte die Reisegesellschaft also ein bequemes Unterkommen finden. Merkwürdig war, daß man nirgendwo in dem endlosen Wald einem Eingeborenen begegnet war, dafür zeigten sich in den letzten Tagen

Tiere um so häufiger. Dann und wann vernahm man einen langen, kläglichen Schrei, der nach Harris von großen Faultieren, »Ais« genannt, herrührte, den gewöhnlichen Gästen dieser ungeheueren Wälder.
Während der Mittagsrast erscholl plötzlich ein Pfeifen von so eigentümlicher Art, daß Mrs. Weldon recht beunruhigt war.
»Was war das?« fragte sie, sich rasch erhebend.
»Eine Schlange!« rief Dick Sand, der mit dem Gewehr in der Hand vor Mrs. Weldon Stellung nahm. Die Befürchtung lag ja auch ziemlich nahe, daß irgendein Reptil unter dem hohen Gras bis zum Rastplatz herangeglitten war. Es hätte das recht wohl eine jener riesigen »Sucurus« sein können, eine Boa-Art, die bis vierzig Fuß Länge erreicht. Harris rief jedoch Dick Sand, zu dessen Unterstützung die Neger schon herbeieilten, zurück und suchte Mrs. Weldon zu beruhigen. Seiner Aussage nach konnte jenes Pfeifen gar nicht von einer Sucuru herrühren, weil diese sich überhaupt nicht in dieser Weise hören ließen! Dagegen deutete es auf die Anwesenheit gewisser, sehr harmloser Vierfüßler, die hier sehr zahlreich vorkämen.
»Was für welche sind es denn?« fragte Dick.
»Das sind Antilopen, junger Freund«, erklärte Harris.
»Oh, die möcht' ich so gern sehen!« rief Jack.
»Das ist nicht so leicht, mein kleiner Mann«, erwiderte der Amerikaner, »gar nicht so leicht.«
»Vielleicht könnte man sich diesen pfeifenden Antilopen doch vorsichtig zu nähern versuchen?« fragte Dick.
»Oh, Sie würden keine drei Schritte getan haben«, antwortete Harris, »so wäre die ganze Gesellschaft entflohen. Bemühen Sie sich deshalb also lieber gar nicht!«
Dick aber wollte unbedingt sehen, woran er war, und mit der Flinte in der Hand glitt er geräuschlos durch das

hohe Gras. Plötzlich huschten etwa ein Dutzend graziöser Gazellen mit kleinen, spitzen Hörnern vorüber. Ihr rötliches Fell leuchtete fast wie ein Feuer zwischen dem dichten Laubwerk.
»Das hatte ich Ihnen vorhergesagt!« bemerkte Harris dazu.
Gegen vier Uhr nachmittags hatte die kleine Gesellschaft an einer Waldlichtung haltgemacht, als aus einem etwa hundert Schritte entfernten Dickicht drei oder vier große Tiere hervorbrachen. Trotz der Einwände des Amerikaners schlug Dick diesmal doch mit der Büchse an und gab Feuer. In dem Augenblick aber, als der Schuß krachte, hatte Harris schnell dem Gewehr eine andere Richtung gegeben, so daß Dick trotz seiner Fertigkeit im Schießen sein Ziel verfehlte.
»Nicht feuern! Nur nicht feuern!« mahnte der Amerikaner.
»Warum nicht? Das waren ja Giraffen!« antwortete Dick Sand.
»Giraffen?« wiederholte Jack, indem er sich im Sattel aufrichtete. »Wo sind denn die großen Tiere?«
»Giraffen? Du mußt dich täuschen, Dick«, fiel Mrs. Weldon ein, »in Amerika gibt es keine Giraffen.«
»Ja«, sagte Harris, der sehr erstaunt schien, »hier kommen keine Giraffen vor.«
»Was sahen wir denn sonst?« fragte Dick.
»Ich weiß es wirklich nicht«, erwiderte Harris. »Möglicherweise waren es Strauße.«
»Strauße?« wiederholten Mrs. Weldon und Dick Sand wie aus einem Mund und sahen einander verwundert an.
»Strauße sind aber Vögel«, versetzte Dick, »und können folglich nur zwei Füße haben.«
»Natürlich«, rief Harris, »diese Tiere hatten auch nur zwei Füße!«

»Aber ich glaubte, vierfüßige Tiere gesehen zu haben«, äußerte Mrs. Weldon.
»Ich auch«, fügte der alte Tom hinzu, und Bat, Acteon und Austin bestätigten seine Beobachtung.
»Strauße mit vier Beinen!« lachte Harris laut auf. »Das ist ein Witz! Sie haben sich alle zusammen geirrt. Das erklärt sich leicht, wenn man die Schnelligkeit berücksichtigt, mit der diese Tiere entflohen sind. Auch erfahrene Jäger haben sich schon oft getäuscht!« Was der Amerikaner sagte, klang ganz glaubhaft. Der schlagendste Beweis dafür, daß man sich getäuscht hatte, lag ja darin, daß Giraffen in Amerika nicht vorkommen. Doch Dick Sand ließ nicht locker.
»Ich glaubte aber, daß man in der Neuen Welt Strauße ebensowenig anträfe wie Giraffen?«
»Doch, mein junger Freund«, antwortete Harris, »und gerade Südamerika besitzt eine ihm ganz eigentümliche Art. Zu ihr gehört z. B. der ›Nandu‹, den Sie eben sahen!« Harris sprach die Wahrheit. Der Nandu ist in den Ebenen Südamerikas beheimatet, und das Fleisch der jungen Tiere ist auch recht schmackhaft. Dieses kräftige Tier, dessen Höhe manchmal 12 Fuß übersteigt, hat einen geraden Schnabel, lange Flügel von buschigen bläulichen Federn und Füße mit drei Zehengliedern, was ihn von den Straußarten Afrikas unterscheidet. Harris machte diese genauen Angaben und schien überhaupt mit der Lebensweise der Nandus sehr vertraut, so daß man seinen Ausführungen nicht zu widersprechen wagte.
»Es wäre übrigens möglich«, setzte er hinzu, »daß wir öfter einer solchen Gesellschaft von Straußen begegnen. Feuern Sie niemals auf sie oder andere Tiere! Wir brauchen nicht zu jagen, um uns Lebensmittel zu verschaffen. Es ist wirklich ratsamer, unsere Gegenwart im Walde nicht durch den Knall eines Gewehres zu verraten.«

Trotz aller dieser Worte wurde Dick Sand doch recht nachdenklich. Wieder stieg ein Zweifel, der ihm schon früher gekommen war, in ihm auf.

Am folgenden Tag, dem 17. April, versicherte Harris, daß man vor Ablauf von vierundzwanzig Stunden in der Hazienda untergebracht sein würde.

»Vielleicht empfängt Sie dort der Luxus nicht«, wandte er sich an Mrs. Weldon, »den Sie von San Francisco her gewohnt sind. Sie werden sich jedoch überzeugen, daß unsere Ansiedlungen im Innern des Landes einen gewissen Komfort nicht vermissen lassen. Wir sind nicht durch und durch Wilde!«

»Herr Harris«, erwiderte Mrs. Weldon, »wir danken Ihnen herzlich für Ihren Beistand. Ja, es ist Zeit, daß wir nun ankommen.«

»Sind Sie sehr angegriffen, Mistress Weldon?«

»Oh, von mir spreche ich nicht, doch mein kleiner Jack kommt ganz von Kräften; manchmal packt ihn schon das Fieber.«

»Aber die Natur hat uns doch hier gleich ein Heilmittel dafür gegeben«, versetzte da Dick Sand.

»Wieso, mein junger Freund?« fragte Harris, der ihn nicht zu verstehen schien.

»Befinden wir uns nicht in der Gegend, in der Chinabäume wachsen?« erwiderte Dick. »Ich wundere mich nur«, fuhr er fort, »daß wir noch kein Exemplar gesehen haben.«

»Oh, mein junger Freund«, belehrte ihn Harris, »diese Bäume sind nicht leicht zu finden, auch wenn sie hoch emporwachsen, große Blätter und rosenrote wohlriechende Blüten tragen. Sie stehen nur selten in Gruppen zusammen, sondern erscheinen nur verstreut in den Wäldern. Wenn die Indianer die Chinarinde sammeln, erkennen sie den Baum nur an seinem immergrünen Laub.«

»Wenn Sie einen solchen Baum sehen, Herr Harris«, bat Mrs. Weldon, »zeigen Sie ihn mir, bitte!«
»Gewiß, Mistress Weldon! Sie finden übrigens in der Hazienda schwefelsaures Chinin, das noch sicherer wirkt als die einfache Baumrinde.«
Dieser letzte Reisetag verlief ohne weiteren Zwischenfall. Als der Abend herankam, schien das Wetter wechseln zu wollen; aus dem Erdboden stieg ein feuchtwarmer Dunst, der nach und nach zum dichten Nebel wurde. Die Regenzeit nahte. Zum Glück war man ja bald am Ziel. Obwohl man nach Harris' Berechnungen nur noch sechs Meilen von der Hazienda entfernt sein sollte, wurden doch die üblichen Vorsorgemaßnahmen für eine ungefährdete Nachtruhe nicht vernachlässigt. Dick wollte nichts außer acht lassen, denn in ihm stieg langsam ein schrecklicher Verdacht auf, von dem er vorläufig jedoch niemandem etwas mitteilte.
Unter einer Gruppe großer Bäume wurde das kleine Lager aufgeschlagen. Mrs. Weldon und die anderen waren schon eingeschlummert, als sie durch einen lauten Schrei wieder geweckt wurden.
»Hallo, was gibt's«, rief Dick Sand, der als erster von allen aufsprang.
»Ich war's! Ich habe geschrien!« meldete sich Vetter Benedikt.
»Was haben Sie?« fragte Mrs. Weldon.
»Es hat mich etwas gebissen!« jammerte er.
»Doch nicht eine Schlange? . . .«
»Nein, nein! Eine Schlange zwar nicht, aber ein Insekt. Da, da hab' ich es erwischt!«
»Nun, so machen Sie Ihrem Insekt den Garaus, und lassen Sie uns ruhig schlafen, Herr Benedikt«, sagte Harris.
»Ein Insekt töten!« versetzte Vetter Benedikt, »unmöglich! Erst muß ich sehen, was es ist.«

»Was wird's denn sein? Ein Moskito!« meinte Harris verächtlich.

»Fehlgeschossen! Das ist eine Fliege«, erwiderte Vetter Benedikt, »und noch dazu eine sehr merkwürdige!«

Dick hatte eine kleine Handlaterne angezündet und trat näher heran.

»Himmlische Güte!« rief Vetter Benedikt entzückt, »das entschädigt mich für alle Enttäuschungen. Endlich habe ich eine Entdeckung gemacht!«

Triumphierend betrachtete er seine Fliege, die er am liebsten geherzt und geküßt hätte.

»Nun, was fingen Sie denn?« fragte Mrs. Weldon.

»Eine Diptere, Cousine, eine wundervolle Diptere!« Vetter Benedikt zeigte eine ziemlich kleine Fliege von matter Färbung und mit gelblichen Streifen am hinteren Körperteil.

»Das Insekt ist doch nicht etwa giftig?« forschte Mrs. Weldon.

»Nein, Cousine, wenigstens nicht für den Menschen. Für Tiere freilich. Oh, das ist ein wunderbares Insekt!«

»Werden Sie uns«, fragte Dick, »wohl auch sagen, was das für eine Fliege ist?«

»Diese Fliege«, begann der Entomologe, »die Fliege, die ich in der Hand halte, diese Fliege . . . ist eine Tsetse. Bis heute hat man in Amerika nie eine Tsetse aufgefunden!«

Dick wagte Vetter Benedikt nicht zu fragen, in welchem Erdteil man diese gefürchtete Tsetse gewöhnlich finde. Als seine Gefährten nach diesem Zwischenfall längst wieder in süßer Ruhe lagen, konnte er trotz aller Ermüdung die ganze Nacht kein Auge zutun.

Das entsetzliche Wort!

Der Marsch wurde wieder angetreten. Harris bemerkte wahrscheinlich, daß Dick Sand ein wachsames Auge auf ihn hatte, und sicher war es dieses Mißtrauen, das ihn gegenüber seinem »jungen Freunde« immer schweigsamer machte. In dem jetzt weniger dichten Wald standen die Bäume in Gruppen und bildeten keine undurchdringlichen Ansammlungen mehr. Erreichte man hier wirklich die Pampa, von der Harris gesprochen hatte?

Die ersten Stunden vergingen ohne besonderes Ereignis. Nur zweierlei fiel Dick auf. Vielleicht hatte beides nichts zu bedeuten, aber jetzt war jede Einzelheit wichtig. Zunächst erregte das Verhalten Dingos die besondere Aufmerksamkeit. Bisher schnüffelte er stets am Erdboden hin, durchstreifte Gras und Büsche, verhielt sich dabei schweigend oder ließ nur ein klägliches Bellen hören. Heute dagegen schlug er laut an, mancpmal fast wütend, so wie damals, als Negoro auf dem Verdeck der »Pilgrim« erschien. In Dick stieg sofort ein Verdacht auf, der noch mehr bestätigt wurde, als Tom zu ihm sagte:

»Das ist doch sonderbar, Herr Dick! Dingo schnüffelt heut nicht mehr an der Erde hin; er hebt die Nase und ist erregt; sein Fell sträubt sich! Man möchte sagen, er wittere von fern . . .«

»Negoro, nicht wahr?« fiel Dick ein, indem er den Arm des alten Negers ergriff und ihm andeutete, nur leise zu sprechen.

»Ja, Negoro, Herr Dick! Wäre es nicht denkbar, daß er unserer Fährte gefolgt ist?«

»Gewiß, Tom, und noch dazu, daß er in diesem Augenblick nicht weit entfernt ist.«

»Aber weshalb?«

»Entweder kannte Negoro dieses Land nicht«, erwiderte

Dick, »und dann lag es in seinem Interesse, uns nicht aus den Augen zu verlieren . . .«
»Oder? . . .« fragte Tom, Dick ängstlich anblickend.
»Oder«, fuhr Dick Sand fort, »er kannte es, und dann . . .«
»Doch wie sollte Negoro diese Gegend kennen? Er hat sie nie gesehen!«
»Niemals gesehen?« murmelte Dick. »Jedenfalls steht das eine fest, daß Dingo sich so benimmt, als ob der von ihm gehaßte Mann in der Nähe wäre!«
Er unterbrach sich, um den Hund zu rufen, der nach einigem Zögern herankam.
»He!« rief Dick, »Negoro, Negoro!«
Ein wütendes Bellen war Dingos Antwort. Er sprang voraus, als hätte sich Negoro hinter einem Gebüsch versteckt.
Harris hatte den ganzen Auftritt beobachtet. Mit fest aufeinandergepreßten Lippen näherte er sich dem Leichtmatrosen.
»Was wollen Sie denn von Dingo?« fragte er.
»Oh, eigentlich gar nichts«, scherzte Tom. »Wir fragten ihn nur nach unserem früheren Schiffsgenossen.«
»Ah so«, entgegnete Harris, »nach dem Portugiesen, dem Schiffskoch, von dem Sie schon sprachen?«
»Ja, genau nach dem«, bestätigte Tom; »wenn man Dingo hört, möchte man glauben, daß Negoro in der Nähe sei.«
»Wie hätte er hierherkommen sollen?« antwortete Harris. »Soviel ich weiß, hat er dieses Land ja nie gesehen.«
»Wenn er uns das nicht verschwiegen hat«, meinte Tom.
»Das wäre doch sonderbar«, sagte Harris. »Doch wenn Sie wollen, suchen wir das Gebüsch ab. Es ist ja möglich, daß der arme Teufel Hilfe braucht . . .«

»Das ist wohl unnötig«, lehnte Dick ab, »hat er sich bis hierher durchgeschlagen, wird er sich auch weiter helfen können. Er ist ganz der Mann dazu!«
»Wie Sie wünschen«, erwiderte Harris.
»Dingo, sei still!« rief Dick dem Hund zu, um dem Gespräch ein Ende zu machen.
Die andere Dick auffallende Beobachtung bezog sich auf das Pferd des Amerikaners. Es schien nicht, als ob es »den Stall röche«, wie man das an Pferden sonst bemerkt. Es verhielt sich so, als ob die Hazienda noch Hunderte von Meilen entfernt wäre.
Nach Harris' Angaben vom Vortag sollten es nur noch sechs Meilen bis zum Ziel sein, und davon hatte man jetzt am Nachmittag sicher schon vier zurückgelegt. Übrigens deutete nichts auf die Nähe einer großen Ansiedlung. Harris schritt unverdrossen vorwärts; doch er schien sich im Wald umzusehen wie jemand, der sich seines Weges nicht ganz sicher ist. Gegen vier erreichte man ein Dickicht, durch das kurz vorher eine Anzahl großer Tiere gebrochen zu sein schien. Dick Sand faßte die ganze Umgebung scharf ins Auge. In der Höhe, weit über die des menschlichen Körpers, waren die Zweige abgeknickt oder abgerissen. Durch das niedergetretene Gras leuchtete der Boden, der ein wenig sumpfig war, und dabei sah man die Abdrücke von Tatzen. Was für Tiere waren es wohl, die hier vorbeigekommen waren? »Ais« oder andere Faultiere hätten den Erdboden so zeichnen können. Wie aber sollte man das Abbrechen der Zweige in so großer Höhe erklären? Am ehesten hätte man auf Elefanten schließen können, doch in Amerika gibt es keine Elefanten.
Dick sprach mit niemandem darüber, auch nicht mit Harris, der ja versucht hatte, ihm Giraffen für Strauße auszugeben und auch jetzt wieder eine plausible Erklärung zur Hand gehabt hätte. Harris war für ihn ein

Verräter. Dick wartete nur noch auf die Gelegenheit, ihm das klar zu beweisen.
Was aber konnte nur Harris' heimliche Absicht sein? Dick fühlte sich jedenfalls auch weiterhin für alle Schiffbrüchigen persönlich verantwortlich. Er wollte auch vor der entsetzlichen Wirklichkeit, die jeden Augenblick an sie herantreten konnte, die Augen nicht verschließen. War er auf der »Pilgrim« der Kapitän von fünfzehn Jahren gewesen, in der jetzigen Notlage war er es wieder! Er wollte jedoch nichts sagen, was die arme Mutter ängstigen konnte, bevor für ihn der Augenblick zum Handeln gekommen wäre. Und er sagte nichts, als er am Ufer eines ziemlich breiten Flusses, der etwa hundert Schritte vor den Wanderern lag, eine Anzahl ungeheurer Tiere unter dem Gesträuch des Ufers verschwinden sah. »Flußpferde! Flußpferde!« wollte er rufen. Flußpferde in Amerika!
Man wanderte weiter. Die Anstrengung lähmte allmählich auch die Kräftigsten. Gegen sechs Uhr abends fand der alte Tom im Gras einen Gegenstand, der seine Aufmerksamkeit erregte. Es war ein Messer von besonderer Gestalt, mit breiter, gebogener Klinge, die in einem grob verzierten Handgriff von Elfenbein befestigt war. Er brachte es Dick. Der prüfte es, zeigte es Harris und sagte: »Ohne Zweifel sind Eingeborene in der Nähe.«
»Ja, ja«, antwortete Harris, »und doch ...«
»Doch?« wiederholte Dick und sah Harris scharf ins Gesicht.
»Wir müßten jetzt eigentlich bei der Hazienda sein«, fuhr Harris zögernd fort, »und doch erkenne ich nicht ...«
»Sie haben sich also doch verirrt?« fragte ihn Dick schnell.
»Verirrt, nein ... Die Hazienda kann jetzt keine drei

Meilen weit von uns sein. Ich dachte aber, durch den Wald den nächsten Weg einzuschlagen, und das war falsch.«

»Vielleicht«, antwortete Dick.

»Es wird am besten sein, ich gehe allein voraus«, meinte Harris.

»Nein, Herr Harris«, erwiderte Dick Sand in entschiedenem Ton, »wir trennen uns jetzt nicht!«

»Ganz wie Sie wünschen«, lenkte der Amerikaner ein. »Während der Nacht würde ich Sie jedoch schwerlich weiterführen können.«

»Das tut nichts«, antwortete Dick, »so machen wir eben noch einmal halt. Mistress Weldon wird nichts dagegen haben, und morgen am hellen Tag setzen wir unsern Weg fort. Noch zwei oder drei Meilen, das wird etwa in einer Stunde abgemacht sein.«

»Meinetwegen!« erwiderte Harris.

Da ließ Dingo ein wütendes Bellen hören. »Hierher, Dingo, hier!« rief Dick, »du weißt, daß hier niemand ist!«

Man entschloß sich also zu diesem letzten Halt. Unter einer Baumgruppe traf Dick die nötigen Vorbereitungen. Da hielt der alte Tom, der ihm bei seiner Arbeit half, plötzlich an und rief: »Herr Dick! Sehen Sie da!«

»Was gibt's, mein alter Tom?« fragte Dick mit dem ruhigen Ton eines Mannes, der auf alles gefaßt ist.

»Da . . . da . . .«, flüsterte Tom, »unter den Bäumen . . . Blutspuren! . . . Und dort . . . auf der Erde . . . verstümmelte Gliedmaßen!«

Dick eilte zu den von Tom bezeichneten Stellen. Dann sagte er nur: »Schweig, Tom, schweig nur jetzt!«

Wirklich lagen dort auf der Erde abgeschnittene Hände, daneben zerbrochene Handschellen und eine gesprengte Kette. Zum Glück hatte Mrs. Weldon dieses grausige

Bild nicht gesehen. Harris hielt sich beiseite, und wer ihn jetzt beobachtet hätte, wäre über die Veränderung betroffen gewesen, die in ihm vorgegangen war. Aus seinem Gesicht sprach nun trotzige Wildheit. Dingo war Dick nachgelaufen und bellte wütend vor diesen blutigen Überbleibseln. Dick hatte große Mühe, ihn davon wegzutreiben. Der alte Tom stand beim Anblick der Zwingen und der Kette unbeweglich da, als seien seine Füße am Erdboden festgewurzelt. Die Augen weit geöffnet, die Hände krampfhaft geballt, starrte er darauf hin und murmelte unzusammenhängende Worte: »Ich sah sie ... ich sah sie schon früher ... diese Fesseln ... noch ganz klein ... da hab' ich sie gesehen!«
Offenbar erwachten in ihm dunkle Erinnerungen aus seiner frühesten Kindheit. Er wollte sprechen.
»Schweig, lieber Tom!« wiederholte Dick, »um Mistress Weldon, um unser aller willen schweig!« und führte den alten Tom weg. In einiger Entfernung wurde ein anderer Platz ausgewählt und alles für die Nacht vorbereitet. Eine Mahlzeit wurde aufgetragen, aber kaum angerührt. Die Müdigkeit war größer als der Hunger, und über allem lag eine unerklärliche Unruhe. Allmählich wurde es dunkel. Der Himmel hatte sich mit Gewitterwolken bedeckt, im Westen sah man Wetterleuchten. Der Wind hatte sich gelegt und es wurde totenstill. Dennoch war Vetter Benedikt vielleicht der einzige, der, unberührt von allem, schlief. Plötzlich gegen elf Uhr ertönte ein langes, dumpfes Gebrüll, dem sich ein scharfer, lauter Ton beimischte. Tom sprang auf und wies mit der Hand nach einem höchstens eine Meile entfernten dichten Gebüsch. Dick ergriff seinen Arm, konnte aber nicht verhindern, daß Tom mit lauter Stimme ausrief: »Der Löwe! Der Löwe!« Das Brüllen, das er in seiner Kindheit so oft gehört hatte, erkannte der alte Neger wieder. »Der Löwe!« sagte er noch einmal. Dick konnte sich

nicht länger zurückhalten, sondern stürzte, das Jagdmesser in der Hand, nach dem Platz, den Harris einnahm. Harris war nicht mehr da, und sein Pferd war mit ihm verschwunden. Nun war es Dick völlig klar: Sie waren nicht an der amerikanischen Küste gelandet. Der Portugiese Negoro und der Amerikaner Harris standen offenbar im Einvernehmen. Das Land, in dem sie sich jetzt befanden, war Afrika, das äquatoriale Afrika! Das Afrika der Menschenhändler und Sklaven!

Harris und Negoro

Am nächsten Morgen des Tages, da Dick Sand und seine Begleiter geglaubt hatten, zum letzten Mal ihr Lager im Urwald aufgeschlagen zu haben, trafen sich zwei Männer etwa drei Meilen entfernt von dem Ruheplatz der Reisegesellschaft. Negoro und Harris hatten sich am Fuß einer mächtigen Banana niedergesetzt, am Ufer eines Bergbaches, der zwischen einer Doppelreihe von Papyrusstauden dahinbrauste.

»Nun sag, Harris, du warst nicht imstande die Leute um Kapitän Sand, wie sie den fünfzehnjährigen Jungen zu nennen belieben, tiefer nach Angola hineinzuführen?«

»Nein, Kamerad«, erwiderte Harris, »ich bin schon froh, daß es mir gelang, sie mindestens hundert Meilen von der Küste wegzuschleppen. Seit einigen Tagen beobachtete mich mein Freund Dick Sand so mißtrauisch . . .«

»Noch hundert Meilen, und die Leute wären noch sicherer in unserer Gewalt. Sie dürfen uns auf keinen Fall entwischen!«

»Wie könnten sie das?« antwortete Harris achselzuckend. »Ich wiederhole dir, Negoro, es war höchste

Zeit, mich aus ihrer Gesellschaft wegzustehlen. Ich las es zehnmal in meines jungen Freundes Augen, daß er nicht übel Lust hatte, mir eine Kugel in den Leib zu jagen, und ich habe einen zu schwachen Magen, um solche Bohnen, zwölf aufs Pfund, zu verdauen!« – »Schon gut!« meinte Negoro, »ich für meine Person habe mit jenem Novizen auch noch ein Hühnchen zu rupfen . . .«
»Das ist dann deine Sache. Ich habe mich mit ihm genug herumgeschlagen, zunächst mit Erfolg, als ich ihm Angola für die Einöde von Atacama – die ich früher einmal kennengelernt habe – ausgab. Dann meldete sich aber der kleine Knirps, der seine Kautschukbäume und Kolibris haben wollte, da verlangte seine Mutter nach Chinabäumen und der Herr Vetter kam auch mit seinem Latein dazwischen! Wahrhaftig, nachdem ich ihnen noch mit Müh' und Not Giraffen für Strauße aufgeschwatzt hatte – ja, das ist meine Entdeckung, Negoro! – war ich am Ende. Ich merkte übrigens recht gut, daß mein junger Freund von all meinen Erklärungen kein Wort glaubte. Dann trafen wir auf Spuren von Elefanten, und Flußpferde kamen uns in die Quere, und du weißt, Negoro, beide gibt's in Amerika sowenig wie Ehrenmänner unter den Sträflingen! Um das Maß ganz voll zu machen, stöberte der alte Neger auch einige Ketten und Fesseln auf, von denen sich ein paar Sklaven auf der Flucht befreit haben mochten. Gleichzeitig brüllte unnützerweise ein Löwe – mit einem Wort, ich kam gerade noch einmal davon!«
»Ich verstehe. Alles in allem hätte ich sie aber doch lieber hundert Meilen tiefer im Land!«
»Man tut eben, was man kann, Kamerad«, erwiderte Harris. »Du hast übrigens gut daran getan, gehörige Distanz zu halten. Man witterte dich in der Nähe! Da war ein gewisser Dingo, der dir gar nicht grün zu sein schien. Was hast du dem Tier eigentlich getan?«

»Ich – nichts«, erklärte Negoro, »aber eine Kugel kriegt er bald vor den Kopf.«

»So wie's dir ergangen wäre, wenn du dich hättest vor Dick Sands Flinte sehen lassen! Oh, er schießt recht gut, mein junger Freund, und, unter uns, ich muß gestehen, daß er in seiner Art ein ganz tüchtiger Kerl ist.«

»Das interessiert mich nicht im geringsten, Harris, er soll mir seine Anmaßung noch teuer bezahlen«, antwortete Negoro, und seine Miene verriet dabei Haß und Grausamkeit.

»Schön«, murmelte Harris, »mein Kamerad ist noch ganz der alte!« Dann fuhr er nach kurzem Stillschweigen fort: »Nun sag mir aber, Negoro, was du in den letzten zwei Jahren gemacht hast! Als ich dir da unten an der Mündung der Longa, wo das Schiff gestrandet war, begegnete, hattest du ja kaum Zeit, mir zu erklären, wohin ich die Leute führen sollte. Ja, zwei Jahre sind eine lange Zeit! Da hast du doch so eines schönen Tages für den alten Alvez, unseren Agenten, die Führung einer Sklavenkarawane übernommen. Seit dem du Cassange verlassen hattest, hat niemand mehr ein Sterbenswörtchen von dir gehört! Ich glaubte schon, du hättest mit den englischen Kreuzern eine kleine Unannehmlichkeit gehabt und eine fest zusammengedrehte Hanfkrawatte um den Hals bekommen.«

»Es fehlte nicht viel, Harris!«

»Oh, das kommt noch, Negoro!«

»Ich danke.«

»Was willst du?« antwortete Harris mit wahrhaftig philosophischem Gleichmut, »das ist eine der Annehmlichkeiten unseres Geschäfts. Sklavenhandel treibt man an der Küste Afrikas nicht, ohne die verlockende Aussicht, anderswo als in seinem eigenem Bett zu sterben. Doch erzähl, bist du abgefangen worden?«

»Ja.«

»Von den Engländern?«
»Nein, von den Portugiesen.«
»Vor oder nach Ablieferung deiner Ladung?«
»Nachher . . .«, erwiderte Negoro, der mit der Antwort ein wenig zögerte. »Diese Portugiesen spielen jetzt die Empfindsamen! Sie wollen keine Sklaverei mehr, nachdem sie so lange daran verdient hatten. Ich wurde denunziert, überwacht. Man hat mich gefangen . . .«
»Und verurteilt?«
»In San Pablo de Loanda meine Tage als Sträfling zu beschließen.«
»Tausend Teufel!« rief Harris, »in der Strafanstalt! Das ist ein ungesundes Gasthaus für Leute, die gewöhnt sind, in freier Luft zu leben. Ich für meinen Teil hätte es vorgezogen, gehenkt zu werden!«
»Vom Galgen gibt's keine Flucht mehr«, entgegnete Negoro, »doch aus dem Gefängnis . . .«
»Ah, du bist durchgegangen?«
»Ja, Harris! Schon vierzehn Tage nach meiner Einlieferung gelang es mir, mich im Raum eines nach Auckland auf Neuseeland abfahrenden Dampfers zu verbergen. Ein Faß mit Wasser und eine Kiste mit Konserven, zwischen denen ich mich vergraben hatte, hielten mich am Leben. Dreißig Tage im Schiffsraum, das war keine Kleinigkeit! Nach Ankunft des Dampfers konnte ich mich unbemerkt von Bord stehlen, aber keinen Dollar in der Tasche! Um leben zu können, mußte ich jede Arbeit tun . . .«
»Auch eine ehrliche, Negoro?«
»Wie du sagst, Harris.«
»Armer Junge!«
»Achtzehn Monate vegetierte ich in Auckland und wartete dabei immer auf eine Reisegelegenheit, die nicht kommen wollte, bis der Walfischfänger ›Pilgrim‹ im Hafen einlief.«

»Derselbe, der an der Küste hier in Angola auffuhr?«

»Derselbe, Harris, und auf dem gleichzeitig Mistress Weldon mit ihrem Kind und ihrem Vetter überfahren wollten. Als erfahrener Seemann – denn ich war ja einmal zweiter Offizier an Bord eines Sklavenschiffs – hatte ich keine Hemmung, mich dem Kapitän der ›Pilgrim‹ vorzustellen, dessen Mannschaft freilich schon komplett war. Zu meinem Glück hatte sich der Koch der Brigg-Goelette heimlich davongemacht. Ich bot mich also als Schiffskoch an. Da im Augenblick kein besserer da war, wurde ich angestellt.«

»Wie aber mein junger Freund gelegentlich erzählte, segelte die ›Pilgrim‹ gar nicht nach der Küste Afrikas. Wie kam sie hierher?«

»Das wird Dick Sand freilich nicht durchschaut haben. Dir, Harris, will ich's jedoch erzählen, und wenn dir's Vergnügen macht, kannst du es ja deinem jungen Freund einmal bei Gelegenheit weitergeben.«

»Also wie?« fragte Harris, »erzähle, Kamerad!«

»Die ›Pilgrim‹«, begann Negoro, »steuerte auf Valparaiso zu. Als ich mich einschiffte, dachte ich auch nur daran, bis nach Chile zu gelangen. Das war immerhin die gute Hälfte des Weges von Neuseeland nach Angola. Da traf es sich, daß Kapitän Hull drei Wochen nach der Abfahrt bei einer Walfischjagd mit der ganzen Mannschaft umkam. Seitdem befanden sich nur noch zwei eigentliche Seeleute an Bord, der Leichtmatrose Dick Sand und der Koch Negoro.«

»Und du übernahmst die Führung des Schiffs?« fragte Harris.

»Daran dachte ich wohl im ersten Augenblick, doch ich sah, daß man mir nicht traute. An Bord befanden sich nämlich fünf stämmige, freie Neger. Ich hätte mich nicht als Befehlshaber behaupten können und blieb nach reiflicher Überlegung, was ich vorher gewesen.«

»So ist das Schiff nur zufällig an die Küste Afrikas gelangt?«

»Nein, Harris«, erwiderte Negoro, »dem Zufall ist lediglich zu verdanken, daß ich dich auf einem deiner Streifzüge gerade an dem Punkt der Küste treffen mußte, wo die ›Pilgrim‹ auflief. Daß wir aber nach Angola gekommen sind, das habe ich heimlich arrangiert. Dein junger Freund ist noch ein Neuling in der Navigation und konnte deshalb seine Position nur mit Log und Bussole bestimmen. Nun, eines Tages ging das Log auf den Grund und in einer dunklen Nacht wurde der Kompaß so gestört, daß er einen falschen Kurs einhielt. Auch dem erfahrensten Seemann wäre nun die lange Dauer der Überfahrt unbegreiflich gewesen. Unser Leichtmatrose merkte nicht, daß wir das Kap Hoorn umsegelten, ich erkannte es übrigens mitten im Nebel ganz sicher. Dann richtete ich es so ein, daß die Kompaßnadel wieder die wahre Richtung anzeigte, und das von einem Orkan gejagte Schiff flog nach Nordosten und ging schließlich an der Küste Angolas hier jämmerlich zugrunde.«

»Ja, und jetzt glaubten diese wackeren Leute in Amerika zu sein ...«

»Ebenso, wie dein junger Freund vorher meinte, die Osterinsel vor sich zu haben, als wir Tristan d'Acunha sichteten.«

»Aber jetzt wissen sie, wo sie sind.«

»Ach, das hat jetzt nichts mehr zu bedeuten!« rief Negoro.

»Und was willst du nun mit ihnen anfangen?«

»Was ich mit ihnen anfange«, wiederholte Negoro, »... ja, bevor wir davon sprechen, erzähl du mir von unserm alten Herrn, dem Sklavenhändler Alvez, den ich ja seit zwei Jahren nicht gesehen habe!«

»Oh, dem alten Spitzbuben geht's ausgezeichnet; er

wird sich freuen, dich wiederzusehen«, erwiderte Harris.

»Ist er etwa auf dem Markt in Bihe?« fragte Negoro.

»Nein, Kamerad! Seit einem Jahr hat er sein Etablissement nach Kazonnde verlegt.«

»Und das Geschäft blüht?«

»Ja, bei allen Teufeln! Und das, obwohl die portugiesischen Behörden auf der einen Seite und die englischen Kreuzer auf der anderen dem Export immer mehr Schwierigkeiten machen. Nur in der Umgebung von Messamedes, im Süden von Angola, kann man die Einschiffung von Negern noch mit einiger Aussicht auf Erfolg versuchen. Im Augenblick sind die Baracken vollgestopft mit Sklaven, die in spanische Kolonien überführt werden sollen. Sie über Benguela oder San Pablo de Loanda zu führen, ist jetzt rein unmöglich. Die Gouverneure nehmen keine Vernunft mehr an und die Chefs – du weißt, die portugiesischen Statthalter in den Kolonien zweiten Ranges – ebenso. Deshalb muß man sich nach den Faktoreien im Inneren des Landes wenden, und das gedenkt der alte Alvez auch zu tun. Er will nun längs des N'yangwe und Tanganika seine Stoffe gegen Elfenbein und Sklaven austauschen. Mit Oberägypten und der Küste von Mozambique, die Madagaskar versorgt, sind noch immer gute Geschäfte zu machen. Doch ich fürchte, die Zeit ist bald da, in der es mit dem Sklavenhandel zu Ende geht. Die Missionare dringen immer weiter vor und graben uns das Wasser ab. Dieser Livingstone, den Gott verderben möge, will sich, wie man sagt, nach Angola wenden, wenn er das Gebiet der großen Seen durchforscht hat. Dann hört man auch von einem Leutnant Cameron, der den Kontinent von Osten nach Westen durchwandern will. Nebenbei fürchtet man von dem Amerikaner Stanley dasselbe. So werden unsere Operationen geschädigt, Negoro, und in unserem Interesse darf keiner von diesen Reisenden nach

Europa zurückkehren, um dort indiskret zu berichten, was er in Afrika gesehen hat! Nun aber sag endlich, was du mit unseren Leuten da vorhast!«

»Ich trenne sie zunächst«, antwortete Negoro im Ton eines Mannes, der sich schon längst seinen Plan gemacht hat, »und zwar sondere ich die ab, die als Sklaven verkauft werden sollen und die . . .«, er brach ab, aber sein Mienenspiel verriet seine ganze Brutalität.

»Welche willst du denn verkaufen?« – Harris ließ nicht locker.

»Natürlich die Neger. Der alte Tom hat vielleicht keinen großen Wert, die anderen vier aber sind stämmige Burschen, mit denen auf dem Markt in Kazonnde ein schönes Stück Geld herauszuschlagen ist.«

»Das will ich glauben, Negoro!« stimmte Harris bei, »das sind ja vier wohlgebaute, an Arbeit gewöhnte Neger, die sich von dem aus dem Inneren des Landes kommenden Vieh recht vorteilhaft unterscheiden. Ja, die wirst du sicher teuer verkaufen! In Amerika geborene und nach dem Markt von Kazonnde abgeführte Sklaven sind eine seltene Ware! Doch sag mal, du hast noch gar nicht davon gesprochen, ob sich an Bord der ›Pilgrim‹ nicht auch einiges Geld vorfand?«

»Oh, nur wenige hundert Dollar, die ich retten konnte. Ich rechne aber mit gewissen Einkünften . . .«

»Mit welchen denn, Kamerad?«

»Ah, nichts . . . nichts!« winkte Negoro ab, der schon zu bedauern schien, daß er mehr, als ihm lieb war, gesprochen hatte.

»Es bleibt also unsere nächste Aufgabe, diese ganze Ware für einen möglichst hohen Preis abzusetzen?«

»Sollte das so schwer sein?« fragte Negoro.

»Nein, Kamerad. An der Coanza, nur zehn Meilen von hier, lagert eine von dem Araber Ibn Hamis geführte Sklavenkarawane, die nur meine Rückkehr abwartet,

um nach Kazonnde aufzubrechen. Sie wird von mehr eingeborenen Soldaten begleitet, als zur Gefangennahme Dick Sands und seiner Genossen nötig sind. Mein junger Freund muß nur auf den Gedanken kommen, in Richtung auf die Coanza zu marschieren . . .«
»Wird er aber das tun?«
»Gewiß«, behauptete Harris, »da er intelligent ist und versuchen wird, zuerst einen Fluß zu erreichen und dann mit einem Floß an die Küste zurückzukommen. Er weiß, daß das seine einzige Rettung ist.«
»Ja, vielleicht . . .«, meinte Negoro nachdenklich.
»Nicht – vielleicht –, ›bestimmt‹ mußt du sagen«, erwiderte Harris. »Siehst du, Negoro, das liegt alles so, als hätte ich mit meinem jungen Freund am Ufer der Coanza ein Stelldichein verabredet.«
»Gut«, sagte Negoro, »brechen wir also auf! Ich kenne Dick Sand. Er wird keine Stunde zögern; wir müssen ihm zuvorkommen.«
»Also vorwärts, Kamerad«, stimmte Harris lebhaft zu.
Als sie sich nun erhoben, erregte ein Geräusch ihre Aufmerksamkeit. Es rührte von einer Bewegung der Stengel in den hohen Papyrusstauden her. Negoro stand still und ergriff Harris' Hand. Plötzlich ließ sich ein verhaltenes Knurren vernehmen. Auf dem schrägen Bachufer erschien, zum Sprung bereit, ein Hund mit geöffneter Schnauze.
»Dingo!« rief Harris.
»Ah, diesmal soll er mir nicht davonkommen!« murmelte Negoro.
Eben wollte sich Dingo auf ihn stürzen, als Negoro, der Harris' Gewehr ergriffen hatte, schnell anlegte und Feuer gab. Ein langes, schmerzliches Geheul antwortete dem Krachen des Schusses, und Dingo verschwand zwischen den Büschen am Ufer des Baches. Negoro eilte sofort an diese Stelle. An den Papyrusstengeln zeigten

sich einzelne Blutflecken, und eine lange rötliche Spur verlief über die Kiesel des Baches.

»Endlich hat das verdammte Tier seine Rechnung bezahlt bekommen!« rief Negoro. Ohne ein Wort zu sprechen, hatte Harris dem ganzen Vorgang beigewohnt.

»Alle Kuckuck, Negoro«, sagte er jetzt, »der Hund schien es aber ganz besonders auf dich abgesehen zu haben!«

»So scheint es, Harris, doch jetzt hat er seinen Teil.«

»Und warum hat er einen solchen Haß gegen dich, Kamerad?«

»Oh, das rührt noch von einer alten Geschichte her.«

»Von einer alten Geschichte? . . .« wiederholte Harris. Negoro gab keine Antwort, und Harris schloß daraus, daß ihm der andere irgend etwas verheimliche; doch er ließ die Sache ruhen.

Unterwegs

»Afrika! Afrika!« wiederholte Dick Sand noch immer. Wie kam er nur mit der »Pilgrim« an diese Küste, wie war er nur von einem Ozean in den anderen geraten? Hatte der Kompaß ihn falsch gewiesen? Je mehr er nachdachte, desto klarer wurden ihm die Zusammenhänge. Er erinnerte sich, daß der eine Kompaß zerbrach, daß die Logleine zerriß, und ihm so die Möglichkeit genommen wurde, die Schnelligkeit des Schiffes zu beurteilen.

»Ja, ja!« dachte er, »es blieb nur noch ein Kompaß übrig, dessen Angaben ich nicht kontrollieren konnte . . . und in einer Nacht wurde ich doch durch einen Schrei des alten Tom geweckt . . . Negoro befand sich gleichzeitig auf dem Hinterdeck . . . er war auf das

Kompaßhäuschen gefallen ... konnte da nicht eine Störung hervorgerufen worden sein? ...«

Ja, jetzt begriff Dick endlich die ganze Zweideutigkeit in Negoros Verhalten, er erkannte seine Hand in jener ganzen Reihe von Unfällen, die den Verlust der »Pilgrim« herbeigeführt hatten. Was war das für ein Kerl? Ein Seemann?

Wenn ihm auch noch vieles dunkel blieb, so wußte er doch genau, daß er jetzt in Afrika war, wahrscheinlich in der gefährlichen Provinz Angola, mehr als hundert Meilen von der Küste entfernt. Auch daß Harris die Rolle eines Verräters gespielt hatte, war klar. Daraus konnte man folgern, daß Negoro und Harris sich längst schon kannten und daß zwischen ihnen ein Plan verabredet worden war, der für die Schiffbrüchigen die schlimmsten Folgen haben konnte. Daß Negoro sich mit List oder Gewalt Toms und seiner Gefährten bemächtigen würde, um diese als Sklaven zu verkaufen, konnte man wohl annehmen. Daß der Portugiese, von Haß getrieben, sich an ihm rächen wollte, war auch zu begreifen. Was beabsichtigte er aber mit Mrs. Weldon und Jack?

Sicher, die Lage war entsetzlich, aber sie lähmte Dick nicht. Kapitän an Bord, wollte er auch Kapitän am Lande bleiben. Jetzt fing seine schwierigere Aufgabe wirklich erst an! Nach zwei oder drei Stunden des Nachdenkens erhob sich Dick Sand entschlossen. Die ersten Morgenstrahlen vergoldeten eben die hohen Gipfel der Bäume. Mit Ausnahme Toms und Dicks lagen alle noch in tiefem Schlaf. Dick näherte sich dem alten Neger.

»Tom«, begann er leise, »Ihr habt das Brüllen des Löwen gehört, habt die gräßlichen Werkzeuge eines Sklavenhändlers gefunden und erkannt, Ihr wißt, daß wir in Afrika sind!«

»Ja, Herr Dick, das weiß ich.«
»Nun gut, Tom, kein Wort darüber, weder gegen Mistress Weldon noch gegen Eure Gefährten! Wir wollen das für uns behalten! Es genügt zu sagen, daß Harris uns verraten hat. Sie werden nun glauben, daß uns ein Angriff nomadisierender Indianer droht, das genügt. Ihr werdet mich doch unterstützen, mein alter Tom?«
»Stets und in allem, Herr Dick!«
Da Harris' Verrat sofort entdeckt worden war, drohte wenigstens keine augenblickliche Gefahr. Wenn Harris sich mit Negoro, dessen Nähe Dingo während der letzten Tage offenbar gewittert hatte, jetzt traf, vergingen jedenfalls einige Stunden, ehe man eine Überrumpelung zu fürchten hatte. Man mußte nun so schnell wie möglich die Küste erreichen. Dann wollte Dick nach Norden oder Süden ziehen, um auf eine portugiesische Siedlung zu stoßen, in der seine Begleiter eine Gelegenheit zur Rückkehr in die Heimat in Ruhe und Sicherheit abwarten könnten. Sollte man aber den auf dem Herweg benutzten Weg einschlagen? Dick dachte gar nicht daran. Denn um keine Spuren zu hinterlassen, mußten sie einen Wasserlauf finden, den sie zur Rückfahrt benutzen konnten. Dabei setzten sie sich auch weniger der Gefahr aus, von wilden Tieren angegriffen zu werden; auch die Eingeborenen konnten ihnen weniger anhaben, wenn sie sich auf ein solid gebautes Floß begaben. Mit ihren Waffen waren sie auch in der Lage, sich wirksam zu verteidigen. Es war jetzt also wichtig, einen geeigneten Wasserlauf zu finden. Dick überlegte: Der am Ort des Schiffbruchs in den Atlantischen Ozean mündende Fluß mußte seine Quelle in der nicht allzuweit entfernten Bergkette haben, die man für die Kordilleren gehalten hatte. Entweder strömte er direkt von diesen Höhen herab, oder er wendete sich nach Süden; in beiden Fällen würde man auf sein Bett stoßen. Vielleicht fanden sie

auch noch vor ihm einen seiner Nebenarme, denn während der zuletzt zurückgelegten Meilen hatte sich die Bodenbeschaffenheit merklich geändert. Das Land war niedriger und feuchter. Da und dort schlängelten sich schmale Bäche dahin, die bewiesen, daß der Untergrund ein ganzes Netz von Wasseradern barg. Tags zuvor noch war die Gesellschaft an einem von Eisenoxyd geröteten Bach entlanggezogen. Es konnte also nicht allzu lange dauern, noch allzu schwierig sein, diesen wieder aufzufinden. Gewiß konnte man dann noch nicht stromabwärts fahren, aber ihm recht wohl bis zu seiner Mündung in einen größeren Nebenfluß folgen, der dann vielleicht schon schiffbar war.
Diesen Plan hatte Dick nach einer kurzen Unterredung mit Tom festgesetzt.
Nach Tagesanbruch erwachten alle Gefährten allmählich. Mrs. Weldon fiel sofort auf, daß Harris fehlte. Dick war der Ansicht, daß er den Verrat des Amerikaners seinen Gefährten nicht verheimlichen dürfe, sie aber im Glauben lassen mußte, auf dem Boden von Bolivien zu sein.
»Harris ist nicht mehr da«, antwortete er auf die Frage von Mrs. Weldon. »Er ist entflohen. Dieser Harris ist ein Verräter und hat uns im Einvernehmen mit Negoro hierher in die Irre geführt.«
»Was kann er damit wollen?« fragte Mrs. Weldon weiter.
»Das weiß ich nicht«, erwiderte Dick möglichst ruhig, »aber das eine weiß ich, daß wir möglichst schnell an die Küste zurückkehren müssen.«
»Und du glaubst, daß die beiden unter einer Decke stecken?«
»Das muß so sein, Mistress Weldon. Negoro folgte unsrer Spur. Der Zufall hat zwei Schurken zusammengeführt und . . .«

». . . und ich hoffe, daß sie noch beisammen sind, wenn wir sie wiederfinden«, fiel Herkules ins Gespräch. »Ich zerschmettere dem einen den Schädel mit dem Kopf des anderen!« fügte der Riese hinzu, indem er seine gewaltigen Fäuste drohend ausstreckte.

»Aber mein armes Kind!« schluchzte Mrs. Weldon, »ich hoffte doch, daß ich Jack auf der Hazienda de San Felipe pflegen könnte . . .«

»Hier gibt es weder Farm noch Dorf in der Nähe«, antwortete Dick Sand, »ich wiederhole Ihnen, Mistress Weldon, wir wollen einen Wasserlauf benutzen, der uns ohne Anstrengung und Gefahr zum Meer befördern wird.«

»Oh, ich bin stark genug!« antwortete Mrs. Weldon.

»Vorwärts also!« befahl der junge Leichtmatrose.

»Geben Sie Jack mir!« sagte Herkules, indem er das Kind aus Nans Armen nahm, »wenn ich nichts zu tragen habe, werde ich davon müde!«

Zärtlich nahm der Neger den schlafenden Knaben, der dabei nicht einmal erwachte, in seine kräftigen Arme. Die Waffen wurden sorgfältig untersucht. Den Rest der Lebensmittel barg man in einem kleinen Ballen, so daß ihn ein einziger Mann tragen konnte. Acteon warf diesen auf den Rücken, während seine Gefährten in ihrer Bewegung unbehindert blieben. Vetter Benedikt litt unterdessen unter den Schlägen des herbsten Mißgeschicks, das ihn treffen konnte. Er hatte nämlich seine Lupe und seine Brille verloren! Zum Glück, aber ohne daß jener es wußte, hatte Bat die beiden kostbaren Instrumente im hohen Gras der letzten Lagerstätte gefunden, aber auf Dicks Anraten für sich behalten. Auf diese Weise konnte man wenigstens sicher sein, daß das große Kind sich unterwegs ruhig verhalten werde, weil der arme Gelehrte ja bekanntlich nicht weiter als bis zu seiner Nasenspitze sehen konnte. Zwischen Acteon und Austin mit der bestimmten Weisung gestellt, diese auf keinen Fall zu verlassen, ließ der Beklagenswerte niemals ein Wort des Widerspruchs hören und folgte wie ein Blinder, den man an der Leine mitführt.

Noch keine fünfzig Schritte hatte die kleine Gesellschaft zurückgelegt, als der alte Tom sie plötzlich durch ein einziges Wort wieder zum Stehen brachte.

»Und Dingo?« sagte er.

»Tatsächlich, Dingo ist nicht da!« antwortete Herkules.

Mit seiner weitschallenden Stimme rief er den Hund mehrere Male. Kein Gebell ertönte als Antwort. Dick Sand verhielt sich still. Der Verlust des Hundes erschien sehr bedauerlich, denn das Tier mit seiner feinen Nase hätte die Gesellschaft vor jeder Überrumpelung behütet.

»Sollte Dingo Harris nachgelaufen sein?« fragte Tom.

»Harris, nein«, entgegnete Dick. »Wohl aber könnte er Negoros Spur verfolgen; er hat ihn ja schon bisher gewittert.«

»Und wenn dieser Kerl auf ihn schießt?«

»Wenn ihm nur Dingo nicht vorher an die Kehle springt«, warf Bat ein.

»Vielleicht«, antwortete Dick. »Doch wir können Dingos Rückkehr hier nicht abwarten; ist er noch am Leben, so ist er auch klug genug, uns wieder aufzufinden. Vorwärts also!«

Die Witterung war ziemlich schwül. Seit Tagesanbruch lagerten schwere Wolkenmassen am Horizont, ein Gewitter schien in der Luft zu liegen. Voraussichtlich endete der Tag nicht ohne einige Donnerschläge. Glücklicherweise bewahrte der Wald noch eine gewisse Frische. An manchen Stellen lagen ungeheure, schon versteinerte Baumstämme am Boden – ein Anzeichen kohlenführenden Untergrunds, dem man auf dem Festland Afrikas sehr häufig begegnet. An den lichteren Stellen, deren grüner Unterteppich auch mit einzelnen rötlichen Büschen besetzt war, leuchteten Blumen in verschiedenen Farben, wie gelber oder blauer Ingwer, zartblasse Lobelien oder brennendrote Orchideen, alle von ganzen Schwärmen Insekten besucht. Die Bäume bildeten jetzt nicht mehr undurchdringliche Gehölze, dagegen zeigten sie mehr Wechsel der Arten. Hier erhoben sich Palmen, die ein in Afrika sehr gesuchtes Öl liefern, dort Baumwollstauden von acht bis zehn Fuß Höhe, aus deren holzigen Stengeln ein langfaseriges Produkt erzeugt wird. An anderen Stellen ließen Copalbäume aus kleinen, von dem Rüssel gewisser Insekten gebohrten Öffnungen ihr wohlriechendes Harz ausschwitzen, das bis zum Erdboden lief. Dort standen Zitronenbäume, wilde Granaten und andere herrliche Baumarten. Ein zarter Vanilleduft lag in der Luft, ohne daß man die Pflanze, die ihn ausströmte, hätte nachweisen können. Alle diese Bäume und Sträucher grünten üppig trotz der Trockenzeit, während der nur vereinzelte Gewitter Feuchtigkeit brachten. Jetzt war aber auch die Zeit der Fieber. War man davon befallen, konnte man sich nach den Beobachtungen des berühmten Afrikareisenden Livingstone davon befreien, indem man diese Orte schleunigst verläßt. Dick wußte das und hoffte, daß sich auch der Zustand des kleinen Jack bessern würde. Man wanderte also vorsichtig und schnell weiter. Manchmal zeigten sich frische Spuren von Menschen und Tieren. Die zurückgebogenen oder abgebrochenen Äste gestatteten dann ein ungehindertes Vordringen. Bald aber hielten öfters Lianen und andere Schlinggewächse den Marsch auf, so daß die Neger mit mächtigen Beilhieben einen Durchgang erzwingen mußten. Gegen Mittag hatte man drei Meilen ohne schlimmeren Zwischenfall zurückgelegt. Von Harris und Negoro keine Spur. Dingo war noch immer nicht zurückgekommen. Man mußte jetzt haltmachen, um auszuruhen und zu essen. In einem Bambusdickicht, das die kleine Gesellschaft völlig verbarg, wurde das Lager aufgeschlagen. Man sprach nur wenig während der Mahlzeit. Mrs. Weldon hatte ihren kleinen Jack wieder im Arm und blickte ihn unverwandt sorgenvoll an; sie rührte nichts an.

»Sie müssen aber ein wenig essen, Mistress Weldon!« drängte sie Dick Sand wiederholt. »Was soll aus Ihnen werden, wenn die Kräfte Sie verlassen? Essen Sie, ich bitte! Wir müssen uns bald wieder auf den Weg machen, um einen Wasserlauf zu finden, der uns mühelos zur Küste trägt!«

Mrs. Weldon sah Dick gerade ins Gesicht. Seine Augen blickten mutig, und als sie ihn so sah und ihre Blicke auf die treu ergebenen Neger fielen, wollte auch sie nicht verzweifeln. Weshalb sollte sie auch so niedergeschlagen sein? Sie reiste doch in einem gastlichen Land! So schlimme Folgen konnte Harris' Verrat nicht haben.

Dick Sand erriet wohl den Gang ihrer Gedanken, und er, er war eher versucht, entmutigt den Kopf zu senken.

Die schlechten Wege von Angola

Das Lager wurde aufgehoben und der Rückweg in derselben Ordnung angetreten. Man mußte quer durch das Dickicht gehen, um das schmale Bächlein nicht zu verlieren, und brauchte für eine Meile drei volle Stunden. Die Neger arbeiteten ohne Unterlaß. Herkules beteiligte sich, nachdem er Nan den kleinen Jack übergeben hatte, an der Arbeit, und mit welchem Erfolg! Er rief ein kräftiges Hui!, wenn er seine Axt schwang und gleich einem verheerenden Feuer eine ganze Öffnung vor sich heraushieb. Zum Glück sollte diese ermüdende Arbeit nicht von Dauer sein. Man erreichte nämlich eine durch das Gebüsch verlaufende Schneise, die in schräger Richtung an einem Bach endigte und dann dessen Ufer folgte. Es war da eine Spur von Elefanten, die, offensichtlich zu Hunderten, durch diesen Wald zu ziehen pflegten. Große, von ihren Füßen eingedrückte Löcher verwandelten den Boden, der noch von der Regenzeit durchweicht war, fast zu einem Sieb. Bald zeigte es sich, daß diese Furt durch den Wald auch von Menschen durchwandert war, aber so, als hätte man große Herden mit allen grausamen Mitteln nach einem Schlachthaus geschleppt. Da und dort bleichten Knochen auf dem Boden, hier Reste der von wilden Tieren halb abgenagten Skelette, von denen einige noch durch Sklavenfesseln gezeichnet waren. Eine Meile weit stießen Dick und seine Begleiter bei jedem Schritt auf verstreute Gebeine, wobei sie große Ziegenmelker verjagten, die sich bei ihrer Annäherung schwerfällig erhoben und kreischend über ihnen hinflatterten.

Mrs. Weldon sah mit offenen Augen, doch so gut wie nichts. Dick fürchtete immer eine Frage von ihrer Seite, denn er mochte nicht die Hoffnung aufgeben, sie bis zur Küste zurückzuführen, ohne ihr davon Mitteilung machen zu müssen, daß Harris' Verrat sie in eine Provinz Afrikas verlockt hatte. Der alte Tom wanderte mit gesenkten Blicken dahin, denn er wußte recht wohl, warum so viele menschliche Gebeine längs der Waldlücke im Holz lagen. Seine Gefährten aber blickten erstaunt nach links und rechts, als durchschritten sie einen Friedhof ohne Grenzen, aber sie zogen in dumpfem Schweigen weiter.

Dann und wann vertiefte und erweiterte sich das Bett des Baches. Dick hoffte schon, daß er bald schiffbar werden würde. Um diese Stelle möglichst bald zu erreichen, wich er von dem breiten Trampelpfad ab, der ständig dem Wasserlauf folgte und hoffte den Weg abzukürzen, wenn er sich wieder gerade durchs Gebüsch schlug. Der Urwald drängte sich nun doch nicht mehr bis an das Ufer des Baches heran. Die Bäume wurden allmählich seltener. Über die Gräser stiegen nur schlanke Bambusstengel, diese aber so weit in die Höhe, daß sie nicht einmal Herkules mehr mit dem Kopf überragte. Der Zug der kleinen Gesellschaft verriet sich jetzt nur durch das Schwanken der Bambusrohre.

Nachmittags gegen drei Uhr veränderte sich der Charakter der Landschaft. Man schritt durch lange ausgedehnte Ebenen, die zur Regenzeit völlig überschwemmt sein mochten; der sumpfige Boden war mit üppigem Gras bedeckt, das reizende Farnkräuter überragten.

Dick Sand warnte: »Gebt acht, meine Freunde, prüft den Boden, bevor Ihr ihn betretet!«, und er begab sich an die Spitze des Zuges.

»Wirklich«, meinte der alte Tom, »es sieht so aus, als wäre alles vom Regen tüchtig durchweicht, und doch ist in den letzten Tagen kaum ein Tropfen gefallen.«

»Aber jetzt ist ein Unwetter nicht mehr weit«, antwortete Bat.

»Ein Grund, daß wir uns beeilen, über diese Sümpfe hinauszukommen, ehe es ausbricht«, bemerkte Dick. »Herkules, nehmt den kleinen Jack auf den Arm! Ihr, Bat und Austin, haltet euch in der Nähe Mistress Weldons, um sie im Notfall stützen zu können! Sie, Herr Benedikt – ja, was machen Sie denn? . . .«

»Ich versinke!« . . . erwiderte einfach Vetter Benedikt, der langsam verschwand, als hätte sich eine Falle unter seinen Füßen geöffnet. Man reichte ihm die Hand, und er arbeitete sich wieder aus seiner Versenkung heraus, zwar mit Schlamm bedeckt, doch entzückt, daß seine

Entomologen-Trommel dabei keinen Schaden genommen hatte. Acteon wurde nun an seine Seite beordert, um jedem neuen Unfall des unglückseligen Kurzsichtigen vorzubeugen.
Wohl eine halbe Meile weit mußten Dick Sand und seine Gefährten auf diesem schwammigen Boden hinziehen. Wiederholt wurden sie zum Halten gezwungen, da auch Mrs. Weldon bis halb ans Knie im Schlamm versank. Herkules, Bat und Austin wollten ihr alle weiteren Unannehmlichkeiten und Mühen ersparen und fertigten eine Tragbahre aus Bambusrohr an, auf der sie Platz nehmen mußte. Den kleinen Jack nahm sie dabei in die Arme, und man mühte sich nun, aus diesem stinkenden Sumpf möglichst bald herauszukommen. Gegen fünf Uhr abends war es soweit. Der Boden wurde tonig und somit fester; man fühlte aber immer noch seinen feuchten Untergrund. Offenbar lag diese Wegstrecke tiefer als die benachbarten Flüsse.
Die wachsende Hitze wäre vielleicht unerträglich gewesen, hätten sich nicht dicke Gewitterwolken zwischen die brennende Sonne und die Erde gelagert. In der Ferne zerrissen schon Blitze die Wolken und in den Tiefen des Himmels grollte ein dumpfer Donner. Dick wurde unruhig. Ohne Obdach konnte man nicht die Nacht verbringen. Wenn die Ebene überschwemmt würde, war man in großer Gefahr; nirgends zeigte sich eine Erhöhung, auf die man sich hätte flüchten können. Endlich schien nach Norden zu eine Reihe niedriger Hügel die sumpfige Niederung zu begrenzen. An hellen Teilen des Horizonts, den die Wolken noch nicht bedeckten, sah man auch einige Bäume.
»Vorwärts, meine Freunde, vorwärts!« drängte Dick wiederholt. »Noch drei Meilen und wir sind in Sicherheit!«
»Munter, munter!« rief Herkules, der gern alle Welt auf

den Arm genommen hätte, um sie allein zu tragen. Seine Worte trieben die Leute von neuem an, und trotz der Anstrengung eines vollen Marschtages, schritten sie jetzt rüstiger und schneller voran als am Anfang der Etappe. Beim Ausbruch des Unwetters lag das Ziel noch gegen zwei Meilen vor ihnen. Die ersten Blitze – das machte die Sache noch gefährlicher – begleitete noch kein Regenfall. Es war beinahe dunkel geworden, obwohl die Sonne noch nicht hinter dem Horizont verschwunden war. Nach und nach senkten sich jedoch die schweren Dunstmassen, als drohten sie zusammenzubrechen – was einen furchtbaren Platzregen erwarten ließ. Rötliche und bläuliche Blitze zuckten in allen Richtungen und überzogen die ganze Ebene mit einem unentwirrbaren Feuernetz. Dick blieb einen Augenblick neben dem alten Tom stehen.

»Was nun?« fragte er.

»Unseren Weg fortsetzen, Herr Dick«, antwortete Tom, »wir dürfen nicht auf dieser Ebene bleiben, die der Regen sofort in einen Sumpf verwandeln wird.«

»Nein, Tom! Aber wo können wir uns schützen?« Dick brach ab. Ein helleuchtender Blitz zuckte über die Ebene. »Siehst du, Tom, dort!«

»Ja!«

»Ein Lager?«

»Ein Lager, sicher ein Lager von Eingeborenen!«

Tatsächlich erhoben sich etwa einhundert konische Hügel in symmetrischer Anordnung in einer Höhe von etwa vier Meter vor ihnen. Ein Soldat war nicht zu erblicken. Hatten sie sich alle in diese Zelte – so sah das aus – verkrochen, um das Unwetter vorübergehen zu lassen, oder war das ganze Lager verlassen? Im ersten Fall hätte Dick – der Himmel mochte noch so drohend erscheinen – so schnell wie möglich fliehen mögen; im zweiten bot sich dort vielleicht die gesuchte Unterkunft.

Er wandte sich an Tom: »Bleibt ihr hier! Keiner soll mir folgen! Ich will mir das Lager näher anschauen.«
»Gestatten Sie, daß einer von uns Sie begleitet, Herr Dick.«
»Nein, Tom, ich gehe allein.«
Die Gesellschaft machte halt. Dick verschwand in der Finsternis. Jetzt fielen einige schwere Tropfen nieder.
»Was ist geschehen!« fragte Mrs. Weldon und trat an Tom heran.
»Wir haben ein Lager gesehen, Mistress Weldon, vielleicht auch ein Dorf. Unser Kapitän wollte es erst einmal in Augenschein nehmen, bevor er uns dahinführt.«
Mrs. Weldon war beruhigt. Drei Minuten später war Dick schon zurück. »Kommt!« rief er mit einer Stimme, die beruhigend klang.
»Ist das Lager leer?« fragte Tom.
»Das ist kein Lager, auch keine Ansiedlung«, antwortete Dick. »Das sind Ameisenbauten!«
»Ameisen! . . .« rief Vetter Benedikt, dem dieses Wort in die Glieder fuhr.
»Ja, Herr Benedikt! Ameisenbauten von mindestens 3,5 Meter Höhe, in denen wir unterzukommen versuchen müssen!«
»Dann müßten das aber Bauten der sogenannten kriegerischen oder gefräßigen Termiten sein«, erwiderte der Gelehrte. »Nur diese Insekten errichten derartige Bauwerke, um die sie die größten Architekten beneiden!«
»Mögen das nun Termiten sein oder nicht, Herr Benedikt«, antwortete Dick, »wir werden sie austreiben und uns an ihre Stelle setzen.«
»Aber sie fressen uns auf!«
»Vorwärts! vorwärts!«
»Aber so warten Sie doch«, begann Vetter Benedikt noch einmal, »ich glaube, solche Termitenbauten gibt es nur in Afrika!«

»Vorwärts!« drängte Dick, weil er fürchtete, Mrs. Weldon könnte das letzte Wort gehört haben. Alle folgten Dick Sand in größter Eile. Bald erhob sich ein heftiger Wind. Große Tropfen zerplatzten auf der Erde. Bald war einer jener Kegel erreicht. Er war aus rötlichem Ton, und an seinem Fuß zeigte sich eine sehr enge Öffnung, die Herkules mit seinem Jagdmesser bald so weit vergrößerte, daß selbst ein Mann von seiner Statur hindurchkriechen konnte. Zu Vetter Benedikts größtem Erstaunen zeigte sich auch nicht eine einzige jener Tausende von Termiten, die sonst diesen Bau bevölkerten. Dick Sand und seine Gefährten schlüpften hinein, und Herkules verschwand zuletzt darin, eben als der Regen in solchen Massen niederstürzte, daß er die Blitze fast verlöschen konnte.

Vortrag über Ameisen, gehalten in einem Ameisenbau

Dick Sand und seine Gefährten hatten dieses Obdach gefunden, als hätte sie die Vorsehung selbst dahin geführt. Das Unwetter tobte jetzt mit einer in gemäßigten Zonen völlig unbekannten Heftigkeit. Man stelle sich ein in der Luft schwebendes Bassin mit einem ganzen Meer als Inhalt vor, das sich wie auf einen Schlag entleerte. Es war, als stünde man unter einem Wasserfall! Bei einem solchen Gusse brechen in den Boden tiefe Höhlen, verwandeln sich die Ebenen zu Seen, werden die Bäche zu rauschenden Strömen und überfluten die austretenden Flüsse ungeheure Flächen. Hierzu kommt, daß in Afrika derartige Unwetter gleich mehrere Tage hindurch ungeschwächt fortwüten. Kaum begreift man, wie eine solche Menge Elektrizität sich in Wolken aufspeichern, wie so unermeßliche Dunstmassen sich ansammeln können.

Zum Glück erwies sich der dichtwandige Termitenbau als vollkommen undurchdringlich. Und brodelte auch ein Bergstrom über den Kegel hinweg, durch seine Poren wäre kein Tröpfchen Wasser gedrungen. Sobald Dick und seine Begleiter von dem Ameisenbau Besitz genommen, suchten sie sich mit seiner inneren Einrichtung vertraut zu machen. Die Laterne wurde angezündet und verbreitete so viel Licht, daß man den Raum überschauen konnte. Der Kegel maß bei 3,5 Meter innerer Höhe infolge seiner zuckerhutähnlichen Gestalt am Boden 3 Meter in der Breite. Die Dicke seiner Wände mochte etwa 0,3 Meter betragen, und die Einzelzellen, die diese auskleideten, ließen in der Mitte einen Hohlraum von beträchtlicher Größe übrig. Mit Recht staunt man über die Konstruktion derartiger Monumente, die ihre Entstehung Heerscharen von zarten Insekten verdanken. Übrigens finden sich solche Riesenwerke im Vergleich zur Körpergröße ihrer Bauleute im Innern Afrikas sehr häufig. So hat z. B. ein Afrikaforscher, Leutnant Cameron, in N'yangwe häufig solche in Gruppen beieinanderstehende Kegel für Dörfer von Eingeborenen gehalten. Er hat sogar am Fuß wirklicher »Gebäude«, nicht nur von 7, sondern von 13 bis 16 Meter Höhe gestanden, vor ungeheuren, abgerundeten, von einer Art von Glockentürmen flankierter Kegel, ähnlich den Kuppeln von Kathedralen, wie sie in dieser Art nur Mittelafrika aufzuweisen hat.

Der zentrale Teil des Kegels, in dem die kleine Gesellschaft zunächst Platz genommen hatte und der den inneren freien Hohlraum desselben bildete, hätte immerhin nicht ausgereicht, sie wirklich zu beherbergen. Dafür bildeten weite, übereinander liegende Abteilungen sozusagen Etagen, in denen eine mittelgroße Person

recht wohl Platz fand. Stelle man sich eine Reihe vorn offener Schubkästen vor, an deren Rückwänden Millionen früher von Termiten bewohnter Zellen, und man gewinnt damit leicht ein Bild von der inneren Einrichtung solcher Bauten. Diese Schubkästen liegen nun – wie die Schlafstätten in Schiffskabinen – einer über dem anderen. In den oberen fanden Mistress Weldon, der kleine Jack, Nan und Vetter Benedikt Platz. In den unteren Etagen richteten sich Austin, Bat und Acteon ein. Dick Sand, Tom und Herkules blieben im Mittelraum des Kegels. »Meine Freunde, der Erdboden hat sich voll Wasser gesaugt; wir werden ihn mit Ton aus den Wänden auffüllen, müssen aber darauf achten, die Öffnung, durch die die Außenluft eindringt, nicht etwa zu verschließen!« wandte sich Dick zu den Negern.
»Oh, es handelt sich ja nur um eine einzige Nacht«, meinte der alte Tom.
»Nun, dann schauen wir eben, daß sie uns nach so vielen Strapazen die bestmöglichste Erholung bietet. Seit zehn Tagen ist es das erste Mal, daß wir nicht unter freiem Himmel übernachten!«
»Zehn Tage!« wiederholte Tom.
»Da dieser Kegel übrigens«, fuhr Dick Sand fort, »ein sehr gesichertes Obdach bietet, dürfte es sich empfehlen, hier vierundzwanzig Stunden zu rasten. Inzwischen suche ich nach dem Fluß. Meiner Meinung nach sollten wir sogar diese geschützte Wohnung nicht eher aufgeben, bis wir ein Floß gezimmert haben. Schaffen wir uns also zunächst einen festeren, trockenen Fußboden!«
Dicks Anordnungen wurden sofort ausgeführt. Herkules hackte mit der Axt die erste, aus sehr dürrem Ton bestehende Zellenetage herunter. Er erhöhte damit den sumpfigfeuchten Boden um einen guten Fuß, wobei Dick Sand sich vergewisserte, daß die an der Basis des Baues befindliche Öffnung nicht verengt wurde. Vetter

Benedikt stellte sich inzwischen die Frage, ob der Bau schon längere Zeit leer gestanden oder erst seit kurzem verlassen worden sei. Bald gewann er die Überzeugung, daß die Auswanderung der Insekten erst in letzter Zeit stattgefunden habe. Mit der Laterne durchsuchte er nämlich am unteren Teil des Kegelinnern die verborgensten Winkel des Termitenbaues und entdeckte dabei das »Hauptmagazin« der Insekten, d. h. die Stelle, an der diese fleißigen, vorsorglichen Tiere die Vorräte der Kolonie aufstapeln. Das betreffende Magazin bestand aus einer in der Wand ausgehöhlten Zelle, unfern der Königinzelle, die Herkules' Erweiterungsarbeiten nebst den Zellen für die jungen Larven zerstört hatten. Aus diesen Vorratskammern brachte Vetter Benedikt verschiedene, noch nicht völlig erhärtete Stückchen Gummi und halbweichen Zuckersaft zum Vorschein – ein Beweis, daß die Termiten hier vor nicht allzulanger Zeit tätig gewesen waren.

»Warum nur sind sie eigentlich ausgewandert?« grübelte der Gelehrte. »Gestern, vielleicht heute morgen noch bewohnten sie den Bau, dafür spricht ja dieser halbflüssige Zucker, und heute abend ...«

»Ja, was folgern Sie daraus?« fragte Dick Sand.

»Daß ein gewisses Vorgefühl sie getrieben hat, ihre Wohnung aufzugeben. Es ist nicht nur keine einzige Termite in dem Bau zurückgeblieben, sondern sie haben die Vorsorge so weit getrieben, die jungen Larven mit fortzuschleppen, denn ich finde auch von diesen keine Spur. Ohne alle Ursache – das wiederhole ich – ist das nicht geschehen; die scharfsinnigen Insekten haben sicher eine drohende Gefahr geahnt.«

»Aha, sie ahnten, daß wir ihre Wohnung beziehen wollten!« warf Herkules lachend ein.

»Du lieber Himmel!« versetzte Vetter Benedikt, den dieser Scherz des Negers in seinem Gelehrtendünkel

verletzte, »Sie glauben doch nicht etwa, daß diese sich vor Ihnen gefürchtet haben? Ein paar Tausend schon hätten Sie schnell in ein Skelett verwandelt, wenn Sie tot am Weg gelegen wären!«
»Tot! Ja, das glaub' ich auch«, erwiderte Herkules, »aber lebendig würde ich sie massenhaft vertilgen.«
»Gewiß, hunderttausend, fünfhunderttausend, meinetwegen auch eine ganze Million«, entgegnete Vetter Benedikt allmählich warm werdend, »eine Milliarde aber nicht, und eine Milliarde hätte Sie, lebendig oder tot, mit Haut und Knochen aufgezehrt!«
Während dieses Gesprächs dachte Dick im stillen über Vetter Benedikts vorherige Bemerkung nach. Der Gelehrte kannte die Gewohnheiten der Ameisen sicher gut genug, um sich nicht zu täuschen. Behauptete er nun, daß ein gewisser Instinkt die Insekten zur Aufgabe ihres Baues getrieben habe, so drohte möglicherweise auch ihnen jetzt irgendeine Gefahr. Da aber zur Zeit ein Verlassen dieses Obdachs wegen des andauernden Unwetters ausgeschlossen war, begnügte sich Dick zu antworten: »Lassen wir die Termiten! Ich denke, wir essen ein wenig zu Abend. Morgen, wenn das Gewitter vorüber ist, einigen wir uns über das Weitere!«
Es bedarf kaum einer besonderen Erwähnung, daß Vetter Benedikt der Mahlzeit alle Ehre antat, aber nur, weil er eine außergewöhnlich günstige Gelegenheit gefunden hatte, eine entomologische Vorlesung über Termiten an den Mann zu bringen. Oh, hätte er nur eine einzige Termite in dem ganzen Bau entdeckt! Ohne sich darum zu kümmern, ob jemand ihm zuhörte, verlor er sich in Einzelheiten. Dick lauschte als einziger mit gespannter Aufmerksamkeit. Der Gelehrte tummelte das einmal gesattelte Steckenpferd nach Herzenslust und zählte Arten und Familien auf.
»Und die Erbauer dieses Kegels waren?« fragte Dick.

»Die kriegerischen Termiten!« antwortete Vetter Benedikt in einem Tone, als handle es sich hier um die Mazedonier oder ein anderes kampfberühmtes Volk des Altertums.

»Ja, die kriegerischen, und zwar die größten unter diesen. Zwischen Herkules und einem Zwerge wäre der Unterschied geringer als zwischen den größten und den kleinsten dieser Insekten. Gibt es einerseits unter ihnen ›Arbeiter‹ von fünf, ›Soldaten‹ von zehn, Männchen und Weibchen aber auch von zwanzig Millimeter Länge, so findet man andererseits eine sehr merkwürdige Unterart, die etwa zwölf bis fünfzehn Millimeter langen ›Sirafus‹, die Zangen an Stelle der Kiefern und – ähnlich den Haifischen – einen den ganzen Körper an Größe übertreffenden Kopf besitzen. Das sind die echten Haifische unter den Insekten, und bei einem Kampf zwischen ihnen und einem wirklichen Hai würden sie ganz sicher als Sieger hervorgehen!«

»Und wo findet man diese Sirafus gewöhnlich?« fragte da Dick.

»In Afrika«, antwortete Vetter Benedikt, »und zwar in den mittleren und südlichen Provinzen. Afrika ist das Land der Ameisen! Darüber muß man lesen, was der Afrikaforscher Livingstone in seinen letzten Berichten niedergeschrieben hat! Er hat das Glück gehabt, einen Kampf zwischen schwarzen und weißen Ameisen beobachten zu können. Die weißen Sirafus blieben Sieger, die schwarzen Tschungus ergriffen die Flucht und nahmen nach ehrenvoll hartnäckiger Verteidigung ihre Eier und Jungen mit sich fort. Niemals – sagt Livingstone – sei wütender gekämpft worden, weder bei Menschen noch bei Tieren. Mit ihrem kräftigen Kiefer, der dem Angegriffenen ganze Stücke aus dem Körper reißt, treiben sie den tapfersten Mann in die Flucht. Selbst die größten Tiere, wie Löwen und Elefanten, fliehen vor ihnen. Dabei hält nichts sie auf, weder Bäume, die sie bis zum Wipfel erklettern, noch Bäche, über die sie aus ihren eigenen, aneinander geklammerten Leibern eine Brücke zu schlagen verstehen. Und in welchen Massen sie auftreten! Du Chaillu – ein anderer Afrika-Reisender – sah einmal eine Ameisenkolonne zwölf Stunden hindurch vorüberziehen! Sie vermehren sich unglaublich. Ein einziges Weibchen unserer kriegerischen Termiten legt an einem Tag 60 000 Eier! Übrigens, geröstete Ameisen, meine Freunde, sind eine Delikatesse, die Eingeborenen wissen das!«

»Haben Sie denn so etwas schon gegessen, Herr Benedikt?« fragte Herkules.

»Nein«, erwiderte der gelehrte Professor, »aber ich tät's jeden Augenblick.«

»Wo?«

»Hier auf der Stelle.«

»Hier sind wir aber nicht in Afrika!« warf Tom schnell ein. »Nein ... freilich nicht!« bestätigte Vetter Benedikt, »und doch wurden die kriegerischen Ameisen und ihre dorfähnlichen Ansiedlungen bisher nur auf dem afrikanischen Kontinent beobachtet. Ah, da hat man nun die Reisenden! Sie verstehen eben nicht zu sehen! Nun, desto besser! Ich habe in Amerika ja schon eine Tsetsefliege aufgefunden! Zu diesem rühmlichen Erfolg füge ich nun auch noch den, die kriegerischen Termiten in demselben Erdteil zuerst entdeckt zu haben. Meine Denkschrift wird das gelehrte Europa in Aufregung versetzen!«

Jetzt war es neun Uhr abends. Bemerkte denn Vetter Benedikt gar nicht, daß sich seine Zuhörer während des Vortrags in die einzelnen Abteilungen des Termitenbaues verkrochen hatten und nach und nach eingeschlafen waren? Allem Anschein nach nicht, denn er ließ seiner Beredsamkeit noch immer freien Lauf. Endlich überfiel auch ihn Müdigkeit, und er kletterte in seine »Kabine« hoch. Jetzt herrschte tiefes Schweigen im Innern des Termitenbaues, während das Unwetter draußen mit Blitz und Donner weitertobte und nichts auf ein nahes Ende hinzuweisen schien. Man hatte die Laterne ausgelöscht. Der Raum lag in schwarzer Finsternis. Alle schliefen, nur Dick hielt die Sorge wach. Sicherlich hatten Harris und Negoro sie nicht ohne die geheime Absicht, sich ihrer zu bemächtigen, hundert Meilen weit in das Binnenland Angolas gelockt. Was hatte der elende Portugiese aber dann mit ihnen vor? Wem galt denn sein tödlicher Haß? Dick erinnerte sich, daß eigentlich nur er ihm feindlich gegenübergetreten war, und überflog im Geist noch einmal alle mit der Überfahrt der »Pilgrim« verknüpften Ereignisse, die Auffindung des Wracks mit den Negern darin, die Jagd auf den Walfisch, das traurige Ende Kapitän Hulls und seiner ganzen Mannschaft. Dick Sand sah sich, trotz seiner Jugend, berufen zum Kommando über das Schiff, das durch Negoros verbrecherische Handlungsweise vom Kurs abwich und strandete. Es trat ihm die Szene wieder vor Augen, als er dem unverschämten Koch gegenüber seine Autorität geltend machen mußte, indem er ihm strengen Arrest in Aussicht stellte, oder ihm gar eine Revolverkugel durch den Kopf zu jagen drohte. Warum hatte er es damals nicht getan! Man hätte Negoros Leiche über Bord geworfen und wäre so dem ganzen nachfolgenden Unglück entgangen! Dann klammerten sich seine Gedanken an den Schiffbruch, und er erlebte noch einmal, wie der Verräter Harris auftrat und wie sich die vermeintliche Provinz Südamerikas in das entsetzliche Angola mit seinem Fieberklima, seinen wilden Tieren und noch wilderen Eingeborenen verwandelte. Würde die kleine Gesellschaft auf dem Rückweg zur Küste allen drohenden Gefahren entgehen? Würden sie einen Fluß finden, der sie sicher zum Meer zurücktragen würde? »Zum Glück«, sprach er leise vor sich hin, »kennt weder Mrs. Weldon, noch ahnen die übrigen den Ernst unserer Lage! Es bleibt nur Toms und mein Geheimnis!« Da fühlte er etwas wie einen Hauch über seine Stirne streichen. Eine Hand berührte seine Schulter und eine Stimme flüsterte: »Ich weiß alles, mein armer Dick, doch Gott vermag uns auch jetzt noch zu retten! Sein Wille geschehe!«

Die Taucherglocke

Mrs. Weldon wußte also, woran sie war. »Nun, vielleicht ist es besser so. Die mutige Frau verzweifelt nicht. Und ich? . . . Niemals!« sagte Dick zu sich selbst. Er sehnte sich nach dem Anbruch des Tages, um die Umgebung des Termitendorfs näher in Augenschein nehmen zu können, aber es wollte nicht Tag werden. Durch die Öffnung im unteren Teil des Kegels drang kein Lichtstrahl ein. Das infolge der dicken Wände nur dumpf ertönende Rollen des Donners bewies, daß das Unwetter ohne Unterlaß weitertobte. Dick konnte auch feststellen, daß der Regen zwar auf den Termitenbau niederprasselte, aber nicht mehr den festen Erdboden traf, woraus er auf eine Überschwemmung der ganzen Umgebung schließen mußte. Es mochte gegen elf Uhr sein. Dick fühlte, daß er, halb betäubt von Müdigkeit, einschlafen würde. Doch da kam ihm der Gedanke, daß die Eingangsöffnung verschlossen würde, wenn der aufgeschüttete tonige Boden aufweichte. Damit aber wäre jeder Luftzutritt von außen abgeschnitten gewesen und die Atmung der eingeschlossenen zehn Personen dadurch aufs höchste gefährdet worden. Dick glitt also auf den mit dem Tongemisch aus den unteren Zellenreihen erhöhten Boden herab, der sich noch als völlig trocken erwies. Die Öffnung war frei und ließ ungehindert die Luft in das Innere des Kegels eindringen und einen schwachen Widerschein der Blitze sehen. Als sich Dick überzeugt hatte, daß alles in Ordnung war, legte er sich auf den Boden in gleicher Höhe mit der Eingangsöffnung nieder, um auch einige Stunden zu schlafen. Zugleich aber konnte draußen nichts geschehen, ohne daß er es zuerst bemerkte. Den Kopf an die Wand gelehnt und das Gewehr in der Hand, schlief er sofort ein. Auf einmal weckte ihn eine lebhafte Empfindung von Kälte. Als er sich erhob, bemerkte er zu seiner größten Bestürzung, wie das Wasser in den Bau – und zwar mit solcher Schnelligkeit – eindrang, daß es die von Tom und Herkules eingenommene Abteilung in wenigen Sekunden erreichen mußte. Dick weckte die Bedrohten. Die schnell angezündete Laterne erhellte das Innere des Kegels. Bis anderthalb Meter Höhe war das Wasser gestiegen und verharrte dann bei diesem Stande.

»Was gibt es, Dick?« fragte Mrs. Weldon.

»Nichts von Bedeutung. Das Erdgeschoß unserer Wohnung steht unter Wasser. Wahrscheinlich ist ein Bach in der Nähe über sein Ufer getreten.«

»Schön!« meinte Herkules, »das beweist, daß unser Fluß gefunden ist.«

»Beruhigen Sie sich, Mistress Weldon«, fügte Dick hinzu, »das Wasser kann weder Sie erreichen noch den kleinen Jack, Nan oder Herrn Benedikt!«

Mrs. Weldon antwortete nicht, und der seelenruhige Vetter schlief wie eine Termite. Die Neger blickten auf die im Schein der Laterne schimmernde Wasserfläche herab und warteten auf einen Auftrag. Dick sagte aber nichts, sondern bemühte sich, die Vorräte und Waffen vor Überflutung zu sichern.

»Das Wasser ist durch den Eingang eingedrungen?« begann Tom.

»Ja«, erwiderte Dick, »die Luftzufuhr ist unterbrochen.«

»Sollten wir dann nicht über der Wasserhöhe ein Loch durch die Wand brechen?« fragte der alte Neger.

»Gewiß, Tom ... doch ... ja, wenn wir hier drinnen eineinhalb Meter Wasser haben, so steht es draußen möglicherweise zwei oder noch mehr Meter hoch!«

»Sie glauben, Herr Dick?«

»Ich denke, Tom, daß das Wasser, als es im Innern des Kegels hochstieg, die Luft in den oberen Teilen zusammenpressen mußte und daß allein dieser Zustand es am Höhersteigen hindert. Lassen wir aber die Luft durch eine andere Öffnung abziehen, wird sich der Wasserstand so weit erhöhen, bis er den außerhalb der Wände erreicht, und wenn er bis über die Öffnung stiege, würde er die Luft darüber noch einmal zusammenpressen. Wir befinden uns hier in der Lage von Arbeitern in einer Taucherglocke.«

»Was ist also zu tun?« forschte Tom weiter.

»Gut zu überlegen, bevor wir handeln. Eine Unklugheit könnte uns das Leben kosten.«

Die größte Gefahr lag in der Fortdauer des Unwetters und der Zunahme der Überschwemmung. 9 1/2 Meter Wasser auf der Ebene mußten den Kegel um 5 1/2 Meter überdecken und die Luft im Innern unter dem Druck einer ganzen Atmosphäre zusammenpressen. Wenn Dicks Befürchtung zutraf, daß ein angeschwollener Wasserlauf in der Nachbarschaft seine Uferdämme durchbrochen hatte und sich nun über die Niederung ausbreitete, mußte man wirklich damit rechnen, daß der Ameisenbau schon vollständig überflutet war und gar keine Möglichkeit mehr bestand, durch seine Spitze hinauszugelangen.

Dick war ratlos. Es war jetzt drei Uhr morgens. Regungslos und schweigend lauschten alle. Da bemerkte Tom, daß das Wasser wieder anstieg.
»Ja«, bestätigte Dick, »das Wasser steigt und drückt die Luft weiter zusammen.«
»Herr Dick«, fragte Bat, »wünschen Sie, daß ich mich draußen umsehe? Ich werde untertauchen und durch die Eingangsöffnung ...«
»Besser, ich versuche es selbst«, unterbrach ihn Dick.
»Nein, nein, Herr Dick«, widersprach ihm der alte Tom. »Lassen Sie das meinen Sohn tun und vertrauen Sie seiner Gewandtheit. Wenn er nicht zurückkehren könnte, ist Ihre Anwesenheit hier doppelt nötig!« Und leiser setzte er hinzu: »Denken Sie an Mistress Weldon und den kleinen Jack!«
»Gut«, antwortete Dick. »Los, Bat! Ist unsere Wohnung überschwemmt, so versucht gar nicht erst zurückzukehren! Wir verlassen sie dann ebenfalls. Ragt der Kegel aber noch aus dem Wasser heraus, so schlagt mit der Axt, die Ihr mitnehmen müßt, kräftig auf seine Spitze. Wir werden das hören und dann auch von uns aus versuchen, ihn zu durchbrechen. Verstanden?«
»Gewiß, Herr Dick«, versicherte Bat.
»Also vorwärts, Junge!« drängte der alte Tom und drückte seinem Sohn die Hand. Nachdem sich Bat durch einen tiefen Atemzug einen tüchtigen Luftvorrat gesichert hatte, tauchte er unter. Es verging nahezu eine halbe Minute. Schon glaubte Dick, daß es dem Neger gelungen sei, hinauszugelangen, als Bat wieder auftauchte.
»Nun?« rief Dick erstaunt.
»Der Eingang ist verschlammt und verschüttet«, antwortete Bat, nachdem er wieder halbwegs zu Atem gekommen war.
»Wir sind eingeschlossen?« rief Tom.

»Ja«, bestätigte Bat. »Ich habe die Wände ringsum abgetastet . . . nirgends eine Öffnung!«
Dick schüttelte den Kopf. Waren sie verloren?
»Wenn keine Öffnung mehr vorhanden ist«, meinte Herkules, »müssen wir eben eine neue machen.«
»Wartet noch!« fiel Dick dazwischen ein, indem er Herkules, der mit der Axt schon zum Schlag ausholte, zurückhielt.
»Wir müssen erst wissen, ob das Wasser den Bau überdeckt oder nicht. Das erfahren wir, wenn wir an der Kegelspitze eine kleine Öffnung herstellen. Wir müssen aber sehr vorsichtig vorgehen, denn wenn der Termitenhügel schon überflutet ist, könnte das unser Ende sein.«
»Schnell!« setzte Tom hinzu. Das Wasser stieg und stand schon zwei Meter hoch. Bis auf die Bewohner der obersten Abteilungen standen schon alle bis zur Hüfte im Wasser. Das beste Werkzeug, das Dick zum Bohren besaß, war ein Ladestock, wie er zum Säubern eines Gewehrs benutzt wird. Bei schnellem Umdrehen griff er wie ein Bohrer in die Tonmasse ein, und das Loch gewann allmählich an Tiefe. Wenn es dabei auch keinen größeren Durchmesser als den des Ladestocks erhielt, so reichte es ja aus. Hauptsache, die Luft konnte zirkulieren. Herkules hielt die Laterne und leuchtete Dick. Man hatte außerdem noch einige Kerzen und brauchte nicht zu fürchten, daß es an Licht fehlen werde. Eine Minute nach Beginn der Operation drang der Ladestock durch die Wand. Sofort entstand ein dumpfgurgelndes Geräusch, ähnlich dem von Luftblasen, die durch eine Wassersäule aufstiegen. Die Luft drängte sich wirklich nach außen, und sofort stieg das Wasser im Kegel und stand erst wieder in gleicher Höhe mit der Öffnung.
»Noch einmal!« sagte Dick sehr kühl, nachdem er das Loch mit einem Tonpfropfen verschlossen hatte. Das

Atmen wurde beschwerlicher, denn es trat ein Mangel an Sauerstoff ein. Man bemerkte das auch an der Flamme der Laterne, die einen rötlichen Schimmer annahm und an Leuchtkraft verlor. Dreizehntel Meter oberhalb des ersten Lochs begann Dick ein zweites zu bohren. Mißglückte auch dieser Versuch, so drohte zwar das Wasser im Kegel noch höher zu steigen ... doch diese Gefahr mußte man eben in Kauf nehmen. Während Dick mit seinem Bohrer arbeitete, rief Vetter Benedikt plötzlich: »Ich hab's! Ja, warum haben wohl diese intelligenten Termiten ihren Bau aufgegeben? Sie fühlten die Überschwemmung schon voraus! Oh, der Instinkt, meine Freunde, der Instinkt! Sind pfiffiger als wir, diese Termiten, viel, viel pfiffiger!«

Eben zog Dick den durch die Wand gedrungenen Ladestock zurück. Es entstand ein Pfeifen, und wieder stieg das Wasser im Innern des Kegels ... das Loch hatte die freie Luft noch immer nicht getroffen! Die Lage war schrecklich. Mrs. Weldon, die jetzt das Wasser fast erreichte, hielt den kleinen Jack in ihren Armen hoch. Alle erstickten fast in dem engen Raum. Die Ohren summten. Die Laterne verbreitete kaum Licht.

»Steht denn der Kegel wirklich ganz unter Wasser?« murmelte Dick. Er mußte das wissen und deshalb noch ein drittes Loch an der Kegelspitze selbst bohren. Mißlang auch dieser Versuch, so würden sie ersticken, denn die restliche Luft würde entweichen und das Wasser den ganzen Kegel erfüllen.

»Mistress Weldon«, sagte Dick, »die einzige Aussicht auf Rettung besteht darin, daß der Gipfel des Kegels die Wasseroberfläche draußen überragt. Es bleibt uns ein letzter Versuch übrig. Stimmen Sie zu?«

»Tu es, Dick!« erwiderte Mrs. Weldon. In diesem Augenblick erlosch die Lampe. Die Eingeschlossenen umgab völlige Dunkelheit. Dick Sand stieg auf die Schultern von Herkules, der sich an die Wand stemmte, wobei nur sein Kopf noch über Wasser blieb. Alle andern hatten sich in die höchste Zellenabteilung zurückgezogen. Dick nahm die Wand in Angriff, und bald drang sein Ladestock durch den Ton. An dieser Stelle war die Wand dicker und härter. Dick beeilte sich, Angst kam in ihm hoch, denn durch die enge Öffnung sollte mit der Luft entweder das Leben oder mit dem Wasser der Tod seinen Einzug halten.

Plötzlich ließ sich ein scharfes, trockenes Pfeifen vernehmen. Die komprimierte Luft drang hinaus . . . Das Wasser stieg nur noch einige Zentimeter und stand dann still, so daß Dick die Öffnung nicht wieder verschließen mußte. Der Kegelgipfel überragte die Flut . . . Mrs. Weldon und ihre Gefährten waren gerettet! Nach einem wild aufjauchzendem Hurra griffen alle nach ihren Jagdmessern und machten sich daran, die Öffnung zu erweitern. Die Kegelhaube zerbröckelte, die Luft drang in vollem Strom ein und mit ihr die ersten Strahlen der aufgehenden Sonne.

Dick bestieg zuerst den Gipfel des Kegels. Ein Schrei entfuhr ihm. Er vernahm das Geräusch durch die Luft schwirrender Pfeile. Hundert Schritte von dem Termitenhügel entfernt war ein Lager, und nur zehn Schritt weit – er konnte es in der Schnelligkeit nur flüchtig wahrnehmen – einige lange, mit Eingeborenen besetzte Barken. Von einer dieser Barken aus war die Wolke von Pfeilen geflattert.

Dick alarmierte seine Gefährten, ergriff sein Gewehr, erklomm, von Herkules, Acteon und Bat gefolgt, die Spitze aufs neue, und alle vier gaben auf eines der Boote Feuer. Mehrere Eingeborene stürzten, und ein wütendes Geheul und Flintenschüsse antworteten dem Knall der Feuerwaffen. Was aber konnten Dick und seine Begleiter gegen ein ganzes Hundert Afrikaner ausrichten, die sie von allen Seiten umzingelten? Der Termitenhügel wurde gestürmt. Mrs. Weldon, ihr Kind, Vetter Benedikt, alle rücksichtslos herausgezerrt und, ohne daß man ihnen ein Wort gönnte, voneinander getrennt. Die eine Barke nahm Mrs. Weldon, den kleinen Jack nebst Vetter Benedikt auf, und Dick sah sie im Lager verschwinden. Er selbst wurde nebst Nan, dem alten Tom, Herkules, Bat, Acteon und Austin in einen Einbaum geworfen, der nach einem anderen, benachbarten Hügel steuerte. Zwanzig Eingeborene besetzten diese Piroge, der fünf andere folgten. Dick und seine Gefährten versuchten Widerstand zu leisten und verwundeten einige Krieger. Sie hätten dies sicherlich mit dem Leben bezahlt, wenn nicht ein ausdrücklicher Befehl ergangen wäre, sie zu schonen. Die Überfahrt dauerte nur wenige Minuten. In dem Augenblick, da das Boot an Land stieß, sprang Herkules mit einem gewaltigen Satz heraus. Zwei Eingeborene stürzten auf ihn zu; der Riese aber gebrauchte seine Flinte als Keule, und mit zerschmettertem Schädel taumelten die beiden zur Erde. Unter einem Kugelhagel verschwand Herkules im nahen Dickicht, gerade als Dick Sand und seine Begleiter wie Sklaven in Fesseln gelegt wurden.

Ein Lager am Ufer der Coanza

Die Überschwemmung hatte aus der Ebene einen See gemacht. Etwa zwanzig Ameisenbauten tauchten daraus mit ihrer Spitze empor. Die Coanza, einer der Ströme von Angola, war durch den Zustrom ihrer durch den Gewitterregen angeschwollenen Nebenflüsse über die Ufer getreten. Etwa hundert Meilen von dem Punkt, wo die »Pilgrim« gestrandet war, mündet sie in den Atlantik. Auf ihr spielte sich der Binnenverkehr dieses Teiles der portugiesischen Kolonie ab. Dick hatte also ganz recht daran getan, nach Norden zu einen schiffbaren Fluß zu suchen. Ohne den Überfall hätte er ihn auch nach einer Meile gefunden; seine Gefährten und er hätten sich auf einem Floß eingeschifft und die beste Aussicht gehabt, einen Hafen zu erreichen.

Es sollte anders kommen.

Das Lager war auf einer dem Termitenhügel benachbarten Höhe errichtet. Auf dem Gipfel dieser Anhöhe ragte eine gewaltige Sykomore empor, ein Baumriese, der unter seinem Blätterdach wohl fünfhundert Menschen Schutz gewährt hätte. Die Äste bildeten einen ganzen Wald, in dem man sich verirren könnte. Hier also hatte die Karawane, deren Eintreffen Harris seinem Spießgesellen angekündigt hatte, haltgemacht. Der große Zug von Eingeborenen, die von den Agenten des Sklavenhändlers Alvez aus ihrer Heimat entführt worden waren, bewegte sich nach dem Markt in Kazonnde. Von dort aus wurden sie je nach Bedarf entweder in die Baracken an der Westküste verschleppt, oder nach N'yangwe, in die Gegend der großen Seen gebracht, von wo sie nach Oberägypten oder nach den Faktoreien von Sansibar verteilt wurden.

Tom und seine Gefährten mußten die Behandlung kriegsgefangener Eingeborener erdulden. Sie wurden trotz lebhaften Widerstands entwaffnet, je zwei und zwei am Hals mit einer über zwei Meter langen, an beiden Enden gabelförmigen und mit einem Quereisen geschlossenen Stange gefesselt. So waren sie gezwungen, einer hinter dem anderen zu marschieren, ohne nach den Seiten hin abweichen zu können. Außerdem verband sie noch eine schwere Kette am Gürtel. Die Arme behielten sie frei, um noch Lasten zu tragen, die Füße, um zu marschieren, ohne daß eine Flucht möglich gewesen wäre. Auf diese Weise sollten sie nun unter den Peitschenhieben eines rohen Aufsehers, eines Havildars, Hunderte von Meilen zurücklegen! Von den arabischen oder portugiesischen Führern der Karawane, deren Sprache sie nicht verstanden und die ihre Befehle nur durch Blicke und drohende Bewegungen gaben, hatten sie kein Erbarmen zu erwarten.

Dick Sand war wohl auch entwaffnet worden, doch ließ man ihm Hände und Füße frei, während ein Havildar ihn besonders überwachte. Dick spähte nach Harris und Negoro ... vergeblich! Nichtsdestoweniger zweifelte er keinen Augenblick daran, daß der Angriff auf den Termitenhügel von diesen zwei Schurken ins Werk gesetzt worden sei. Auffällig war auch, daß Mrs. Weldon, Jack und Vetter Benedikt von ihm getrennt worden waren. Wohin aber führte man sie? Was hatte man mit ihnen vor? Dick dachte nicht an sich selbst, nur an die anderen.

Die unter der ungeheuren Sykomore gelagerte Karawane zählte 600 Sklaven und etwa 200 Soldaten, Lastträger und anderes verdächtiges Gesindel, Wächter, Havildars und Agenten. Die Chefs waren Araber oder Portugiesen. Man macht sich keine Vorstellungen von den Grausamkeiten, mit denen die entmenschten Wesen ihre Gefangenen quälten. Sie schlagen sie unaufhörlich, und wer zusammenbricht und nicht mehr verkäuflich erscheint, wird durch einen Flintenschuß oder einen Messerstich erledigt. So wird im voraus jede Auflehnung durch Terror erstickt. Beim Eintreffen am Zielort fehlt die Hälfte, doch nur wenigen gelang es zu entwischen, während entlang der Wege die Leichen der Erschöpften und Erschlagenen in der Sonne verwesten. Die Agenten, meist Portugiesen, sind Taugenichtse, die aus der eigenen Heimat verstoßen wurden, entsprungene Sträflinge, Führer und Besatzungen von Sklavenschiffen, die gestellt wurden und knapp dem Galgen entkamen, mit einem Wort, der Auswurf der Menschheit. Zu dieser Sorte gehörten auch Harris und Negoro, jetzt beide im Dienst eines der berüchtigsten Sklavenhändler Zentralafrikas, des Jose-Antonio Alvez. Die Begleitmannschaften sind gewöhnlich einheimische, im Sold der Händler stehende Soldaten. Allerdings besitzen die Händler nicht das ausschließliche Monopol auf solche Unternehmungen – Razzias –, die ihnen die Sklaven liefern. Auch die Negerkönige führen zu demselben Zweck furchtbare Kriege miteinander. Die Besiegten, auch Frauen und Kinder, werden an die Sklavenhändler für Pulver, Gewehre, Perlen, und in Zeiten einer Hungersnot, für Mais verkauft. Die begleitenden Soldaten waren nichts anderes als ein Haufen schwarzer, kaum bekleideter Banditen, die lange, am Lauf von vielen Kupferringen umschlossene Steinschloß-Gewehre schwangen. Mit ihnen haben die Agenten oft ihre liebe Not. Man bekrittelt ihre Befehle, schreibt vor, wo und wie lange man anhalten solle, droht wegzulaufen, kurz, die Agenten müssen sich nicht selten den Forderungen dieser undisziplinierten Soldateska fügen.

Obwohl die Sklaven, gleich, ob Männer oder Frauen, ihre Bündel und Lasten selbst schleppen müssen, begleiten die Karawane auch noch eine große Anzahl Träger. Man nennt sie »Pagazis«, und sie erhalten den Auftrag, das wertvollere Gepäck, vor allem das Elfenbein zu transportieren. Die Elefantenzähne erreichen manchmal eine solche Größe, daß sie, bei einem Gewicht von 160 Pfund, von zwei Pagazis nach den Faktoreien getragen werden, von wo aus diese kostbare Ware nach den Märkten von Khartum, Sansibar und Natal weitergeleitet wird. Bei der Ankunft erhalten die Pagazis den vereinbarten Lohn, der aus Baumwollstoff oder anderem Gewebe, ein wenig Pulver, einer Handvoll Kauris,

einigen Perlen oder auch aus solchen Sklaven besteht, die schwer zu verkaufen sind.
Unter den Sklaven sah man nur wenige ältere Männer, denn nach Beendigung einer Razzia wurde die Ansiedlung niedergebrannt und alle Eingeborenen über vierzig Jahre wurden erbarmungslos niedergemetzelt oder an den Bäumen aufgeknüpft. Nur die männliche und weibliche Jugend wird nach den Märkten geliefert. Nach solchen Menschenjagden ist oft kaum noch der zehnte Teil der Besiegten am Leben. Nur so ist die erschreckende Entvölkerung Zentralafrikas zu erklären, die weite Gebiete in Wüsten verwandelt.
Die Kinder waren – wie die Erwachsenen – nur mit einem Fetzen Rinde »bekleidet«, die man »Mbuzu« nennt. Der Zustand dieser Herde menschlicher Wesen war jämmerlich: Die Frauen bedeckt mit Wunden, die von den Peitschenschlägen der Havildars hervorgerufen waren, die Kinder – die die Mütter außer ihren anderen Lasten noch zu tragen suchten – elend, abgemagert, mit blutigen Füßen, die jungen Männer aneinandergebunden mit dem Gabelholz! Der Anblick dieser unglücklichen, halbtoten Geschöpfe, diese »Ebenholz-Skelette«, wie Livingstone sagte, hätte wohl das Herz wilder Tiere zu rühren vermocht, er ließ aber ihre arabischen und portugiesischen Peiniger kalt. Wenn man Leutnant Cameron glauben darf – in Portugal hatte man seinerzeit gegen seine Berichte protestiert –, hatte der Sklavenhändler Alvez, um in den Besitz seiner fünfzig Frauen zu kommen, nicht weniger als zehn Dörfer zerstört, zehn Dörfer mit je 100 bis 200 Seelen, also insgesamt 1500 Eingeborene umgebracht.
Es versteht sich von selbst, daß die Gefangenen während des Marsches und während der Rast streng bewacht wurden. Dick Sand überzeugte sich bald, daß ein Fluchtversuch vergeblich wäre. Wie aber sollte er Mrs.

Weldon wiederfinden? Ohnmächtiger Zorn überfiel ihn, wenn er daran dachte, daß die beiden Schurken Negoro und Harris vor seinem Flintenlauf waren und er ihnen nicht das Lebenslicht ausgeblasen hatte! Wieviel Elend bliebe jetzt denen erspart, die jetzt von diesen Schacherern mit Menschenfleisch als Sklaven mißhandelt wurden! Das Furchtbare der Lage Mrs. Weldons und des kleinen Jack konnte er sich ausmalen. Auf Vetter Benedikt konnten die beiden nicht rechnen. Der arme Mann konnte sich ja kaum selber helfen. Und er? Er zählte nur als Kopf in der Herde, die von den Havildars in das Innere Afrikas getrieben wurde. Von Dingo keine Spur, nur Herkules konnte vielleicht Mrs. Weldon zu Hilfe kommen; war aber auf so ein Wunder zu hoffen? Immerhin klammerte sich Dick an diesen Gedanken, da er den kräftigen Neger frei wußte. Vielleicht gelang es ihm irgendwie, sich mit Dick zu verständigen, etwa sich bei einer nächtlichen Rast heranzuschleichen, die Soldaten zu überlisten, ihn von den Fesseln zu befreien und die Flucht zu ermöglichen? Dick gab die Hoffnung nicht auf. Zunächst kam es darauf an zu erfahren, nach welchem Markt die Agenten ihren Sklaventransport leiteten. War dieser Platz eine der Faktoreien von Angola, so handelte es sich nur um einen Marsch von wenigen Tagen, oder sollte der Zug viele Hunderte von Meilen durch das Innere von Afrika gehen? Der Hauptsklavenmarkt nämlich ist der von N'yangwe in Manyema unter dem Meridian, der Afrika nahezu in zwei Hälften teilt, da, wo sich das Gebiet der großen Seen weit ausdehnt. Von dem Lager an der Coanza bis dorthin brauchte man wohl Monate! War man aber erst einmal dort, wie schwer, wenn nicht gar unmöglich mußte es werden, die Küste wieder zu erreichen, selbst wenn die Flucht glückte!

Dick überzeugte sich aber bald, daß der Zug seinen

Bestimmungsort in kurzer Zeit erreichen werde. Verstand er auch die Worte der Karawanenführer, die bald arabisch sprachen, bald sich in afrikanischen Stammessprachen ausdrückten, nicht, so fiel ihm doch die wiederholte Erwähnung des Hauptsklavenmarktes dieser Gegend auf: Kazonnde!

Dort würde sich ihr Schicksal entscheiden. Dick kannte sich in der Geographie Afrikas einigermaßen aus. Er wußte, daß die Entfernung zwischen San Pablo de Loanda an der Mündung der Coanza und Kazonnde 400 Meilen nicht überstieg und folglich höchstens 250 Meilen vom Lager an der Coanza bis zu diesem Sklavenmarkt zurückzulegen waren. Unter gewöhnlichen Verhältnissen konnte also der Marsch dorthin nur zehn bis zwölf Tage in Anspruch nehmen. Verdoppelte er diese Zeit im Hinblick auf die vom weiten Weg schon erschöpfte Karawane, so schätzte er die Dauer auf höchstens drei Wochen.

Gern hätte Dick von dem, was er wußte, auch Tom und den übrigen Mitteilung gemacht. Sicher hätte es sie getröstet zu wissen, daß sie nicht in das Innere Afrikas verschleppt würden, von wo aus Flucht oder Rückkehr unmöglich wären. Tom und Bat – der Zufall hatte Vater und Sohn beisammen gelassen – sowie Acteon und Austin befanden sich, je zwei und zwei aneinandergefesselt, an der rechten Seite des Lagers, wo ein Havildar und ein Dutzend Soldaten sie bewachten. Da Dick sich freier bewegen konnte, beschloß er, die Entfernung, die ihn von der etwa fünfzig Schritt entfernten Gruppe trennte, allmählich und scheinbar ohne Absicht zu verringern. Als er so nahe war, daß er sich hätte verständlich machen können, zögerte er. Es schien ihm ratsamer, nicht nur den Namen Kazonnde zuzurufen, sondern sich aus nächster Nähe mit ihnen über das gemeinsame Verhalten während des Marsches zu verständigen. Das Herz klopfte ihm lauter, als ihn nur noch wenige Schritte vom erwünschten Ziel trennten. Da bemerkte ihn der Havildar und stürzte auf ihn zu. Auf seinen Ruf eilten die Soldaten herbei und trieben Tom und die Seinen auf die andere Seite des Lagers. Dick hatte sich erbittert auf den Havildar geworfen und ihm fast das Gewehr entrissen, als sechs oder sieben Soldaten über ihn herfielen. In ihrer Wut hätten sie ihn sicherlich umgebracht, wenn nicht einer der Karawanenführer, ein hochgewachsener, wildblickender Araber, dazwischengetreten wäre. Dieser Araber war niemand anderer als der von Harris erwähnte Chef Ibn Hamis selbst. Er sprach nur wenige, Dick völlig unverständliche Worte, die die Soldaten veranlaßten, ihren Gefangenen frei zu geben und sich zu entfernen. Dieser Zwischenfall lieferte einerseits den Beweis, daß ein bestimmter Befehl vorliegen müsse, Dick Sand jede Verbindung mit den Seinen abzuschneiden, und andererseits, daß sein Leben unbedingt geschont werden solle. Von wem konnten diese Anordnungen aber herrühren, wenn nicht von Harris oder Negoro?

Eben jetzt – am 19. April neun Uhr morgens – erklangen die dumpfen Töne der Kudu-Hörner, und die Tambours schlugen einen Wirbel. Die Rast war zu Ende. Chefs, Soldaten, Träger, Sklaven, alle waren sofort auf den Füßen. Bei je einem Havildar, der eine Art grellfarbige Fahne entrollte, bildeten sich einzelne Gruppen Gefangener. Bald erklang ein monotoner Gesang: »Ihr habt mich zur Küste hinabgeschleppt, doch wenn ich einst tot bin, werd' ich kein Joch mehr tragen, und ich werde wiederkommen, euch zu töten!«

Notizen Dick Sands vom Elendsmarsch

Obwohl sich das Gewitter der vergangenen Tage ausgetobt hatte, blieb die Witterung trübe. Es war jetzt nämlich die Zeit der »Masika« – der zweiten Periode der Regenzeit in dieser Zone Afrikas –, in der mindestens während der Nächte Regen drohte. Die Karawane wandte sich vom Ufer der Coanza ziemlich genau nach Osten. Etwa fünfzig Soldaten marschierten an der Spitze, je hundert zu beiden Seiten des Zuges, die übrigen als Nachhut am Schluß. Eine Flucht wäre selbst ohne Fesseln fast aussichtslos gewesen. Männer, Frauen und Kinder wurden von den Havildars mit Peitschenhieben zur Eile angetrieben. Während Mütter ein Kind nährten, trugen sie mit dem anderen Arm ein zweites. Andere zogen die kleinen nackten Wesen über das spitze Gras hinter sich her. Der Chef der ganzen Karawane, der schon erwähnte wilde Ibn Hamis, überwachte die ganze Menschenherde, war bald an der Spitze, bald am Ende des Zuges. Ihn und seine Agenten kümmerten die Leiden der Gefangenen nicht, mußten aber auf die Soldaten, die Lohnzulage verlangten, oder auf die Pagazis, wenn diese ausruhen wollten, Rücksicht nehmen. Dabei kam es wiederholt zu Streit, der nicht selten in brutale Tätlichkeiten ausartete. Die Sklaven aber hatten unter dieser stets gereizten Stimmung der Havildars doppelt zu leiden.

Die Gefährten Dick Sands marschierten an der Spitze des Zuges. In einer Koppel mit seinem Vater ging Bat vor diesem her, bemühte sich nach Kräften, die Gabel, die jede Bewegung des Kopfes verhinderte, vor Stößen zu bewahren, und wählte fürsorglich die besten Wege aus, die der alte Tom mitzugehen gezwungen war. Von Zeit zu Zeit, wenn der Havildar ein wenig zurückblieb, flüsterte er einige ermutigende Worte. Er versuchte sogar seinen Schritt zu verlangsamen, wenn er merkte, daß Tom ermüdete. Es war eine schwere Strafe für den braven Sohn, nicht einmal den Kopf nach dem geliebten Vater umwenden zu können. Tom dagegen konnte seinen Sohn wohl sehen, es stürzten Tränen aus seinen Augen, wenn Bat die Peitsche des Havildars traf. Es war ihm schmerzlicher, als hätte sie seinen eigenen Rücken getroffen. Austin und Acteon marschierten einige Schritte hinter ihnen; auch sie waren aneinandergekettet und jeden Augenblick der rohesten Behandlung ausgesetzt.

Alle beneideten Herkules. Mochten ihn auch Gefahren bedrohen, so konnte er doch seine Kräfte gebrauchen und sein Leben verteidigen!

Während der ersten Minuten der Gefangennahme hatte der alte Tom seinen Gefährten ihre wahre Lage erklärt. Sie erfuhren nun erst, daß sie in Afrika seien, daß der doppelte Verrat Negoros und Harris' sie hierher verschlagen habe und daß sie nicht auf Erbarmen hoffen konnten.

Auch Nan traf keine bessere Behandlung. Sie war einer Gruppe Frauen zugeteilt, die in der Mitte des Zuges marschieren mußten. Sie war an eine junge Mutter gefesselt, die ein Kind an der Brust hielt, während das andere, im Alter von drei Jahren, kaum mitlaufen konnte. Aus Mitleid hatte Nan sich des kleinen Wesens angenommen, trug das Kind und ersparte ihm damit nicht nur die Strapazen, sondern schützte es auch vor den Peitschenschlägen des Havildars. Es war aber eine schwere Last für die alte Nan; sie fürchtete, daß ihre Kräfte sie bald verlassen würden und dachte dabei auch an den kleinen Jack, für den sie nichts tun konnte. War er nicht zu schwer für Mrs. Weldon? Wo mochten die beiden sein? Sollte die alte Dienerin ihre gütige Herrin jemals wiedersehen?

Dick Sand war ein Platz am Ende des Zuges zugewiesen worden, so daß er weder Tom und seine Gefährten, noch Nan sehen konnte. Die Karawane in ihrer ganzen Länge konnte er nur überblicken, wenn sie eine größere Ebene überschritt. Er marschierte stumm dahin, versunken in traurige Gedanken, aus denen ihn die Rufe und das Geschrei der Agenten kaum zu wecken vermochten.

Auf einige zwanzig Meilen östlich der Coanza breitete sich ein ununterbrochener Wald aus, doch waren die Bäume, ob sie nun durch Insektenfraß umkamen oder ob Elefantenherden sie umgeknickt und zertreten hatten, weniger zahlreich als im Küstengebiet. Manchmal wieder verschwand der Zug in richtigen Dschungeln. Von allen hier heimischen Tieren hätten nur Elefanten und Giraffen mit den Köpfen dieses Schilfrohr überragt, das schon mehr Bambusstengeln ähnelte und wohl 5 Zentimeter im Durchmesser hatte.

Jeden Tag brach die Karawane mit Tagesanbruch auf und machte erst zu Mittag eine Stunde Rast. Dann öffnete man einige Ballen Manioc und verteilte dieses Nahrungsmittel, das Getreide wie Kartoffeln ersetzt, sehr sparsam unter die Sklaven. Dazu kamen einige Patàten oder Ziegen- und Hammelfleisch, wenn die Soldaten im Vorüberziehen ein Dorf geplündert hatten. Die Erschöpfung war aber so groß, die Rast so kurz, ein Schlaf oder Ausruhen während der regnerischen Nächte sogar unmöglich, daß die Gefangenen, wenn die knappen Portionen ausgeteilt wurden, kaum etwas zu sich nehmen konnten. Acht Tage nach dem Aufbruch von der Coanza waren auch schon zwanzig zusammengebrochen, eine willkommene Beute für die Raubtiere, die hinter dem Zug umherschwärmten. Löwen, Panther und Leoparden lauerten nur auf die unglücklichen Opfer, die ihnen nicht entgehen konnten, und jeden Abend

hörte man nach Sonnenuntergang ihr Gebrüll so nahe, als ob ein Angriff von ihnen zu fürchten wäre.
Wir lassen hier einige Notizen Dick Sands aus diesen Tagen folgen. Dieser Zug von 250 Meilen erforderte 25 Märsche. Einen Marsch – so die Ausdrucksweise der Agenten – bemaß man also täglich zu je 10 Meilen.
– *Vom 25. bis 27. April.* – Ein von $2^1/_2$ bis $2^3/_4$ Meter hohem Schilfrohr umgebenes Dorf gesehen. Die Felder bestellt mit Mais, Bohnen und Erdnußbäumen. Zwei Neger eingefangen. Fünfzehn getötet, die Bewohner auf der Flucht.
Am anderen Tag über einen 150 Yards *(= 136 m)* breiten, rauschenden Fluß gesetzt. Baumstämme, mit Lianen verbunden, dienten als Flöße. Eines derselben zerriß. Zwei mit einem Gabelholz gefesselte Weiber, deren eines ihr Kind trug, ins Wasser gestürzt. Das Wasser wird unruhiger und rötet sich von Blut. Krokodile gleiten unter die verbundenen Stämme.
– *Am 28. April.* – Einen Bauhinienwald passiert. Hochstämmige Bäume, die den Portugiesen das Eisenholz liefern. Starker Regen. Boden aufgeweicht. Gehen sehr beschwerlich. In der Mitte des Zuges die arme Nan gesehen, die noch einen kleinen Negerjungen trägt. Sie schleppt sich nur mühsam fort. Die mit ihr zusammengefesselte Sklavin hinkt und blutet von Peitschenschlägen. Abends gerastet unter einem enormen Affenbrotbaum mit weißen Blüten und zartgrünem Laub. In der Nacht Gebrüll von Löwen und Leoparden. Ein Eingeborener gibt einen Schuß auf einen Panther ab. Was macht Herkules?
– *Am 29. und 30. April.* – Die erste Kälte des sogenannten afrikanischen Winters. Sehr reichlicher Tau. Ende der mit November beginnenden Regenzeit gegen Ausgang April. Die Ebenen überschwemmt. Ostwind; man schwitzt nicht, wird aber anfällig für Sumpffieber. Kei-

ne Spur von Mistress Weldon oder Herrn Benedikt. Wohin sollte man sie führen, wenn nicht auch nach Kazonnde? Der kleine Jack wird in dieser ungesunden Gegend das Fieber wieder bekommen haben. Ist er überhaupt noch am Leben?

– *Vom 1. bis 6. Mai.* – Mehrere Tage durch weite Ebenen gezogen. Überschwemmung. Das Wasser reicht uns manchmal bis an die Brust. Unzählige Blutegel saugen sich fest. Auf vereinzelten Höhen Lotospflanzen und Papyrusstauden. Unter Wasser eine Menge kohlartiger Pflanzen, über die man stolpert. Viele fallen dabei um. Im Wasser unzählige Fische, scheinen kleine Welse zu sein. Unmöglich, für die Nacht einen Lagerplatz zu finden. Kein Ende der überfluteten Fläche. Nun muß auch während der Nacht marschiert werden. Wer fällt, warum sollte er aufstehen? Einige Minuten länger unter Wasser, und alles ist vorüber. Ein schreckliches Geschrei! Ein Angriff von Krokodilen! Diese Ungeheuer stürzen sich auf uns. Ich werde vom Panzer einer solchen Bestie gestreift. Ein Sklave in meiner Nähe wird erfaßt und von dem Gabelholz, das ihn am Hals fesselt, losgerissen. Die Gabel zerbricht dabei. Noch höre ich sein verzweifeltes Geschrei!

– *Am 7. und 8. Mai.* – Wieviel Opfer? Zwanzig Sklaven sind umgekommen! Ich suche Tom und die anderen. Gottlob, sie leben noch! Sollen sie Gott dankbar dafür sein? Tom befindet sich an der Spitze des Zuges. Als Bat sich einmal bückte, stellte sich die Gabel schräg und jener konnte mich sehen. Die alte Nan hab' ich vergeblich gesucht. Ist sie umgekommen?

Am nächsten Tag nach vierundzwanzigstündigem Waten durch das Wasser auf einem Hügel haltgemacht. Die Sonne trocknet uns notdürftig. Es wird gegessen. Erbärmlich: Etwas Manioc, einige Hände voll Mais! Zum Trinken nur schlammiges Wasser! Wie viele werden wieder aufstehen? Nein, unmöglich haben Mrs. Weldon und Jack solche Strapazen überstanden! Vielleicht sind sie einen anderen Weg nach Kazonnde gezogen. In der Karawane neue Fälle von Spitzpocken, »Ndue«, wie sie sagen. Die Kranken werden nicht weit gehen können.

– *Am 9. Mai.* – Weitergezogen. Kein Nachzügler. Die Peitsche hat alle fortgetrieben. Die Agenten lassen keinen zurück, solange einer noch ein Restchen von Kraft besitzt. Ich bin von lebenden Skeletten umgeben. Es fehlt ihnen sogar schon die Stimme, um sich zu beklagen. Endlich habe ich auch die alte Nan wieder entdeckt. Es ist ein Jammer, sie zu sehen. Das Kind, das sie trug, ist nicht mehr da. Eine Erleichterung für sie. Ich verdopple meine Schritte. Es gelingt mir, in ihre Nähe zu kommen. Es scheint, sie erkennt mich nicht. Sollte ich mich so sehr verändert haben? »Nan!« rufe ich sie an. Die alte Brave starrt mich lange an; endlich sagt sie: »Sie, Herr Dick! Ich bin bald tot!« – »Nein, nein, nur Mut!« antworte ich, schlage aber die Augen nieder, um die Jammergestalt nicht zu sehen. »Tot!« wiederholt sie; »nun werde ich meine gute Herrin und meinen kleinen Jack nicht mehr wiedersehen! Gott, ach Gott, hab Erbarmen mit mir!« Ich wollte Nan stützen, da sie vor Schwäche zitterte, doch ein kräftiger Arm stößt mich zurück, ein Peitschenhieb saust auf die arme Nan herab und treibt sie wieder mitten in den Haufen der Sklaven. Ich will mich auf den rohen Menschen stürzen ... es erscheint der arabische Chef, ergreift mich am Arm und hält mich zurück, bis die letzten Reihen der Karawane an uns herankommen. Dann ruft er mir nur ganz kurz zu: »Negoro!« Negoro! Er handelt also auf Anordnung des Portugiesen und verhält sich mir gegenüber anders als gegen die anderen Unglücklichen. Welches Schicksal mag mich erwarten?

– *Am 10. Mai.* – An zwei brennenden Dörfern vorübergekommen. Die Hütten alle in Flammen. An den noch nicht verkohlten Bäumen hängen Leichen. Alle Bewohner entflohen. Die Felder verwüstet. Hier hat eine Razzia stattgefunden. Zweihundert ermordet, um vielleicht ein Dutzend Sklaven zu fangen.
Der Abend ist da. Es wird haltgemacht. Nachtlager unter großen Bäumen. Am Waldsaum bilden hohe Gräser wirkliche Gebüsche. Gestern entwischten einige Gefangene, denen es gelungen war, ihre Gabelfessel zu zerbrechen. Man fing sie wieder ein und bestrafte sie mit unerhörter Grausamkeit. Die Havildars und die Soldaten verdoppeln ihre Wachsamkeit.
Die Nacht sinkt herab. Gebrüll von Löwen und Bellen von Hyänen. In der Ferne Schnauben von Flußpferden. Gewiß ist ein See oder ein Wasserlauf in der Nähe. Trotz aller Müdigkeit kann ich nicht schlafen. Ich denke an so vieles. Jetzt scheint es mir, als höre ich etwas durch das hohe Gras schleichen. Vielleicht ein Raubtier? Ich horche. Nichts! Doch, irgendein Tier schlüpft durch das Schilf. Ich habe keine Waffe. Ich will mich dennoch verteidigen. Ich werde rufen. Ich bemühe mich, in der tiefen Finsternis zu sehen. Kein Mond am Himmel. Die Nacht ist außerordentlich dunkel. Da ... da glühen zwei Augen zwischen den Papyrus, die Augen einer Hyäne oder eines Leoparden! Sie verschwinden ... kommen wieder zum Vorschein ... Endlich ... es knackt im Dickicht. Ein Tier springt auf mich zu! Schon wollt' ich einen Schrei ausstoßen, Alarm schlagen ... zum Glück hab' ich mich beherrscht. Noch wage ich nicht, meinen Augen zu trauen ... es ist Dingo, Dingo ... braver Dingo! Er leckt mir die Hände. Ach, du guter Hund, jetzt mein einziger Freund! Sie haben dich also nicht getötet! Ich erwidere seine Liebkosungen. Er versteht mich. Er möchte bellen vor Freude ... Ich be-

ruhige ihn. Er reibt seinen Hals beständig an meinen Händen, als wolle er sagen: »Such doch!« Ich suche und finde . . . ein Stück Rohr. Es steckt quer unter dem Halsband mit den eingravierten Buchstaben S V. . . Ich ziehe das Rohrstück hervor . . . zerbreche es . . . es enthält einen Zettel. Ich kann ihn nicht lesen, ich muß den Tag abwarten . . . den Tag . . . ich möchte Dingo bei mir behalten, das gute Tier scheint aber, obwohl es mir immer die Hände leckt, große Eile zu haben, mich zu verlassen. Es weiß offenbar, daß es seinen Auftrag ausgerichtet hat. Mit einem Sprung verschwindet es im Schilf.

Dieser Zettel, den ich jetzt nicht lesen kann, brennt mir ordentlich in den Händen! Wer mag ihn geschrieben haben? Mrs. Weldon? Herkules? Wie konnte das Tier sie finden? Fragen über Fragen! Wie lange zögert heute die Sonne? Ich höre das Brüllen der Raubtiere. Mein armer Dingo! Endlich, endlich kommt der Tag, in dieser Tropenzone ohne vermittelnde Dämmerung. Ich versuche zu lesen . . . ich kann es noch nicht. Jetzt, jetzt endlich war es möglich, die Schrift zu erkennen. Der Zettel stammt von Herkules: *»Mrs. Weldon ist mit dem kleinen Jack in einer Kitanda weggeführt worden. Harris und Negoro begleiten sie. Sie sind zusammen mit dem Vetter Benedikt der Karawane um drei bis vier Tagesmärsche voraus. Ich fand Dingo; er war durch einen Flintenschuß verwundet. Guten Mut, Herr Dick. Ich denke an Sie alle und bin nur entwichen, um Ihnen mehr nützen zu können. Herkules.«*

Gott sei gelobt! Mrs. Weldon und Jack sind noch am Leben! Sie haben nicht so wie wir unter den Strapazen des Marsches zu leiden. Eine Kitanda ist, soviel ich weiß, eine mit dürrem Laub bedeckte, an langen Bambusstangen befestigte Tragbahre, die zwei Männer auf den Schultern tragen. Sie hat wohl auch ein Verdeck wie ein

Planwagen. Ich werde sie in Kazonnde wiedersehen. Ach, in diesem Elend doch eine frohe Botschaft, die Dingo mir da brachte!

– *Vom 11. bis 15. Mai.* – Die Karawane setzt ihren Weg fort. Die Gefangenen schleichen nur noch mühsam weiter. Meist blutige Fußspuren. Ich rechne, daß wir noch zehn Tage bis Kazonnde brauchen; wie viele werden es erreichen? Ich muß ankommen, ich werde ankommen!

Abscheulich! Im Zug gibt es nicht wenige, deren Körper eine einzige Wunde ist! Die Stricke, mit denen sie gebunden sind, dringen ins Fleisch ein ... Schon seit gestern trägt eine Mutter ihr vor Hunger umgekommenes Kind auf den Armen weiter; sie will sich nicht von der kleinen Leiche trennen ... Unser Weg bedeckt sich allmählich mit Toten. Die Spitzpocken wüten ... Wir kommen an einem Baum vorbei, an dem Sklaven mit dem Halse festgebunden waren, die man einfach hatte vor Hunger sterben lassen.

– *Vom 16. bis 24. Mai.* – Fast bin ich am Ende meiner Kräfte. Der Regen hat völlig aufgehört. Wir haben jetzt Tage »harten Marsches«. So nennen die Agenten die »Terikosa«, d. i. die Reise am Nachmittag. Wir müssen noch schneller gehen, auch über ziemlich steile Erhebungen ... Der Zug bewegt sich durch hohes, sehr hartes Schilf. Die Stengel verwunden mich im Gesicht, die spitzen Samen dringen bis auf die Haut ein. Meine derben Schuhe haben zum Glück bis jetzt ausgehalten.

Die Agenten lassen die Sklaven, die zu krank sind, um dem Zug folgen zu können, jetzt einfach liegen. Die Lebensmittel gehen zu Ende. Soldaten und Pagazis murren und drohen, ihre Dienste zu kündigen, wenn ihre Rationen verringert würden. Man wagt nicht, ihnen etwas abzuschlagen, und so verschlimmert sich unsere

Lage ... »Sie sollen einander selbst verzehren!« hat der Chef gesagt. Jetzt sterben auch junge, noch kräftige Sklaven, ohne ein Zeichen von Krankheit. Mir fällt ein, was Livingstone gesagt hat: *»Diese Unglücklichen klagen über Herzbeschwerden; sie legen ihre Hände auf ihr Herz und brechen zusammen. Es bricht ihnen auch buchstäblich das Herz. Diese Erscheinung ist freien, unerwartet zur Sklaverei verdammten Menschen eigen.«*
Heute wurden zwanzig Gefangene, die sich nicht weiterschleppen konnten, von den Havildars durch Axtschläge getötet. Der Chef kümmert sich nicht um dieses Blutbad. Die arme alte Nan ist bei dieser entsetzlichen Schlächterei umgekommen ... ich stoße im Vorbeigehen auf ihren Leichnam. Das ist also die erste von den Überlebenden der »Pilgrim«, die Gott zu sich abberufen hat. Du arme Nan!
Jede Nacht spähe ich nach Dingo aus. Vergeblich. Sollte ihm oder Herkules etwas zugestoßen sein? Nein, nein! Ich kann, ich mag das nicht glauben ... das Schweigen beweist nur, daß Herkules mir zunächst weitere Neuigkeiten nicht mitzuteilen hat. Er muß auch klug handeln und immer auf der Hut sein!

Kazonnde

Am 26. Mai traf die Karawane in Kazonnde ein. Fünfzig Prozent der Gefangenen gingen auf dem Weg hierher zugrunde. Dennoch erhofften die Agenten ein gutes Geschäft: Die Nachfragen drängten sich, und der Preis für Sklaven stieg auf den Märkten.
Angola betrieb damals einen ausgedehnten Handel mit Negern. Die portugiesischen Behörden in San Pablo de Loanda konnten wenig dagegen tun, denn die Karawa-

nen zogen nach dem Innern Afrikas. Die Baracken an der Küste waren überfüllt von Gefangenen; die wenigen Sklavenschiffe, denen es gelang, durch die Sperre der Kreuzer längs der Küste zu entkommen, waren nicht in der Lage, die Lager zu leeren und transportierten nur einen Bruchteil der Unglücklichen in die spanischen Kolonien Amerikas.
Kazonnde, etwa 300 Meilen entfernt von der Mündung der Coanza, ist einer der wichtigsten »Lakonis«, d. h. einer der bedeutendsten Märkte dieser Provinz. Auf einem großen Platz, der »Tchitoka«, werden die Geschäfte abgewickelt; dort stellt man die Sklaven aus und verkauft sie. In Kazonnde unterscheidet man, wie in allen größeren Städten Zentralafrikas, zwei Ortsteile, das Quartier der arabischen, portugiesischen oder eingeborenen Händler, wo sich deren Baracken befinden, und die Residenz des Negerkönigs. Dieser ist meist irgendein roher Trunkenbold, der seine Untertanen terrorisiert und von der Verpflegung lebt, die ihm die Sklavenhändler reichlich liefern.
In Kazonnde gehörte damals fast das ganze Handelsquartier dem schon genannten Jose-Antonio Alvez. Es war sein Hauptquartier; ein zweites besaß er in Bihe, ein drittes in Cassange in Benguela, wo ihm der Afrikareisende Leutnant Cameron einige Jahre später begegnete. Eine große, breite Straße führte mitten durch das Handelsquartier, auf jeder Seite mehrere Gruppen von Häusern, sogenannte »Tembes«, mit flachem Dach und übertünchten Lehmmauern; am Ende der Straße die große, von Baracken eingerahmte Tchitoka; einige ungeheure Bananenbäume, da und dort ein paar große Palmen, im Staube der Straße Raubvögel, die man aus Rücksicht auf die öffentliche Gesundheitspflege duldet. In der Nähe fließt der Luhi vorbei, wahrscheinlich ein Zufluß oder Nebenzufluß des Kongo.

Die Residenz des Königs von Kazonnde, die an das Handelsquartier grenzt, besteht nur aus mehreren Haufen schmutziger Hütten. Einige haben einen freien Zugang, andere sind mit einem Rohrgeflecht oder dichtem Feigengebüsch umgeben. Ein besonderes, von Papyrushecken umschlossenes Gehege, etwa dreißig, den Sklaven des Häuptlings als Wohnung dienende Hütten, andere, die seine Weiber beherbergen, ein etwas größerer und höherer, in Maniok-Pflanzungen halb versteckter Tembe – das ist der Sitz des Königs von Kazonnde, eines Mannes von fünfzig Jahren, namens Moini Lounga. Er hat von der Stellung, die seine Vorgänger noch zu behaupten wußten, sehr viel eingebüßt. Während die mächtigsten portugiesischen Sklavenhändler über 20 000 Soldaten verfügen, gebietet er noch über 4000. Auch kann er nicht mehr wie früher je nach Laune täglich zwanzig bis dreißig Sklaven hinopfern. Er war ein durch Ausschweifungen aller Art geschwächter Greis, ein durch Alkohol innerlich verbrannter Wüstling, der seine Untertanen, seine Minister oder Offiziere quälte und verstümmelte, dem einen Nase oder Ohren, dem anderen einen Fuß oder eine Hand abschnitt, und dessen Tod von allen erwartet, aber von keinem bedauert worden wäre.
Ein einziger in ganz Kazonnde konnte durch das Ableben Moini Lounggas verlieren, Jose-Antonio Alvez, der mit dem Trunkenbold, dessen Autorität die ganze Provinz anerkannte, auf bestem Fuß stand. Er mußte fürchten, daß der ersten Frau des Königs, Königin Moina, das Nachfolgerecht bestritten wurde und einer der Nachbarkönige das Land in Besitz nahm. Einer von ihnen, ein jüngerer, tatkräftiger Mann, hatte sich schon einiger zu Kazonnde gehöriger Dörfer bemächtigt, wobei ihn ein anderer Sklavenhändler, ein Konkurrent von Alvez, nämlich der berühmt-berüchtigte Araber Tipo-Tipo, unterstützte.

Jose-Antonio Alvez, der wirkliche Herr unter der nur scheinbaren Herrschaft des vertierten Moini Loungga, dessen Gemeinheiten er geschickt förderte und in seinen Dienst stellte, stand schon in fortgeschrittenem Alter. Er war keineswegs, wie man vermuten sollte, »Msungu«, d. h. ein Abkömmling der weißen Rasse. Er hatte eben nichts Portugiesisches außer seinem Namen, den er sich wahrscheinlich nur mit Rücksicht auf seine Handelstätigkeit zugelegt hatte. In Wirklichkeit war er ein Neger – wohlbekannt in der ganzen dortigen Handelswelt – und nannte sich eigentlich Kenndele. Geboren in Dondo, an den Ufern der Coanza, begann er seine Laufbahn als einfacher Agent und brachte es bis zum Händler von größtem Ruf, d. h. zum Spitzbuben, der sich als den ehrlichsten Mann der Welt hinzustellen liebte.
Nach dem Eintreffen in Kazonnde hatte man den ganzen Sklavenzug auf den großen Platz der Stadt geführt. Es war am 26. Mai. Dick Sands Berechnungen erwiesen sich als richtig. Von dem am Ufer der Coanza aufgeschlagenen Lager aus hatte der Marsch 38 Tage in Anspruch genommen: Fünf der entsetzlichsten Wochen, die Menschen wohl überhaupt durchstehen können. Der Einzug in Kazonnde fand gegen Mittag statt. Die Tamboure wirbelten und die Kudu-Hörner ertönten unter dem Knattern der Gewehrschüsse. Die Soldaten der Karawane feuerten zum Gruß ihre Flinten in die Luft ab, und die Diener Antonio Alvez' ließen nicht auf Antwort warten. Das ganze Raubgesindel schien über das Wiedersehen nach viermonatiger Trennung ordentlich glücklich zu sein. Jetzt wollte man ausruhen und ein richtiges Luderleben führen. Die Gefangenen aber waren völlig erschöpft. Sie zählten etwa noch 250 Köpfe. Nachdem man sie wie eine Viehherde vor sich her getrieben hatte, wurden sie nun in Baracken eingepfercht, die amerikanische Farmer nicht einmal als Ställe benutzt hätten. Dort

warteten auf sie schon etwa 1500 andere Sklaven, die am übernächsten Tag mit ihnen zusammen zum Verkauf angeboten werden sollten. Die Baracken quollen nun fast über. Die Gabelhölzer hatte man den Armen zwar abgenommen, die Ketten mußten sie aber weiter tragen. Unterdessen waren die Pagazis auf dem Platz geblieben und hatten dort ihre Elfenbeinlast für die Händler von Kazonnde abgeladen. Nachdem man sie mit einigen Metern Stoff entlohnt hatte, zogen sie sich zurück, um sich der nächsten Karawane anzuschließen.
Der alte Tom und seine Gefährten waren also endlich von der grausamen Halsfessel befreit, die sie fünf Wochen lang getragen hatten. Bat und sein Vater fielen sich in die Arme. Alle drückten sich die Hände. Zu sprechen wagten sie kaum. Was hätten sie auch sagen sollen in ihrer Verzweiflung? Bat, Acteon und Austin, drei Männer im kräftigsten Alter, hatten die Strapazen ausgehalten; der alte Tom aber war am Ende seiner Kräfte. Gleich nach ihrer Ankunft hatte man alle vier in eine enge Baracke gesperrt. Sie fanden dort einige Lebensmittel vor und warteten nun auf das Erscheinen eines Sklavenhändlers, demgegenüber sie unter Hinweis auf ihre Staatsbürgerschaft als Amerikaner gegen ihre Festnahme protestieren wollten. Dick Sand war dagegen unter besonderer Aufsicht eines Havildars zurückgeblieben. Er hatte auf dem Weg durch die Stadt nach Mrs. Weldon und den Ihrigen Ausschau gehalten, doch vergeblich! Warum aber ließen sich Harris und Negoro nicht sehen, und wäre es nur, um sich ihres Triumphes zu freuen, um ihn zu verspotten, zu quälen, sich an ihm zu rächen? Hatten sie einen anderen Weg eingeschlagen und Mrs. Weldon anderswohin entführt? Dick erinnerte sich, daß Dingo seit der Nacht, da er ihm den Zettel von Herkules überbracht hatte, nicht wieder erschienen war. Warum ließ Herkules nichts hören? War das treue Tier bei einem

neuerlichen Versuch umgekommen? Hatte sich Herkules in den tiefen Wäldern verirrt, als er die Spur Mrs. Weldons verfolgte? Dick war verzweifelt.
Da erdröhnte ein furchtbares Konzert von Fanfaren und wildem Geschrei. Dick, der im Sand der Tchitoka lag, riß es hoch.
»Alvez! Alvez!« rief die Menge. Am Ende der Hauptstraße zeigte sich ein Hamac, eine Art Kitanda, mit geflicktem, verschossenem, da und dort in Fetzen flatterndem Sonnendach. Ein alter Neger stieg aus: Jose-Antonio Alvez! Einige Diener schwärmten um ihn herum. Mit ihm erschien sein Freund Coimbra, ein Sohn des Generals Coimbra aus Bihe und – nach Leutnant Camerons Bericht – der größte Strauchdieb der Provinz, ein schmutziger, sittenloser Kerl mit wildem, krausem Haar, gelbem Gesicht, bekleidet mit einem zerlumpten Hemd und einem Rock aus Schilf. Man hätte unter seinem aus den Nähten gegangenen Strohhut eher ein altes, abschreckendes Weib gesucht. Dieser Coimbra war also der Vertraute Alvez', eine ihm verschriebene Seele, der Organisator der Razzias und das würdige Subjekt, die Banditen des Sklavenhändlers zu befehligen. Alvez selbst sah vielleicht etwas weniger schmutzig aus, doch entsprach er nicht im mindesten der Vorstellung von einem Chef der Faktoreien, die den Sklavenhandel im Großen treiben. Zu Dicks größter Enttäuschung befanden sich weder Harris noch Negoro in Alvez' Gefolge. Sollte er die beiden Galgenvögel hier nicht wiederfinden?
Inzwischen wechselte der Chef der Karawane, der Araber Ibn Hamis, einen Händedruck mit Alvez und Coimbra, die ihn zu seinem erfolgreichen Fang beglückwünschten. Zwar verzog Alvez das Gesicht, als er erfuhr, daß die Hälfte der Gesamtzahl umgekommen sei; alles in allem war es aber doch ein gutes Geschäft. Mit diesem

Vorrat an Menschenware in seinen Baracken konnte er die Nachfrage aus dem Inland decken und außerdem noch Sklaven gegen Elfenbein eintauschen oder gegen »Hannas«, worunter man Kupfer verstand, das in Form von Andreaskreuzen nach dem Innern von Afrika transportiert wird. Alvez und Coimbra sprachen ein Kauderwelsch von Portugiesisch und dem Dialekt der Eingeborenen, so daß Dick sie nicht verstehen konnte. War vielleicht die Rede von seinen Gefährten und ihm selbst, die so heimtückisch in den Zug der Gefangenen eingereiht worden waren? Ihm schwand jeder Zweifel, als sich auf einen Wink Ibn Hamis' ein Havildar nach der Baracke begab, in der Tom, Austin, Bat und Acteon eingeschlossen waren. Gleich darauf führte man Alvez die vier Amerikaner vor. Dick Sand näherte sich langsam; er wollte sich von dieser Szene nichts entgehen lassen. Alvez' Gesicht strahlte, als er die gutgewachsenen, kräftigen Neger erblickte; für den alten Tom freilich hatte er nichts übrig, er streifte ihn nur mit einem Blick der Geringschätzung. Das Alter verminderte ja den Verkaufswert; die drei anderen versprachen dagegen einen hohen Preis. Alvez stöberte aus seiner Erinnerung einige Brocken Englisch auf, die Agenten wie Harris ihn gelehrt haben mochten, und er hieß seine neuen Sklaven ironisch willkommen. Tom verstand das Gerede; er trat vor und sagte, indem er auf sich und seine Begleiter wies: »Wir sind freie Bürger der Vereinigten Staaten!«
Alvez verstand ihn offenbar; er antwortete mit höhnischer Miene und verächtlichem Achselzucken: »Ja, ja ... Amerikaner! Willkommen, willkommen!«
»Willkommen!« fügte Coimbra noch einmal hinzu.
Der Sohn des Kommandanten von Bihe schritt auf Austin zu, prüfte ihn, wie der Kaufmann eine Warenprobe, betastete Brust und Schulter und wollte ihm den Mund öffnen, um nach den Zähnen zu sehen. In diesem Augen-

blick erhielt aber Senor Coimbra eine so wohlgezielte, kräftige Ohrfeige, daß er zehn Schritte zurücktaumelte. Gleich stürzten mehrere Soldaten auf Austin los, und es sah aus, als ob er für das Aufwallen seines Zorns nun teuer bezahlen werde. Alvez hielt sie durch eine Handbewegung zurück. Er lachte sogar über das Mißgeschick seines Freundes, der von seinen noch vorhandenen fünf oder sechs Zähnen bei diesem für ihn so peinlichen Vorfall zwei Stück eingebüßt hatte. Alvez gestattete nicht, daß man den Wert seiner »Ware« minderte; überdies war er für Spaß zu haben und hatte seit langer Zeit nicht so herzlich gelacht. Dann tröstete er den fassungslosen Coimbra, und dieser nahm, als man ihn wieder richtig auf die Füße gestellt hatte, mit einer nicht mißzuverstehenden Drohung gegen den kecken Austin seinen Platz an der Seite des Sklavenhändlers wieder ein. Da wurde Dick Sand von einem Havildar Alvez vorgeführt. Offenbar wußte dieser schon, wer er war, woher er kam und wie man ihn gefangen hatte. Nachdem er ihn mit listigen Augen und boshaften Blicken betrachtet hatte, rief er in schlechtem Englisch: »Aha, der kleine Yankee!«

»Gewiß, Yankee!« antwortete Dick. »Was soll nun hier mit mir und meinen Gefährten werden?«

»Aha, Yankee! Yankee! Kleiner Yankee!« wiederholte Alvez.

Hatte er die an ihn gerichtete Frage nicht verstanden oder nur nicht verstehen wollen? Dick wiederholte seine Frage und wandte sich dabei gleichzeitig an Coimbra. Dieser begnügte sich einfach, die früher an Austin gerichtete, drohende Handbewegung zu wiederholen, gab aber keine Antwort. Während hierauf Alvez mit Ibn Hamis ein lebhaftes Gespräch führte, dessen Inhalt offensichtlich Dick und seine Freunde betraf, begann Dick halblaut, als ob er mit sich selbst spräche: »Meine lieben

Freunde, ich erhielt durch Dingo Nachricht von Herkules. Er ist der Karawane gefolgt. Harris und Negoro entführten Mrs. Weldon, Jack und Herrn Benedikt; wohin, weiß ich nicht. Wir müssen Geduld haben und Mut behalten! Gott schütze uns!«

»Und Nan?« fragte der alte Tom.

»Nan ist tot.«

»Die erste!«

»Und die letzte!« erwiderte Dick, »dafür wollen wir sorgen ...!« In diesem Augenblick legte sich eine Hand auf seine Schulter, und er hörte die, mit einem ihm wohlbekannten, freundlichen Ton gesprochenen Worte: »Ah, wenn ich nicht irre, mein junger Freund! Sehr erfreut, Sie wiederzusehen!« Dick Sand wandte sich um. Harris stand vor ihm.

»Wo ist Mistress Weldon?« rief Dick, dem Amerikaner näher rückend.

»O weh«, antwortete Harris, der Mitgefühl heuchelte, »die arme Mutter! Wie hätte sie es überleben können ...«

»Tot!« schrie Dick. »Und Jack?«

»Das arme Kind«, fuhr Harris im gleichen Ton fort, »mußten es solche Strapazen nicht töten?«

Dick erfüllte ein unendlicher Zorn und ein Bedürfnis nach Rache. Er stürzte sich auf Harris, riß ein Jagdmesser aus dem Gürtel des Amerikaners und stieß es ihm ins Herz.

»Verflucht!« rief Harris und brach zusammen.

Ein großer Markttag

Dick Sands Bewegung war so schnell gewesen, daß niemand ihn aufhalten konnte. Einige Eingeborene fielen über ihn her und hätten ihm den Garaus gemacht, wenn nicht Negoro hinzugekommen wäre. Auf ein Zeichen des Portugiesen ließen sie von ihm ab, hoben Harris' Leiche auf und trugen sie weg. Als Alvez und Coimbra Dicks sofortige Hinrichtung verlangten, beschwichtigte sie Negoro. Er versicherte, daß sie nichts verlieren würden, wenn sie etwas warteten und befahl, Dick abzuführen, ihn aber keinen Augenblick aus den Augen zu lassen.

Endlich hatte also Dick Sand Negoro wiedergesehen, diesen Schurken, der allein die Katastrophe der »Pilgrim« verschuldet hatte. Obwohl er ihn noch mehr haßte als seinen Spießgesellen, hielt er sich völlig zurück und würdigte Negoro auch nicht eines Wortes. Harris hatte gesagt, daß Mrs. Weldon und ihr Kind nicht mehr am Leben seien . . .! Jetzt reizte nichts mehr sein Interesse, nicht einmal sein eigenes, ihm bevorstehendes Schicksal konnte ihn erschrecken. Gefesselt wurde Dick in eine fensterlose Baracke eingesperrt, wo Alvez die wegen Rebellion oder anderer Vergehen zum Tode verurteilten Sklaven ihre letzten Stunden verleben ließ. Hier war ihm jede Verbindung mit der Außenwelt abgeschnitten, was er gleichgültig hinnahm. Er hatte sie ja gerächt, die er liebte und die nun nicht mehr lebten! Man sollte mit ihm machen, was man wollte!

Wenn Negoro zunächst die Eingeborenen abgehalten hatte, Harris' Mörder zu töten, so war es klar, daß er Dick Sand nur zu einer jener entsetzlichen Todesstrafen verdammt wissen wollte, die das Geheimnis der eingeborenen Stämme sind. Jetzt fehlte ihm nur noch Herkules, dann war die Rache vollständig.

Zwei Tage später, am 28. Mai, nahm der Markt, der

große »Lakoni«, seinen Anfang. Hier fanden sich die Händler der verschiedenen Niederlassungen im Binnenland und die Eingeborenen aus den benachbarten Provinzen Angolas ein. Es war kein ausgesprochener Sklavenmarkt, sondern man bot alle erdenklichen Waren und Erzeugnisse des Landes an. Schon vom frühen Morgen an war die große Tchitoka von Kazonnde belebt. Vier- bis fünftausend Menschen bewegten sich bunt durcheinander – Menschen?

Auf dieser Menschenfleisch-Börse traf Alvez als erster mit seiner Ware ein. Mit Coimbras Hilfe verteilte er die Sklaven in einzelne »Lose«, aus denen dann verschiedene Karawanen gebildet wurden. Unter den Händlern aus dem Innern bemerkte man auch einige Mischlinge aus Ujiji, dem Hauptstapelplatz des Tanganjikasees, und Araber, die in diesem Handelszweig den anderen weit überlegen waren. Auch Eingeborene tummelten sich in großer Zahl umher. Man sah Kinder, Männer und Frauen, unter letzteren passionierte Händlerinnen, die es bezüglich ihres Talents sicher mit jedem weißen Kaufmann aufgenommen hätten. Für alle ist der Lakoni ein Festtag, und wer nicht das beste Gewand angelegt hatte, trug doch wenigstens kostbaren Schmuck oder hatte sich irgendwie herausstaffiert. Männer und Frauen legten Wert auf eine besondere »Frisur«. Z. B. wurde das Haar in vier mit kleinen Kissen bedeckte Abteilungen verteilt und das untere Ende der Flechten zusammengebunden, oder es fiel vorhangartig vorn über den Kopf mit Büscheln von roten Blumen; dann gab es Haarfrisuren, bestehend aus zurückgebogenen, mit rotem Ton und Öl eingesalbten Hörnern, und in den Haufen eigener oder falscher Haare waren eine Menge kleiner Broschen, Nadeln aus Eisen oder Elfenbein, manchmal auch, vor allem bei Jünglingen, die besonders modisch auftreten wollten, ein Tätowiermesser in dem krausen Gewirr befestigt, aus dem wieder viele einzelne Haare, an denen Safi, d. h. Glasperlen aufgereiht waren, eine geschwungene Linie verschiedenfarbiger Körnchen bildeten. So etwa sahen die Gebäude aus, die sich meist auf den Köpfen der Männer auftürmten. Die Frauen dagegen zogen es vor, ihr Haar in eine große Anzahl kleiner, kirschgroßer Büschel oder Quasten zusammenzuballen oder es, in festen Strähnen gewunden, fransenähnlich so zu tragen, daß das untere Ende eine Figur darstellte oder korkenzieherartig herabhing. Andere einfachere und vielleicht hübschere Mädchen und Frauen ließen das lose Haar nach englischer Mode auf den Rücken herabfallen, während es andere nach französischer Mode als halben Vorhang über die Stirn trugen. Auf den dicken Haarhauben glänzte dann fast immer ein reichlicher Kitt von Öl, Ton oder leuchtender »Ukola«, einer roten aus dem Sandelholz gewonnenen Substanz, so daß die elegantesten wie mit gebrannten Ziegeln frisiert schienen. Man darf aber nicht glauben, daß dieser Luxus des Schmückens sich allein aufs Haar erstreckte. Wozu dienten die Ohren, wenn nicht zum Durchstecken von Stäbchen aus kostbarem Holz, von durchbrochenen Kupferringen, von feingeflochtenen Maiskettchen oder kleinen Kürbissen, die als Tabaksdosen dienten, so daß die zerdehnten Ohrläppchen manchmal bis auf die Schultern ihrer Träger herabfielen. Da man Taschen nicht kennt, müssen eben Messer, Pfeifen und andere Gegenstände des täglichen Gebrauchs untergebracht werden, wo es irgendwie möglich ist. Arme, Hals, Handgelenke, Beine, Knöchel, alle diese Körperteile sind ausschließlich bestimmt, mit kupfernen oder Spangen aus anderem Erz geschmückt zu werden, mit geschnitzten Hörnern, die mit kostbaren Steinen verziert sind, oder auch mit roten Perlenschnüren, den sogenannten Same-Sames oder Talakas, die damals sehr beliebt waren. Mit solchen Schätzen beladen, boten die Reichen ganz das Aussehen wandernder Reliquienkästen.

Das war aber noch nicht alles. Man entfernte das Zahnfleisch zwischen den Zähnen und feilte diese so spitz, daß sie wie die Hakenzähne der Klapperschlange aussahen. Die Fingernägel ließ man so lang werden, daß die Hände ihre Arbeit wohl kaum mehr verrichten konnten. Die dunkle Haut lud offensichtlich dazu ein, sie mit Tätowierungen zu schmücken, die Bäume, Vögel, den Mond in seinen verschiedenen Phasen darstellten, oder auch mit solchen Linien zu überziehen, die Livingstone mit altgriechischen Bilddarstellungen verglich. Diese mittels eines blauen, durch Hauteinschnitte eingeriebenen Stoffes zustandegekommenen Tätowierungen übertragen sie Punkt für Punkt auf den Körper der Kinder und ermöglichen es zu erkennen, welchem Stamm oder welcher Familie diese angehören. Was die Kleidung betraf, so beschränkte sie sich bei den »Herren« auf eine bis zum Knie herabhängende Schürze aus Antilopenfell oder einem, aus grell gefärbten Pflanzenfasern gewebten Rock; die »Damen« dagegen trugen einen Perlengürtel, der in der Taille einen grünen, seidengestickten Rock festhielt, der mit Glasperlen oder »Kauris« geschmückt war, manchmal auch nur einen Schurz aus »Lambba«, einem blau, schwarz und gelben, sehr gesuchten Faserstoff.

Hier sprechen wir nur von Negern der besseren Gesellschaft. Alle anderen, vor allem Sklaven, aber auch Kaufleute, waren überhaupt kaum bekleidet. Die Frauen versahen häufig Dienste als Lastträgerinnen und erschienen auf dem Markt mit großen Tragkörben auf dem Rücken, die sie mit einem Riemen festhielten, der über die Stirn lief. Wenn sie einen Platz ausgewählt und ihre Waren ausgepackt hatten, kauerten sie sich in ihren leeren Tragkörben zusammen.

Die erstaunliche Fruchtbarkeit des Landes spiegelte sich in dem reichen Angebot an Lebensmitteln wider: Reis, Mais, Sesam, Pfeffer, Manioc, Muskat, Salz, Palmöl usw. Hier drängten sich Hunderte von Ziegen, Schweinen und Schafen; dort wimmelte es von Geflügel und Fischen. Sehr sauber gedrehte Töpferwaren erregten Aufmerksamkeit durch ihre grellen Farben. Kinder priesen mit kreischender Stimme Getränke an, z. B. Bananenwein, »Pompe« genannt, der wie starker Likör schmeckt, oder »Malofu« – ein aus Bananensaft gewonnenes, mildes Bier –, aber auch den in nördlicheren Zonen bekannten Met – ein Gemisch aus Honig und Wasser, das man durch Malzzusatz in Gährung bringt.

Was dem Markt von Kazonnde aber eine besondere Note gab, war das reiche Angebot an Stoffen und Elfenbein. Zu Tausenden lagerten hier Ballen Tuch, Seide und anderer kostbarer Gewebe. Elfenbein kam aus allen Teilen Innerafrikas und wurde nach Khartum, Sansibar oder Natal und weiter nach Europa ausgeführt. Unvorstellbar, wie viele Elefanten getötet werden, damit man an 500 Tonnen Zähnen gelangt, die allein für Europa, und da vor allem für England, bestimmt sind, wo die Schnitzerei von Sheffield jährlich 170 Tonnen verarbeitet. Auf dem Markt von Kazonnde hätte ein Liebhaber dieser Ware wundervolle Exemplare gefunden, aus opalem, halbdurchscheinendem, leicht zu bearbeitendem Elfenbein mit brauner Rinde, das sein Weiß unverändert bewahrt und nicht, wie Elfenbein von geringerer Qualität, mit der Zeit nachdunkelt.

Mit welcher Währung wurde hier nun bezahlt? Für die afrikanischen Sklavenhändler waren es die Sklaven. Der Eingeborene verwendet als Münzen Glasperlen aus Venedig, die »Catchokolos« heißen, wenn sie kalkweiß, »Bubulus«, wenn sie schwarz, und »Sikunderetches«, wenn sie rosa sind. Die Perlenschnüre, die in zehnfacher

Reihe den Hals zweimal umschließen, repräsentieren einen ansehnlichen Wert. Auch Münzen aus Sansibar und Muscheln von der Ostküste, sogenannte »Viunguas«, haben Kurswert auf den afrikanischen Märkten. Die menschenfressenden Stämme schätzen die Zähne und menschliche Kiefer ziemlich hoch, und während des Laconi sah man Rosenkränze aus Zähnen am Hals von Eingeborenen.

Das also war das Bild des großen Marktes. Gegen Mittag war das Gedränge unüberschaubar und der Lärm wahrhaft betäubend. Die Aufregung der Verkäufer, wenn man ihnen zu niedrige Preise bot, und das Geschrei der Käufer, die sich für übervorteilt hielten, spottete jeder Beschreibung. Oft kam es zu Streit und Handgreiflichkeiten, und es fehlten dann die Hüter des Gesetzes, um diese heulende, grölende Masse im Zaum zu halten. Um diese Zeit ließ Alvez die Sklaven, die er verkaufen wollte, auf den Markt führen. Die von ihnen schon länger in den Baracken gefangengehalten waren, befanden sich nicht in schlechtem Zustand. Längere Ruhe und hinreichendes Essen hatten dafür gesorgt, daß sie gut aussahen und entsprechenden Gewinn einbringen würden. Die zuletzt Angekommenen konnten mit ihnen keinen Vergleich aushalten; nach einem Monat Barackenaufenthalt hätte sie Alvez sicher zu höheren Preisen an den Mann gebracht, doch die Nachfrage von der Ostküste war so groß, daß er sich dafür entschied, sie zum Verkauf zu stellen, wie sie eben waren.

Für Tom und seine Gefährten war das ein Unglück. Die Havildars stießen sie unter die Herde, die auf die Tchitoka getrieben wurde. Mit gefesselten Händen waren sie wehrlos, doch ihre Blicke sagten, welcher Zorn in ihnen kochte, wie die Scham sie überwältigte.

»Herr Dick ist nicht hier«, sagte Bat, als er den weiten Platz prüfend überblickt hatte.

»Nein«, antwortete Acteon, »ihn wird man nicht zum Verkauf stellen.«
»Er wird ermordet, wenn es nicht schon geschehen ist«, fügte der alte Neger hinzu, »und wir haben nur eine Hoffnung, daß wir alle zusammen an den gleichen Händler verkauft werden und nicht voneinander getrennt werden.«
»Wenn doch Herkules da wäre!« klagte Austin, aber von dem Riesen hatte man nichts mehr gesehen und gehört. Wenn er umgekommen war, so hatte er wenigstens ohne Sklavenketten den Tod gefunden.
Inzwischen hatte der Verkauf begonnen. Alvez' Agenten gingen prüfend umher, ohne sich zu sorgen, ob sie Mütter von ihren Kindern trennten oder nicht. Tom und die Seinen führte man von Käufer zu Käufer. Vor ihnen schritt ein Agent, der den Preis ausrief. Arabische Zwischenhändler oder Mischlinge aus den inneren Provinzen unterzogen sie einer sorgfältigen Prüfung. In ihren Augen hatten diese kräftigen und intelligenten Neger, die sich von den Schwarzen vom Sambesi oder von der Lualaba auffällig unterschieden, einen hohen Wert. Sie betasteten sie, wendeten sie nach allen Seiten und sahen nach ihren Zähnen wie beim Pferdekauf. Dann schleuderten sie einen Stock weit weg und ließen die Unglücklichen wie Hunde laufen, ihn zu holen, um dabei die Art der Bewegungen zu beobachten. Den Gedemütigten stieg die Schamröte ins Gesicht, zumal sie noch Schimpfworte und Schläge erdulden mußten. Der halb betrunkene Coimbra schien sich zusammen mit den Agenten zum letzten Mal noch ein Vergnügen daraus zu machen, sie recht brutal zu behandeln.
Unterdessen wurden Familien gewaltsam auseinandergerissen, Mann und Frau, Mutter und Kind durften sich nicht einmal Lebewohl sagen und sahen sich auf diesem Lakoni vielleicht zum letzten Mal in diesem Leben. Die

Trennung erfolgt nach reinen Nützlichkeitserwägungen. Die Händler, die Männer kaufen, haben gewöhnlich keine Verwendung für Frauen. Diese werden – eine Folge der bei den Mohammedanern üblichen Vielweiberei – meist nach arabischen Ländern ausgeführt, wo man sie gegen Elfenbein eintauscht. Die zu schweren Arbeiten bestimmten Männer dagegen werden über die Handelsniederlassungen an der Ost- und Westküste in die spanischen Kolonien exportiert oder auf die Märkte von Mascate und Madagaskar weitergetrieben.

Tom und seine Gefährten sollten das allgemeine Schicksal teilen. Im Grunde fürchteten sie diesen Wechsel ihrer Verhältnisse nicht. Jedenfalls war es ihnen lieber, nach irgendeiner Sklavenkolonie zu gelangen, wo sie eher als hier hoffen durften, Einspruch gegen diesen widerrechtlichen, brutalen Eingriff in ihre persönliche Freiheit erheben zu können. Wenn sie in einer Provinz Innerafrikas zurückgehalten würden, hätten sie sicher keine Aussicht, jemals wieder frei zu werden.

Ihr Wunsch sollte in Erfüllung gehen. Sie hatten sogar den Trost, nicht voneinander getrennt zu werden. Um das Los, zu dem sie gehörten, wurde von mehreren Händlern aus Ujiji sehr lebhaft gefeilscht. Jose-Antonio Alvez klatschte in die Hände. Die Preise gingen in die Höhe. Die Menge drängte herbei, um die Sklaven von bisher ungekanntem Wert zu sehen, deren Anwesenheit Alvez bisher schlau verheimlicht hatte. Tom und die Seinen konnten gegen diese Zurschaustellung nicht einmal protestieren, da sie die Landessprache nicht beherrschten. Ihr Herr wurde schließlich ein reicher arabischer Händler, der sie in einigen Tagen nach dem Tanganjikasee bringen wollte, wohin die meisten Sklaven kommen, die später für die Handelsniederlassungen von Sansibar bestimmt sind. Würden sie dort überhaupt ankommen nach einem Marsch quer durch die ungesundesten und gefährlichsten Gegenden von Afrika? Eintausendfünfhundert Meilen sollten sie unter diesen erbärmlichen Verhältnissen zurücklegen mitten durch den zwischen so vielen Häuptlingen unausgesetzt herrschenden Kriegstrubel, mitten durch das mörderische Klima! Würde der alte Tom die Kräfte haben, solche Strapazen zu ertragen? Aber sie blieben ja wenigstens beisammen; die Kette, die sie verband, war unter diesen Umständen leichter zu tragen. Der arabische Händler ließ sie in einer besonderen Baracke unterbringen. Es lag ihm offenbar daran, mit einer Ware vorsichtig umzugehen, die ihm auf dem Markt in Sansibar einen hohen Gewinn versprach. Tom, Bat, Acteon und Austin verließen also den Platz und sahen nicht mehr die Szenen, die den großen Lakoni von Kazonnde beendeten.

Der König von Kazonnde

Es war gegen vier Uhr nachmittags, als ein Höllenlärm von Trommeln, Zimbeln und anderen Instrumenten afrikanischer Herkunft am Ausgang der Hauptstraße ausbrach. An allen Ecken und Enden des Marktes regte es sich. Ein halber Tag Geschrei, Drängen und Stoßen hatte weder Stimme noch Arme und Beine dieser verteufelten Händler lahm werden lassen. Noch war eine ziemliche Anzahl Sklaven zu verkaufen; bei dem mißtönenden Konzert jedoch, das eben begann, wurden die Handelsgeschäfte unterbrochen, und die Ausrufer schöpften einmal Atem. Der König von Kazonnde, Moini Loungga, beehrte den großen Lakoni mit seinem Besuch. Ein zahlreiches Gefolge von Weibern, Beamten, Soldaten und Sklaven begleitete ihn. Alvez ging ihm mit den anderen Händlern entgegen, und sie übertrieben absichtlich ihre unterwürfigen Huldigungen, auf die der gekrönte Trunkenbold besonderen Wert legte. Mitten auf dem großen Platz stieg Moini Loungga mühsam und mit Hilfe von zehn Armen aus seiner Sänfte aus. Er war um die Fünfzig, doch hätte man ihn für einen Achtzigjährigen halten können. Um sich seine Erscheinung zu vergegenwärtigen, stelle man sich einen alten Affen am Ende seiner Jahre vor. Auf seinem Kopf erhob sich eine Art Tiara, verziert mit rotgefärbten Leopardenkrallen und weißen Haarbüscheln: die Krone der Könige von Kazonnde. Von seinem Gürtel herab hing ein Doppelrock aus Kuduleder, der trotz seiner Perlenstickerei Ähnlichkeit mit der Schürze eines Schmieds hatte. Seine Brust schmückten vielgestaltige Tätowierungen, die das hohe Alter des königlichen Geschlechts bezeugten, und wenn man ihnen trauen durfte, verlor sich Moini Lounggas Geschlecht bis in die graue Vorzeit. Um Knöchel, Handgelenke und Arme Seiner Majestät wanden sich kupferne Spangen, und seine Füße staken in einem Paar Dienerstiefel mit gelben Stulpen, die ihm Alvez vor zwanzig Jahren geschenkt hatte. Fügt man dieser Ausstattung noch einen langen Stock mit silbernem Knopf in der linken Hand des Königs, in der rechten einen reichlich mit Perlen besetzten Fliegenwedel hinzu, über seinem Haupt ferner einen alten, vielfach ausgeflickten Regenschirm, der aus der bunten Jacke eines Harlekins hergestellt schien, endlich am Hals und auf der Nase des Monarchen die Lupe und die Brille, die Vetter Benedikt so schmerzlich vermißt hatte und die aus Bats Tasche gestohlen waren, so hat man bis aufs Haar genau das Konterfei dieser schwarzen Majestät, vor der das Land im Umkreis von hundert Meilen erzitterte. Schon allein deshalb, weil er auf einem Thron saß, behauptete Moini Loungga, von himmlischer Abkunft zu sein, und er hätte jeden seiner Untertanen, der etwa daran zu zweifeln wagte, in die andere Welt befördert, damit dieser sich dort persönlich davon überzeugen könne. So rühmte er sich auch, seiner göttlichen Natur entsprechend, irdische Bedürfnisse nicht zu kennen. Er aß, weil er es gern tat, und trank nur, weil es ihm Vergnügen machte. Dabei konnte aber kein Mensch mehr trinken als er. Seine Minister und Beamten, lauter unverbesserliche Trinker, hätte man ihm gegenüber für nüchterne Menschen gehalten. Er stellte überhaupt eine bis zum höchsten Grad alkoholisierte Majestät dar, die fortwährend mit starkem Bier, Bananenwein und vor allem mit einem von Alvez reichlich gelieferten sechsunddreißiggrädigen Branntwein sorgsam aufgefüllt wurde.

Moini Loungga besaß in seinem Harem Gemahlinnen jedes Ranges und jedes Alters. Die meisten begleiteten ihn. Moina, die rangälteste, die man auch »Königin« titulierte, war ein schlimmes Weib von vierzig Jahren und wie ihre Kolleginnen von königlichem Blut. Sie trug einen grellfarbigen Umhang, einen mit Perlen bestickten Rock, Goldspangen überall, wo dafür nur ein Plätzchen übrigblieb, und eine übereinandergetürmte Haarfrisur, die ihrem Kopf einen gewaltigen Umfang verlieh und sie vollends zu einer Karikatur machte. Hinter ihr her schritten andere Gemahlinnen, entweder Kusinen oder Schwestern des Königs, in ebenso reicher Kleidung, aber jünger an Jahren, die auf jeden Wink ihres Herrn bereit waren, als »menschliche Hausgeräte« Dienste zu leisten. Diese Unglücklichen sind im Grund wirklich kaum etwas anderes. Will der König sitzen, so krümmen sich sofort zwei von ihnen auf der Erde zusammen; er benutzt sie als Sessel, während seine Füße auf zwei anderen weiblichen Körpern wie auf einem Teppich von Ebenholz ruhen.

Im Gefolge Moini Lounggas erschienen auch seine Beamten, Offiziere und Zauberer. Zuerst bemerkte man an diesen Wilden, die wie ihr Herr sich kaum auf den Füßen halten konnten, daß jedem ein Körperteil fehlte, dem einen ein Ohr, dem anderen ein Auge, dem die Nase und dem die Hand. Kein einziger war vollständig. Es rührt daher, daß man in Kazonnde nur zwei Arten von Bestrafung kennt, die Verstümmelung und den Tod, die je nach der Laune des Herrn verhängt werden. Die geringste Nachlässigkeit wird mit einer Amputation vergolten, und als am härtesten bestraft fühlen sich die Unglücklichen, denen man die Ohren abschneidet, weil sie nun keine Ringe mehr tragen können.

Die Hauptleute der »Kilolos« – Bezirksvorsteher – trugen eine Kopfbedeckung aus Zebrafell und als einzige Uniform eine Art roter Weste. In der Hand schwangen sie lange Stengel, deren Ende in irgendeine Droge gesteckt war, der man magische Kraft zuschrieb. Des Königs Soldaten führten als Angriffs- und Verteidigungswaffen Bögen, deren Holz mit Stricken umwickelt und mit Fransen geschmückt war, lange, schlangenzungenartig geschliffene Messer, breite und lange Lanzen und mit Arabesken verzierte Schilde aus Palmenholz. Was die eigentliche Uniform betrifft, so kostete diese dem Schatz Seiner Majestät absolut nichts.

Das Gefolge des Königs schlossen endlich die Hofmagiker und die Musikanten. Die Zauberer, die »Myannga«, sind die Ärzte des Landes. Sie bauen fest auf ihre Gebete zu den Göttern, auf Beschwörungsformeln oder Fetische – weiß und rot gefärbte, tönerne Figuren, die phantastische Tiere oder menschliche Wesen beiderlei Geschlechts darstellen. Übrigens zeigen sich diese Magiker nicht weniger verstümmelt als die anderen Höflinge; jedenfalls lohnte ihnen der Monarch auf diese Weise jede mißlungene Kur. Die Musiker, Männer wie Frauen, betätigten schrillende Klappern, bearbeiteten lärmende Trommeln oder schlugen mit ihren Stäben, die in eine aus Kautschuk bestehende Kugel ausliefen, auf eine Art Schlagzeug aus

zwei Reihen verschieden großer Kürbisflaschen los – vollführten mit einem Wort ein Konzert, das jedes nicht eingeborene afrikanische Ohr geradezu betäubte.
Über diesem Haufen des königlichen Gefolges flatterten verschiedene Fahnen und Wimpel und ragten, auf hohen Piken getragen, einige gebleichte Schädel feindlicher Häuptlinge, die Moini einmal besiegt hatte. Sobald der König seinen Tragsessel verlassen hatte, ertönten von allen Seiten lebhafte Zurufe. Die Soldaten der Karawane schossen aus ihren alten Flinten, doch war ihr schwacher Knall bei dem Geschrei der Volksmenge kaum zu hören. Die Havildars warfen sich nieder, nachdem sie ihr schwarzes Gesicht mit Zinnoberpuder, den sie in Säckchen bei sich trugen, gut eingerieben hatten. Dann trat Alvez vor und überreichte dem König ein Päckchen frischen Tabak – »Beruhigungskraut«, wie man die Pflanze dortzulande nennt. Und Moini Loungga bedurfte der Beruhigung gar sehr, denn er war, aus bisher unbekannter Ursache, herzlich schlechter Laune.
Gleichzeitig mit Alvez machten auch Coimbra, Ibn Hamis und die arabischen Händler wie die Mischlinge dem mächtigen Herrn von Kazonnde ihre Aufwartung. »Maharba« stammelten dabei die Araber, was etwa »Hochwillkommen« bedeutet; andere klatschten in die Hände und beugten sich bis zur Erde nieder; wieder andere wälzten sich im Schlamm und erwiesen der abscheulichen Majestät durch diese Unterwürfigkeit ihre unbegrenzte Ergebenheit. Moini Loungga würdigte die ganze Menschenmenge nicht eines Blicks und wankte mit gespreizten Beinen, als ob der Boden gleich einem Schiff stampfte und schlingerte, schwerfällig dahin. So promenierte oder rollte er vielmehr zwischen den verschiedenen Sklavengruppen hin und her, und wie die Händler fürchteten, es könne ihm einfallen, sich einen ihrer Gefangenen zuzueignen, so bangten auch die Unglücklichen

selbst, in die Gewalt eines so tierischen Tyrannen zu kommen.

Negoro hatte Alvez keinen Augenblick verlassen und brachte, mit ihm zusammen, dem König seine Huldigung dar. Man unterhielt sich in der Sprache der Eingeborenen, allerdings brachte Moini Loungga nur mühsam einige wenige Laute zwischen den Lippen hervor, die besagten, daß Alvez seine erschöpften Schnapsvorräte auffüllen sollte.

»Willkommen auf dem Markt in Kazonnde!« begann der Sklavenhändler.

»Mich dürstet!« antwortete der Monarch.

»Er wird seinen Anteil haben an den Geschäften«, fügte Alvez hinzu.

»Zu trinken!« erwiderte Moini Loungga.

»Mein Freund Negoro schätzt sich glücklich, den Herrscher von Kazonnde nach so langer Abwesenheit wiederzusehen.«

»Zu trinken!« wiederholte drängender der Trunkenbold, der einen widerlichen Alkoholgeruch um sich verbreitete.

»Zu Befehl – Pombe! Met!« rief Alvez, obwohl er recht gut wußte, wonach Moini Loungga lechzte.

»Nein . . . nein!« lallte der König, »Branntwein von meinem Freund Alvez, und ich schenke ihm für jeden Tropfen seines Feuerwassers . . .«

». . . einen Tropfen Blut eines Weißen!« fiel Negoro ein, der mit Alvez einen Seitenblick gewechselt hatte.

»Eines Weißen? Einen Weißen umbringen!« erwiderte Moini Loungga, dessen wilde Triebe bei dem Vorschlag des Portugiesen erwachten.

»Einer der Agenten ist von einem Weißen hier getötet worden«, erklärte Negoro.

»Ja, mein Agent Harris«, bestätigte der Sklavenhändler, »sein Tod schreit nach Rache!«

»So sende man das Bleichgesicht dem König Massongo in

Ober-Zaira, zu den Assuas! Sie werden es in Stücke schneiden und bei lebendigem Leib verzehren. Dort haben sie den Geschmack des Menschenfleischs noch nicht vergessen!« entschied der König.
So grausam aber die Dick Sand zugedachte Todesart auch war, paßte sie Negoro doch gar nicht.
»Unser Kamerad Harris«, bemerkte er, »wurde von dem Weißen aber hier an Ort und Stelle getötet.«
»Hier muß er dafür sterben!« setzte Alvez hinzu.
»Sei's wo du willst«, antwortete Moini Loungga. »Aber einen Tropfen Feuerwasser für jeden Tropfen Blut!«
»Gewiß«, versicherte der Händler, »und du sollst dich heute überzeugen, wie es diesen Namen in der Tat verdient! Jose-Antonio Alvez wird dem König Moini Loungga mit einem Punsch aufwarten!«
Der Trunkenbold schlug freudig in Alvez' dargebotene Hand ein. Er konnte sich vor Freude kaum zügeln. Seine Frauen teilten sein Entzücken. Noch niemals hatten sie Branntwein wirklich brennen sehen und glaubten, er werde in Flammen stehend getrunken.
Der arme Dick Sand! Welch entsetzlicher Tod erwartete ihn! Der Abend brach herein, ein Abend ohne Dämmerung, der die Nacht dem Tag fast ohne Übergang folgen ließ, und mit ihm die Stunde der Vorbereitung auf das Alkoholfest. Es war sicher eine prächtige Idee von Alvez, Sr. Schwarzen Majestät einen Punsch zu spendieren und ihm den Alkohol in einer noch unbekannten Form zu zeigen, zumal Moini Loungga, vom allzuvielen Genuß des Feuerwassers abgestumpft, nach und nach der Meinung geworden war, es mache seinem Namen keine besondere Ehre. Vielleicht reizte es nun, in den Flammen auflodernd, Zunge und Gaumen von neuem. Das Programm der Abendunterhaltung umfaßte also einen Punsch als Anfang und eine Hinrichtung als Abschluß.
Dick Sand wurde in einen dunklen Kerker sicher einge-

schlossen, während man die übrigen Sklaven, ob verkauft oder nicht, einstweilen wieder in die Baracken einsperrte. Auf der Tchitoka blieben nur die Händler zurück, mit ihnen die Havildars und die Soldaten, um auch ihren Anteil am Punsch zu bekommen, wenn König und Hof überhaupt etwas übrigließen.

Jose-Antonio Alvez richtete mit Negoros Hilfe alles aufs beste zu. Man brachte ein großes Kupferbecken, das etwa einhundert Liter fassen mochte, und stellte es mitten auf dem Platz auf. In dieses Riesenbecken wurden ganze Fäßchen mit sehr unreinem, aber desto stärkerem Alkohol entleert. Man sparte weder an Zimt noch an Nelken oder irgendeinen Zusatz, der diesen Punsch den Wilden recht schmackhaft machen konnte. Alle schlossen einen Kreis um den König. Schwankend näherte sich Moini Loungga der Riesenbowle. Es schien, als bezaubere ihn dieses Meer von Branntwein und als wolle er sich ganz hineinstürzen. Alvez hielt ihn vorsichtig zurück und gab ihm einen angezündeten Docht in die Hand. »Feuer!« rief er mit einer tückischen Miene der Befriedigung. »Feuer!« wiederholte Moini Loungga, indem er die Flüssigkeit mit der Flamme peitschte. Wie loderte es da empor und welche Zauberwirkung brachten die Flammen hervor, die über die Oberfläche des Bassins hinweghüpften! Alvez hatte dem Alkohol einige Hände Seesalz beigemischt, um die Wirkung zu erhöhen. Die Gesichter der Umstehenden nahmen dadurch eine gespenstische Farbe an. Die schon vorher halbtrunkenen Neger fingen an zu schreien, zu gestikulieren und bildeten, sich an den Händen fassend, einen ungeheuren Ring um den König von Kazonnde. Alvez rührte mit einem gewaltigen, metallenen Schöpfeimer die Flüssigkeit um, die einen grünlich-bleichen Schein auf die Menge warf. Jetzt schritt Moini Loungga vor. Er nahm den Punschlöffel aus Alvez' Hand, tauchte ihn ins Bassin und näherte ihn, mit brennendem Punsch gefüllt, seinen Lippen. Ein Schrei! Der König hatte Feuer gefangen wie eine Petroleumkanne. Die Eingeborenen erstarrten bei diesem Anblick. Ein Minister stürzte sich auf ihn, um seinen Herrn zu löschen, fing aber ebenfalls Feuer. Alvez und Negoro wußten nicht, wie sie helfen sollten. Die erschreckten Frauen hatten die Flucht ergriffen. Auch Coimbra machte sich aus dem Staub. Der König und sein Minister wälzten sich auf der Erde; nach wenigen Minuten erlagen sie ihren entsetzlichen Qualen. Bald fand man an der Stelle, wo sie zusammengebrochen waren, nur die verkohlten Leiber. Das war alles, was vom König von Kazonnde und seinem Minister übrigblieb!

Ein königliches Begräbnis

Am folgenden Tag, dem 29. Mai, bot die Stadt Kazonnde einen ungewohnten Anblick. Die entsetzten Eingeborenen hielten sich in ihren Hütten zurück. Sie hatten einen König, der sich gerühmt hatte, ein Gott zu sein, eines schrecklichen Todes sterben sehen. Das mußte ihnen in der Tat unerklärlich erscheinen! Jose-Antonio Alvez verhielt sich ganz still in seinem Hause. Er fürchtete, daß man ihn für diesen Vorfall verantwortlich machen könnte. Negoro hielt ihn auf dem laufenden und riet ihm, auf der Hut zu sein. Während seiner Überlegungen kam ihm ein rettender Gedanke: Wie wäre es, den Tod des Königs als ein übernatürliches Geschehen zu erklären? Und tatsächlich, die abergläubischen Eingeborenen nahmen das Märchen für bare Münze: Der Herr des Himmels habe seinen Auserwählten zu sich aufgenommen; die Flammen, die aus dem Körper des Königs und seines Ministers emporschlugen, wurden zum heiligen Feuer. Nun blieb nur übrig, Moini Loungga durch ein Totenfest zu ehren, das eines Mannes würdig war, den die Götter in ihre Reihen aufgenommen hatten. Ein solches Begräbnis mit all seinem Zeremoniell, wie es bei den afrikanischen Völkern üblich ist, bot Negoro eine höchst günstige Gelegenheit, Dick Sand eine Rolle zuzuteilen. Man würde kaum glauben, wieviel Blut dieser Tod Moini Lounggas kostete, wenn nicht die berühmten Afrikareisenden, vor allem Leutnant Cameron, nicht ähnliche, unzweifelhafte Tatsachen berichteten.

Die natürliche Erbin des Königs von Kazonnde war Königin Moina. Dadurch, daß sie die Leichenfeierlichkeiten sofort veranlaßte, lief sie den Mitbewerbern um den Thron den Rang ab, unter anderem z. B. dem König von Ukusu, der sich die Rechte eines Herrschers von Kazonnde anzumaßen drohte. Dabei entging Moina als Nachfolgerin dem grausamen Los der anderen Frauen des Toten und wurde so die jüngeren los, über die sie als die älteste sich natürlich nicht selten zu beklagen hatte. Das war alles so recht nach ihrem Sinn. Sie ließ also unter Begleitung von Kuduhörnern ankündigen, daß die Begräbnisfeierlichkeiten für den verstorbenen König am folgenden Abend mit dem üblichen Zeremoniell stattfinden würden. Weder seitens des Hofes noch seitens des Volkes wurde ein Einwand dagegen erhoben. Alvez und die übrigen Sklavenhändler hatten von der Thronbesteigung dieser Königin nichts zu befürchten. Durch Geschenke und Schmeicheleien konnten sie sicherlich ihren Einfluß behaupten. Die Übernahme der königlichen Erbschaft vollzog sich demnach ohne Schwierigkeiten.

Nur im Harem herrschte, und zwar nicht ohne Grund, Schrecken.

Noch am selben Tag begannen die Vorarbeiten. Nahe dem Ende der Hauptstraße floß ein Nebenarm des Kongo, ein tiefer, brausender Fluß, dessen Lauf abgeleitet werden sollte, um sein Bett trocken zu legen. In diesem Bett sollte die Ruhestätte des Königs ausgegraben werden; nach dem Begräbnis würde das Wasser wieder hierher geleitet werden und über das Königsgrab strömen. Die Eingeborenen arbeiteten fleißig an der Aufschüttung eines Dammes, der den Fluß zwang, sich ein provisorisches Bett durch die Ebene von Kazonnde zu suchen. Bei dem letzten Akt der bevorstehenden Zeremonie sollte der Damm wieder durchstochen werden.

Zu den unglücklichen Opfern, die auf dem Königsgrab hingeschlachtet werden sollten, bestimmte Negoro auch Dick Sand. Dieser feige Schurke vermied es ängstlich, sich dem gleichen Schicksal wie sein Spießgeselle Harris auszusetzen. Gegenüber einem an Händen und Füßen gefesselten Gefangenen glaubte er jetzt aber nichts mehr befürchten zu müssen und beschloß, seinen verhaßten Gegner aufzusuchen. Negoro gehörte zu den Scheusalen, denen es nicht genügt, ihre Opfer zu quälen, sondern die sich auch noch an deren Qualen weiden wollen. Er begab sich also gegen Mittag zur Baracke, in der Dick von einem Havildar scharf bewacht wurde; dort lag der enggeknebelte Leichtmatrose, seit vierundzwanzig Stunden fast ohne Nahrung, entkräftet von den Strapazen, gepeinigt von den Fesseln, die ihm tief ins Fleisch schnitten, kaum imstande, sich nur zu wenden, in Erwartung des Todes, der, so grausam er auch sein mochte, doch seine Qualen endigen mußte. Als er Negoro erblickte, lief ein Zittern durch seinen ganzen Körper. Er machte eine unwillkürliche Anstrengung, seine Fesseln zu sprengen, um sich auf den elenden Wicht zu stürzen und mit ihm Abrechnung zu halten. Selbst Herkules jedoch hätte dieser Versuch mißlingen müssen. Er begriff, daß es sich hier noch um einen anderen Kampf zwischen ihnen beiden handeln könne, und so zwang sich Dick, ruhig zu sein

und Negoro furchtlos anzusehen, entschlossen, ihn auf keinen Fall einer Antwort zu würdigen.
»Ich hielt es für meine Pflicht«, begann Negoro, »meinen jungen Kapitän zum letzten Mal zu begrüßen und ihm mein Bedauern auszusprechen, daß er hier nicht ebenso das Kommando führt wie an Bord der ›Pilgrim‹.« Da Dick Sand schwieg, fuhr er fort: »Zum Kuckuck, Kapitän, erkennen Sie denn ihren früheren Schiffskoch nicht wieder? Er kommt ja nur, Ihre Befehle entgegenzunehmen und zu fragen, was Sie zum Frühstück wünschen.« Gleichzeitig versetzte Negoro dem Wehrlosen einen rohen Fußtritt. »Außerdem«, fügte er hinzu, »hätte ich noch eine Frage an Sie zu richten, mein junger Kapitän. Können Sie mir wohl erklären, wie Sie eigentlich nach Angola, wo wir uns heute befinden, gekommen sind, während Sie doch nach der Küste Amerikas steuerten?« Die höhnischen Worte des Portugiesen bestätigten die Richtigkeit der früheren Überlegungen Dicks, daß Negoro durch seine Machenschaften die Schuld an der Irrfahrt der »Pilgrim« trage. Die jetzige Frage des schändlichen Verräters war ein echtes Geständnis. Dick antwortete wieder mit verächtlichem Schweigen. »Sie werden zugeben, Kapitän«, fuhr Negoro fort, »daß es ein Glück für Sie war, damals einen Seemann, einen wirklich erfahrenen Seemann an Bord zu haben. Großer Gott! Wo wären wir jetzt ohne ihn? Statt an irgendeiner Klippe elend umzukommen, verdanken Sie diesem Mann, zuletzt doch nach einem befreundeten Hafen gekommen zu sein, und wenn nun irgend jemand das Verdienst hat, Sie jetzt zu einem sicheren Ort befördert zu haben, so ist es eben dieser Seemann, den Sie ungerechterweise so geringschätzig behandelten, mein junger Herr!« Mit diesen Worten hatte Negoro, dessen scheinbare Ruhe nur das Resultat einer unglaublichen Anstrengung war, sein Gesicht Dick Sand genähert. Mit dem

Ausdruck tierischer Wildheit in den Zügen berührte er fast das Gesicht Dick Sands, daß man glauben konnte, er wolle ihn aufzehren. Der Schurke hielt seinen Grimm nicht mehr zurück. »Einer nach dem anderen!« rief er plötzlich in einem Ausbruch von Wut. »Jetzt bin ich der Kapitän, bin ich der Herr! Dein verfehltes Schiffsjungenleben liegt in meiner Hand.«

»Nimm es hin«, antwortete Dick ohne jede Erregung, »aber wisse, im Himmel lebt ein Rächer aller Verbrechen!«

»Wenn Gott sich um die Menschen kümmert, dann ist es Zeit, daß er sich deiner annimmt!«

»Ich bin jeden Augenblick bereit, vor den höchsten Richter zu treten«, erwiderte Dick gelassen, »und der Tod schreckt mich nicht.«

»Das werden wir ja sehen«, heulte Negoro. »Du hoffst vielleicht noch auf irgendwelche Hilfe. Hilfe und Rettung in Kazonnde, wo Alvez und ich allmächtig sind – du bist ein Narr! Du sagst dir vielleicht, deine früheren Gefährten seien noch da. Laß diese Hoffnung fahren! Sie sind schon längst verkauft und nach Sansibar unterwegs, wobei sie von Glück reden können, wenn sie nicht schon auf der Reise elend umkommen.«

»Gott besitzt unzählige Mittel, Gerechtigkeit zu üben. Ihm genügt das unscheinbarste. Herkules ist noch frei.«

»Herkules!« rief Negoro mit dem Fuß stampfend, »der ist längst von Löwen und Panthern zerrissen worden, und ich bedaure dabei nur, daß diese Bestien meiner Rache zuvorgekommen sind.«

»Wenn Herkules tot ist«, antwortete Dick Sand, »so lebt doch Dingo noch. Ein Hund seines Schlags, Negoro, wird mit einem wie dir leicht fertig. Ich kenne dich durch und durch, Negoro, und mutig bist du nicht. Dingo sucht dich, er wird dich finden, und von seinen Zähnen wirst du noch zerrissen werden.«

»Du Elender!« rief der Portugiese wild. »Du erbärmlicher Kerl! Dingo ist längst durch eine Kugel von mir krepiert! Er ist tot, so wie Mistress Weldon und ihr Sohn, tot wie alle Überlebenden der ›Pilgrim‹!«

»So wie auch du bald dein Schurkenleben beschließen wirst!« vervollständigte Dick Sand, und sein ruhiger Blick machte den Portugiesen zittern. Negoro war außer sich. Er stürzte auf seinen hilflosen Gegner, um ihn mit den Händen zu erwürgen, als ein plötzlicher Gedanke seine Arme lähmte. Wenn er sein Opfer tötete, war ja alles vorbei, und er würde ihm vierundzwanzig Stunden Todesangst ersparen. Er stand also wieder auf, richtete einige Worte an den Havildar, der der ganzen Szene teilnahmslos zugesehen hatte, befahl diesem, den Gefangenen streng zu bewachen, und verließ dann die Baracke.

Dieser Auftritt gab Dick Sand seine ganze moralische Kraft wieder. Auch körperlich fühlte er sich erleichtert. Hatte Negoro, als er sich auf ihn warf, vielleicht die Fesseln etwas gelockert, die ihm bisher jede Bewegung verwehrten? So schien es; denn Dick überzeugte sich, daß seine Glieder mehr Spielraum hatten als vorher. Vielleicht könnte er die Arme freimachen? Zwar erreichte er in diesem streng bewachten Gefängnis damit nicht mehr, als daß er sich von einer Marter befreite, aber in mancher Lebenslage gewinnt ja auch die geringste Erleichterung unschätzbaren Wert!

Die Stunden schlichen dahin. Die Nacht kam heran. Nach und nach erstarben die letzten Schimmer des Tages, die durch das Strohdach gedrungen waren. Tiefe Dunkelheit herrschte ringsum. Die Nacht mochte schon halb verflossen sein. Der Havildar lag in bleiernem Schlaf, den er einer Flasche Branntwein verdankte, deren Hals seine Hand noch immer umschlossen hielt. Er hatte sie bis zur Neige geleert. Plötzlich vernahm Dick ein leises Scharren an der Tür. Es gelang ihm, bis zur

Schwelle zu kriechen, ohne den Havildar zu wecken. Er hatte sich nicht getäuscht. Das Scharren ging weiter und wurde immer deutlicher. Es schien, als werde von außen der Erdboden unter der Tür weggekratzt. War das ein Tier? War es ein Mensch? »Herkules! Wenn das Herkules wäre!« hoffte Dick. Der Havildar lag nach wie vor unbeweglich da. Dick näherte seine Lippen der Türschwelle und flüsterte Herkules' Namen. Ein unbestimmter Laut, ähnlich einem unterdrückten, kläglichen Bellen, antwortete ihm. »Dingo ist es! Er hat meine Spur bis hierher gewittert. Bringt er mir eine Botschaft von Herkules? Wenn Dingo aber nicht tot ist, so hat Negoro gelogen und vielleicht . . .« Da drängte sich eine Tatze unter der Tür hindurch. Dick erfaßte sie und erkannte nun Dingo mit Sicherheit. Wenn dieser aber eine Meldung bei sich trug, dann konnte sie nur am Hals des Hundes befestigt sein. Was nun? War es möglich, das Loch so zu vergrößern, daß Dingo den Kopf durchzwängen konnte? Jedenfalls mußte man es versuchen. Kaum hatte Dick jedoch begonnen, die Erde mit den Fingernägeln mühsam wegzuscharren, als auf dem Platz draußen ein lebhaftes Gebell anhob. Die einheimischen Hunde hatten das treue Tier aufgespürt, und ihm blieb gewiß nichts anderes übrig, als die Flucht zu ergreifen. Einige Flintenschüsse krachten. Der Havildar wurde wach. Dick kroch in seinen Winkel zurück, wo er den Tag anbrechen sah, der für ihn der letzte sein sollte.

Während des ganzen Tages wurde die Ausschachtung des Grabes emsig fortgesetzt. Der erste Minister der Königin leitete persönlich die Arbeiten. Er drohte den Eingeborenen die Strafe der Verstümmelung an, wenn sie nicht zur festgesetzten Stunde fertig seien. So behielt die neue Herrscherin die Gewohnheiten des toten Königs bei. In dem nach Abdämmung des Wassers trockengelegten Flußbett wurde das Grab in einer Tiefe von etwa drei

Meter bei gleicher Breite und etwa sechzehn Meter Länge ausgehoben. Gegen Abend tapezierte man sozusagen Boden und Seitenwände der Grube mit lebenden, unter Moini Lounggas Sklavinnen auserwählten Frauen. Gewöhnlich werden diese unglücklichen Geschöpfe bei ähnlichen Gelegenheiten einfach lebendig begraben. Wegen des eigenartigen und wunderbaren Todes Moini Lounggas war aber dahin entschieden worden, sie in nächster Nähe der Leiche ihres Herrn zu ertränken.

Die Sitte gebot, den verstorbenen König, bevor er ins Grab gelegt wird, mit seinen prächtigsten Kleidern zu schmücken. Diesmal mußte freilich, da Seiner Majestät Überreste nur aus verkohlten Knochen bestanden, in anderer Weise verfahren werden. Man fertigte eine Art Gliedermann aus Weidenzweigen an, der Moini Loungga sogar etwas vorteilhaft vertrat, und füllte ihn mit den Überbleibseln des Königs. Diese Puppe wurde mit den königlichen »Gewändern« bekleidet, und man vergaß auch nicht, ihr Vetter Benedikts Brille als Schmuck aufzusetzen. Die ganze Maskerade war von entsetzlicher Komik.

Die letzte Zeremonie sollte bei Fackelschein mit großem Pomp vor sich gehen. Die ganze Bevölkerung von Kazonnde, Einheimische wie Fremde, sollte ihr beiwohnen. Als der Abend herankam, bewegte sich ein langer Zug von der Tchitoka nach dem Begräbnisplatz. Geschrei, wilde Tänze, Beschwörungen der Zauberer, der Lärm verschiedener Instrumente, das Knallen alter Musketen aus dem Waffenlager – nichts fehlte dabei. Alvez, Coimbra, Negoro, die arabischen Händler und ihre Havildars hatten sich in den Zug eingereiht. Noch niemand war nach Abschluß des großen Lakoni abgereist. Königin Moina hätte es nicht zugegeben, und es wäre unklug gewesen, ihrem Befehl entgegenzuhandeln.

Der in einem Tragsessel ruhende »Leichnam« des Königs

wurde am Ende des Trauerzuges von den königlichen Frauen zweiten Ranges begleitet, von denen einige ihm aus diesem Leben folgen sollten. Königin Moina schritt in großem Ornat hinter der Gruppe. Es war vollständig Nacht, als alles am Flußufer anlangte, doch die von ihren Trägern geschwungenen Harzfackeln warfen einen hellen Schein über die Versammlung. Die Grube war deutlich zu übersehen. Sie war mit schwarzen, lebenden Körpern ausgekleidet, die sich unter den Ketten wanden, die sie am Boden festhielten. Fünfzig Sklavinnen erwarteten hier, daß der Strom sich über sie ergieße; meist waren es junge Eingeborene, die einen still, die anderen leise seufzend und jammernd. Die wie zu einem Fest geschmückten Gattinnen, die hier ebenfalls den Tod erleiden sollten, hatte die Königin selbst ausgewählt. Die eine unter diesen Schlachtopfern, die sonst den Titel der zweiten Gemahlin führte, wurde mit gekrümmten Armen und gebogenen Knien gebunden, um als Sessel des Königs zu dienen, wie sie es bei seinen Lebzeiten zu tun pflegte, die dritte Gemahlin hatte die Gliederpuppe aufrecht zu halten, während die vierte als Kissen zu deren Füßen lag. Am Grabende vor der Gliederpuppe erhob sich ein rotangestrichener Pfahl aus der Erde. An ihm festgebunden stand ein Weißer, den man den Schlachtopfern dieser grauenvollen Leichenfeierlichkeit zugesellt hatte. Es war kein anderer als Dick Sand. Sein halb entblößter Körper zeigte Merkmale von Folterungen, die Negoro vor der Hinrichtung angeordnet hatte. An den Pfahl gefesselt, erwartete Dick Sand den Tod, im Herzen nur noch die Hoffnung auf ein anderes, besseres Leben. Noch aber war der Augenblick, den Damm zu durchstechen, nicht gekommen. Auf ein Zeichen der Königin wurde die vierte Gemahlin, die ihren Platz zu Füßen des Königs hatte, getötet, und ihr Blut floß in die Grube. Das war der Anfang einer entsetzlichen Szene. Fünfzig Sklavinnen fielen unter dem Messer ihrer Schlächter. Eine halbe Stunde lang mischte sich das Geschrei der Opfer mit den Rufen der Zuschauer, die weder Abscheu noch Mitleid zeigten. Endlich gab Königin Moina ein weiteres Zeichen, worauf der Dammverschluß, der das obere Wasser zurückhielt, langsam geöffnet wurde. Mit ausgesuchter Grausamkeit ließ man das Wasser nur allmählich ansteigen, statt es durch eine plötzliche Öffnung des Damms herabstürzen zu lassen. Das Wasser erreichte zuerst die Schicht Sklaven, die den Grund der Grube bedeckte. Mit schrecklichen Anstrengungen und Verrenkungen wehrten sich die Unglücklichen gegen den Erstickungstod. Dick Sand stand schon bis zu den Knien im Wasser und versuchte mit einer letzten Anstrengung, die Fesseln zu sprengen. Doch das Wasser stieg höher. Die letzten Köpfe verschwanden unter dem Strom, der nun wieder seinem alten Lauf folgte, und nichts verriet, daß in seinem Bett ein Grab war, in dem zu Ehren des Königs von Kazonnde hundert unglückliche Opfer hingemordet worden waren.

Das Innere einer Faktorei

Mrs. Weldon und der kleine Jack waren nicht tot. Sie befanden sich mit Vetter Benedikt in Kazonnde. Nach Erstürmung des Termitenbaus waren sie von Harris und Negoro, die etwa ein Dutzend eingeborene Soldaten begleiteten, vom Lager an der Coanza weggeführt worden. Fürsorglich wurden Mrs. Weldon und Jack in einer Sänfte getragen. Mrs. Weldon konnte sich dieses Verhalten von Leuten dieses Schlages nicht erklären und wagte gar nicht, weiter darüber nachzudenken. Schnell und ohne Anstrengung war der Weg von der Coanza bis

Kazonnde zurückgelegt. Vetter Benedikt, dem die Strapazen offensichtlich nichts ausmachten, wanderte mit raschem Schritt dahin. Da man ihn links und rechts umherschweifen ließ, hatte er keinen Grund zu klagen. Acht Tage vor Ibn Hamis' Karawane langte die kleine Gesellschaft in Kazonnde an. Mrs. Weldon wurde mit ihrem Kind und Vetter Benedikt im Haus des Händlers Alvez eingeschlossen. Sie erhielt keinerlei Nachrichten. Nachdem sie Herkules hatte in das Dickicht entfliehen sehen, wußte sie nicht, was aus ihm geworden war. Sie hoffte, daß Dick Sand als Weißer vor rücksichtsloser Behandlung geschützt sei, zumal Harris und Negoro nicht in seiner Nähe waren, um ihn zu quälen. Nan, Bat, Tom, Austin und Acteon waren freilich Schwarze, und es schien nur zu gewiß, daß sie auch als solche behandelt würden.

Auch als Ibn Hamis' Karawane in Kazonnde eintraf, erfuhr Mrs. Weldon, der jede Verbindung mit der Außenwelt abgeschnitten war, davon nicht das geringste. Sie wußte nicht, daß Tom und die Seinen an einen Sklavenhändler in Ujiji verkauft worden waren, daß Dick Harris getötet hatte, daß König Moini Loungga umgekommen war, sie erfuhr nichts von der königlichen Leichenfeier, der Dick Sand mit so vielen anderen zum Opfer gefallen war. Sie wußte aber auch nicht, welches Los ihr zugedacht war. Weder Harris noch Negoro hatten ein Wort an sie gerichtet. Seit ihrer Ankunft sah sie keinen von beiden, obwohl schon Tage vergangen waren. Von Vetter Benedikt, ihrem großen Kind, durfte sie keine Hilfe erwarten. Als dieser würdige Gelehrte hörte, daß er sich nicht auf amerikanischem Boden befand, machte er sich nicht die mindeste Sorge darüber, zu erfahren, wie das wohl zugegangen sein mochte. Seine erste Empfindung war eine große Enttäuschung. Die Insekten, die er als erster in Amerika entdeckt zu haben glaubte, diese

Tsetse und andere, verwandelten sich nun in ganz gewöhnliche Kerbtiere. Als aber der erste Schmerz vorüber war, sagte sich Vetter Benedikt, daß »das Land der Pharaonen« – wie er Afrika zu nennen pflegte – ganz unvergleichliche Reichtümer an seltenen Exemplaren der Insektenwelt besaß. »Oh, hier ist noch manch prächtiger Fund zu tun, und ich werde das nicht vernachlässigen, wenn diese wackeren Leute es nur erlauben!« Weitere Gedanken über das Verhalten dieser »wackeren Leute« machte sich Vetter Benedikt nicht, zumal ihm Harris und Negoro auf der Reise mehr Freiheit ließen, als er unter Dick Sands Führung je hatte. Mit einem Wort, er wäre der glücklichste Mensch gewesen, hätte er nicht einen gar zu schmerzlichen Verlust erlitten. Noch immer besaß er zwar seine Blechbüchse, aber die Brille thronte nicht mehr auf seiner Nase, und die Lupe hing nicht mehr an seinem Hals! Ein Naturforscher ohne Brille und Lupe ist aber so gut wie gar keiner. Leider sollte Vetter Benedikt seine beiden optischen Hilfsmittel niemals wiedersehen, denn sie waren ja mit dem königlichen Gliedermann begraben worden. Wenn er nun ein Insekt fand, war er gezwungen, es sich fast in die Augen zu halten, um dessen elementarste Einzelheiten zu erkennen. Ja, das war ein schwerer Kummer für Vetter Benedikt, und er hätte Lupe und Brille gewiß gern teuer bezahlt. Diese Artikel pflegt man aber bei dem Lakoni von Kazonnde nicht anzubieten. Immerhin durfte Vetter Benedikt in Alvez' Anwesen ungehindert hin und her gehen. Man wußte ja, daß er unfähig war, einen Fluchtversuch zu machen. Blieb er auch eingeschlossen, so maß dieses Gefängnis doch eine ganze Meile im Umfang. Verschiedene Bäume, Buschwerk aus Afrikas eigentümlichen Arten, große Gräser, der Wasserlauf eines Bachs, die Strohdächer der Baracken und Hütten – das genügte, um Vetter Benedikt glücklich zu machen. In kurzer Zeit hatte er schon eine –

wie er meinte – kostbare Sammlung einheimischer Insekten angelegt. Wie wünschte er, daß sein glücklicher Stern ihm ein neues Exemplar entdecken ließe, das nach ihm benannt werden würde!

Mrs. Weldon fiel auf, daß sie weiterhin verhältnismäßig rücksichtsvoll behandelt wurde. In der Niederlassung befanden sich nur die für die Bedienung des Händlers bestimmten Sklavinnen. Alle übrigen waren in den Baracken der Tchitoka untergebracht und verkauft worden. Jetzt waren die Magazine mit Stoffen und Elfenbein gefüllt. Mrs. Weldon bewohnte mit Jack eine Hütte, Vetter Benedikt eine andere. Mit den Bediensteten kamen sie bei Tisch zusammen. Die Gerichte bestanden aus Ziegen- oder Hammelfleisch, Gemüse und verschiedenen Landesfrüchten, sie waren völlig ausreichend. Für Mrs. Weldon sorgte eine junge Sklavin; dennoch lebte sie in Angst und Unruhe. Sie mußte oft an ihren Gatten denken, der ja nicht wußte, daß seine Frau den unglücklichen Gedanken gehabt hatte, sich auf der »Pilgrim« einzuschiffen, und sicher glaubte, sie sei mit einem Dampfer der transpazifischen Kompagnie unterwegs. Welch furchtbarer Schlag würde es aber erst für ihn sein, wenn er von seinem Korrespondenten in Auckland über die tatsächlichen Verhältnisse aufgeklärt würde! Inzwischen hätte ja die »Pilgrim« längst in ihren Heimathafen zurückkehren müssen, und James W. Weldon mußte ihn nun wohl, beim Fehlen aller weiteren Nachrichten, unter die Zahl der verschollenen Fahrzeuge rechnen. Selbst wenn er noch nicht glaubte, daß sein Sohn und sie auf dem Meer umgekommen seien, wohin sollte er sich mit seinen Nachforschungen wenden? Zuerst nach den Inseln des Stillen Ozeans, vielleicht nach der Küste Amerikas, doch nie, niemals konnte ihm nur einfallen, daß sie nach Afrika verschlagen waren!

Was konnte sie selbst aber in ihrer Lage tun? Entfliehen?

Doch wie? Man überwachte sie sehr streng. Fliehen hieß aber, sich aufs Geratewohl in das Dickicht der Wälder wagen, mitten in tausend Gefahren stürzen und einen Fußmarsch von mehr als zweihundert Meilen bis zur Küste versuchen. Trotz alledem war Mrs. Weldon, wenn sie sonst nicht ihre Freiheit wiedererlangen konnte, zu diesem Wagnis entschlossen.

Am 6. Juni, drei Tage nach dem Begräbnis des Königs von Kazonnde, betrat Negoro die Faktorei, in die er bisher nicht seinen Fuß gesetzt hatte und ging sofort auf die von der Gefangenen bewohnte Hütte zu. Mrs. Weldon war allein. Vetter Benedikt machte eben einen seiner wissenschaftlichen Spaziergänge. Der kleine Jack tummelte sich unter Aufsicht der jungen Sklavin Halima auf dem freien Platz der Faktorei. Negoro stieß die Tür der Hütte auf.

»Mistress Weldon«, begann er ohne weitere Vorrede, »Tom und seine Freunde sind nach den Märkten von Ujiji verkauft worden.«

»Gott sei ihnen gnädig!« sagte Mrs. Weldon.

»Nan ist unterwegs gestorben und Dick Sand kam um.«

»Nan tot! Und Dick!« rief Mrs. Weldon.

»Ja, die Gerechtigkeit verlangte, daß der Kapitän von fünfzehn Jahren die Ermordung Harris' mit dem Tode bezahlte«, erwiderte Negoro. »Sie sind allein in Kazonnde, Mistress, allein in der Gewalt des früheren Kochs von der ›Pilgrim‹, ganz allein, verstehen Sie?«

»Nun, was weiter?« fragte Mrs. Weldon, ohne Negoro anzusehen.

»Mistress Weldon«, fuhr der Portugiese kurz angebunden fort, »ich könnte mich jetzt für die schlechte Behandlung rächen, die ich an Bord der ›Pilgrim‹ erlitten habe. Der Tod Dick Sands soll mir jedoch genügen. Jetzt bin ich wieder Kaufmann, und nun hören Sie, wie ich mir Ihre Zukunft vorstelle!«

Mrs. Weldon betrachtete den Mann, ohne ein Wort zu äußern.
»Sie selbst«, erklärte der Portugiese, »Ihr Kind und der gelehrte Tölpel, der nach Fliegen jagt, haben für mich einen gewissen Handelswert, den ich nützen werde. Ich werde Sie verkaufen.«
»Ich bin eine Freie«, antwortete Mrs. Weldon mit sicherer Stimme.
»Sie sind eine Sklavin, wenn ich das will.«
»Und wer würde eine Weiße kaufen?«
»Ein Mann, der so viel für Sie zahlt, wie ich verlange!«
Mrs. Weldon senkte den Kopf, denn sie wußte, daß in diesem entsetzlichen Land eben alles möglich sei.
»Sie haben mich verstanden?« begann Negoro wieder.
»Wer ist der Mann, von dem Sie glauben, daß er mich kaufen wird?«
»Sie kaufen oder wiederkaufen ...! Ich setze das wenigstens voraus«, fügte der Portugiese grinsend hinzu.
»Der Name dieses Mannes?«
»Ei ... das ist James W. Weldon, Ihr Gatte.«
»Mein Mann!« rief Mrs. Weldon, die nicht recht gehört zu haben glaubte.
»Er selbst, Mistress Weldon, Ihr Mann, dem ich Frau und Kind zwar nicht zurückgeben, aber doch verkaufen will; den Vetter Benedikt erhält er bei dem Handel dann als Zugabe!«
»Und wann gedenken Sie dieses Geschäft abzuschließen?«
»Sobald als möglich.«
»Wo?«
»Hier auf der Stelle. James W. Weldon wird gewiß nicht zögern, nach Kazonnde zu kommen, um seine Frau und sein Kind abzuholen.«
»Nein, er würde nicht zögern! – Doch wer gibt ihm Nachricht?«

»Ich. Ich werde nach San Francisco gehen und Herrn Weldon aufsuchen. Das Geld zu dieser Reise fehlt mir nicht.«

»Das von der ›Pilgrim‹ gestohlene Geld?«

»Ja, eben das, und noch anderes obendrein«, antwortete Negoro prahlend. »Doch ich will Sie schnell verkaufen und teuer an den Mann bringen. Ich denke, für James Weldon sind hunderttausend Dollar eine Kleinigkeit.«

»Ja, wenn er sie geben kann«, erwiderte Mrs. Weldon frostig. »Nur wird mein Mann, wenn Sie ihm sagen, daß ich als Gefangene in Kazonnde, im Innern Afrikas zurückgehalten werde . . .«

»Natürlich werde ich ihm das sagen . . .«

»Mein Mann wird Ihnen ohne Beweise nicht glauben und nicht so unklug sein, auf Ihr bloßes Wort hin, hierher nach Kazonnde zu kommen.«

»Er wird schon kommen«, entgegnete Negoro, »wenn ich ihm einen von Ihnen geschriebenen Brief bringe, in dem Sie Ihre Lage schildern und mich für einen treuen Diener ausgeben, dem es gelang, den Händen dieser Wilden hier zu entfliehen . . .«

»Nie werde ich diesen Brief schreiben!« antwortete Mrs. Weldon bestimmt.

»Sie schlagen es ab?« rief Negoro.

»Ja, gewiß!«

Der Gedanke an die Gefahren, die ihrem Gatten drohten, wenn er nach Kazonnde käme, die bisher erwiesene Treulosigkeit Negoros, die seine jetzigen Versprechungen fragwürdig machte, die Leichtigkeit, mit der er auch Mr. Weldon nach eingestrichenem Lösegeld zurückhalten könne, alle diese Überlegungen bestimmten die tapfere Frau, Negoros Vorschlag rundweg abzulehnen.

»Sie werden diesen Brief schreiben!« begann der Portugiese noch einmal.

»Nein!« wiederholte Mrs. Weldon.

»Nehmen Sie sich in acht!« rief Negoro. »Sie sind hier nicht allein! Ihr Kind ist ebenso in meiner Gewalt wie Sie selbst!«
Mrs. Weldon wollte antworten, doch ihre Stimme versagte.
»Mistress Weldon«, begann Negoro noch einmal, »Sie werden sich mein Angebot überlegen. Innerhalb acht Tage werden Sie mir einen Brief mit der Adresse Ihres Gatten übergeben oder Sie dürften es bereuen!«
Mit diesen Worten ging der Portugiese.
Als Mrs. Weldon allein war, überlegte sie. Der Handelswert, den der Portugiese seiner Gefangenen zusprach, gewährte dieser einen gewissen Schutz und sicherte sie wenigstens vorläufig vor jeder drohenden Gefahr. Sie hatte Zeit, darüber nachzudenken, wie sie Negoro überreden könne, den vorgeschlagenen Gefangenenaustausch an einen Küstenpunkt zu verlegen, wodurch ihrem Gatten eine gefahrvolle Reise durch die verrufensten Gegenden Afrikas und ihnen allen, nach Abschluß dieses schmutzigen Geschäfts, die nicht minder großen Schwierigkeiten des Rückwegs erspart blieben. Da bot sich plötzlich von ganz anderer Seite eine unerwartete Aussicht auf Befreiung. Mrs. Weldon wurde Zeuge eines Gesprächs, das Alvez und ein Kollege aus Ujiji wenige Schritte vor ihrer Hütte führten. Die beiden Menschenhändler unterhielten sich über ihre Geschäftsaussichten und zeigten sich dabei nicht wenig beunruhigt über die Störungen, die ihnen von den Engländern nicht nur auf dem Meer durch Kreuzer, sondern auch im Landesinnern durch Missionare und Reisende bereitet wurden. Sie hätten die weltlichen oder geistlichen Besucher am liebsten mit Flintenschüssen empfangen, was übrigens auch vorkommen sollte. Kehrten diese nämlich in ihre Heimat zurück, so erzählten sie »mit krasser Übertreibung«, wie Alvez sich ausdrückte, von den Greueln des Sklavenhan-

dels, was dem Geschäft natürlich gewaltig schadete. Der Mischling aus Ujiji klagte vor allem darüber, daß die Märkte von Ujiji, N'yangwe und Sansibar, sowie des ganzen Gebietes der großen Seen bedroht seien. Dorthin waren nacheinander Speke, Grant, Livingstone, Stanley und andere gekommen. Bald würden England und Amerika sich des Landes bemächtigt haben. Alvez bedauerte seinen Geschäftsfreund aufrichtig und gestand, daß die Provinzen des westlichen Afrikas bisher noch weniger »heimgesucht« worden seien; die Reiseepidemie breite sich aber aus. Wenn auch Kazonnde bisher verschont geblieben sei, so berühre sie aber schon Cassange und Bibe, wo er ja auch Faktoreien besäße.

Der Sklavenhändler hatte in der Tat allen Grund zu Befürchtungen, denn man weiß ja, daß Cameron im Süden und Stanley im Norden wenige Jahre später die noch ziemlich unbekannten Provinzen des Westens durchforschten, die andauernden Greuel des Sklavenhandels anprangerten, die Schuld der Agenten offenlegten und alle Beteiligten zur Verantwortung zu ziehen suchten. Freilich konnten zu diesem Zeitpunkt weder Alvez noch sein Geschäftsfreund etwas von diesen Vorgängen wissen; doch was sie wußten, was sie einander mitteilten, was Mrs. Weldon hörte und was für sie von großem Interesse war, war die Nachricht, daß Doktor Livingstone bald nach Kazonnde kommen werde. Das hohe Ansehen, das dieser Mann in Afrika genoß und der zu erwartende Beistand der portugiesischen Behörden von Angola konnten recht wohl die Befreiung Mrs. Weldons und der Ihrigen gegen Negoros und Alvez' Willen herbeiführen. Der Gefangenen winkte die Rückkehr in die Heimat, ohne daß James W. Weldon erst eine Reise wagen mußte, deren Erfolg noch nicht einmal sicher war.

Da verbreitete sich am 13. Juni, am Tage bevor Mrs.

Weldon Negoro den Brief übergeben sollte, von dem er sich hunderttausend Dollar versprach, unerwartet eine traurige Nachricht, über die sich freilich Alvez und die anderen Händler nur freuen konnten: Am Morgen des 1. Mai 1873 war David Livingstone gestorben! Als Mrs. Weldon dies erfuhr, fühlte sie sich völlig verlassen, und jede Hoffnung auf Rettung war geschwunden. Von Herkules keine Nachrichten; niemand mehr, auf den sie zählen konnte. Wohl oder übel mußte sie auf Negoros Vorschlag zurückkommen; sie konnte lediglich die Bedingungen günstiger gestalten, um den Erfolg sicherzustellen.

Am 14. Juni, pünktlich an dem von ihm angesetzten Tag, fand sich Negoro in Mrs. Weldons Hütte ein.

»Wollen Sie ein Geschäft machen, so vereiteln Sie es nicht durch unannehmbare Bedingungen. Unsere Freilassung kann im Austausch gegen die von Ihnen geforderte Summe erfolgen, ohne daß mein Mann sich in ein Land begibt, das für ihn höchste Gefährdung bedeutet; Sie wissen ja selbst, wie man hier auch mit einem Weißen umgeht!«

Nach einigem Zögern fügte sich Negoro, und Mrs. Weldon erhielt schließlich die Zusicherung, daß ihr Mann nicht nach Kazonnde kommen müsse. Er sollte in Mossamedes, einem kleinen, im Süden von Angola gelegenen Hafen landen, den meist nur Sklavenhändler besuchten und der Negoro genügend bekannt war. Dorthin wollte der Portugiese Mr. Weldon bringen, während Agenten von Alvez Mrs. Weldon, den kleinen Jack und Vetter Benedikt zur gegebenen Zeit ebenfalls dorthin geleiten sollten. Gegen Rückgabe der Gefangenen sollte die vereinbarte Summe an die Agenten ausgezahlt werden und Negoro, der Mr. Weldon gegenüber die Rolle eines Ehrenmannes gespielt hatte, unbemerkt verschwinden. Mrs. Weldon erzielte damit ein sehr wichtiges Zuge-

ständnis. Sie ersparte ihrem Gatten die Gefahren einer Reise nach Kazonnde, das Risiko, nach Zahlung des Lösegeldes ebenfalls zurückbehalten zu werden, und außerdem die Strapazen der Rückreise. Legte sie die 600 Meilen zwischen Kazonnde und Mossamedes so zurück wie den Weg von der Coanza hierher, hatte sie eine nur mäßige Anstrengung zu befürchten, und in Alvez' Interesse – der dem ganzen Handel keineswegs fernstand – lag es ja, die Gefangenen heil und gesund abzuliefern.
Nach Festlegung dieser Vorbedingung setzte Mrs. Weldon einen Brief in gewünschtem Sinne auf und überließ es Negoros Sorge, sich in die Rolle eines treu ergebenen, den Eingeborenen glücklich entflohenen Dieners hineinzufinden. Negoro nahm das Schreiben in Empfang, auf das hin James Weldon gar nicht zögern konnte, ihm nach Mossamedes zu folgen, und brach am folgenden Tag, von zwanzig Negern begleitet, nach Norden auf. Weshalb schlug er diese unerwartete Richtung ein? Beabsichtigte er, sich auf einem der Fahrzeuge einzuschiffen, die bis zur Mündung des Kongo fuhren, um die portugiesischen Stationen und die Strafanstalten zu umgehen, die er ja schon unfreiwillig besucht hatte? Vielleicht; zumindest gab er Alvez diesen Grund an.
Nach seiner Abreise suchte Mrs. Weldon sich die Zwischenzeit so gut wie möglich einzurichten. Selbst im günstigsten Fall konnte das drei bis vier Monate dauern, denn so lange Zeit nahm die Hin- und Rückreise Negoros sicher in Anspruch. Alvez ließ sie streng überwachen; die große Prämie, die ihm der Rückverkauf seiner Gefangenen versprach, lohnte wohl die Mühe. Vor allem wußte man nicht, was aus Herkules geworden war. Wenn er noch lebte, versuchte er bestimmt, sich der Gefangenen zu nähern, um sie zu entführen. Alvez ließ sich aber nicht übertölpeln. Er hütete Mrs. Weldon wie seine eigene Kasse.

Das gleichförmige Leben der Gefangenen nahm also seinen Fortgang. Was sich übrigens innerhalb der Einfriedung der Faktorei abspielte, war ein vollkommenes Spiegelbild des Lebens der Eingeborenen draußen. Die Frauen mußten hart arbeiten: Reis durch Klopfen zubereiten, Mais reinigen und mahlen, Hirse ernten, Öl aus Oliven gewinnen – das ein sehr beliebtes Parfüm liefert –, Baumwolle spinnen, durch Hämmern Rindenstoffe bearbeiten, Äcker und Gärten bestellen, Getränke bereiten, die Viehhaltung besorgen und was sonst alles anfällt. Die Männer rauchten inzwischen Tabak oder Hanf, jagten Elefanten oder Büffel und verdingten sich an die Sklavenhändler als Hilfskräfte. Wenn Mrs. Weldon den Negerinnen bei ihrer oft schweren Arbeit teilnehmend zusah, antworteten diese nur mit Grimassen. Eine Weiße haßten sie, und sie fühlten auch kein Mitleid mit dem Schicksal dieser Gefangenen. Die junge Sklavin Halima bildete die einzige Ausnahme, und bald konnte sich Mrs. Weldon, die sich einzelne Worte der Landessprache angeeignet hatte, mit ihr notdürftig unterhalten.
Der kleine Jack begleitete häufig seine Mutter, wenn sie innerhalb der Einfriedung spazierenging, aber er sehnte sich danach, endlich einmal wieder draußen im Freien richtig toben zu können. Könnte er doch mit den vielen, bunten, fremden Vögeln hinausfliegen!

Wohin eine Mantikore den Menschen bringen kann

Da und dort, vor allem in der Umgebung der Bäche, die durch die Faktorei rieselten, schwärmten Hunderte von Schmetterlingen der verschiedensten Arten; doch das interessierte Vetter Benedikt fast noch mehr als den kleinen Jack, der es immer bedauerte, nicht größer zu sein, um über die Planken hinwegsehen zu können. Ach, wo war jetzt sein armer Freund Dick, der ihn so hoch in die Takelage der »Pilgrim« mit hinaufgenommen hatte? Wie gern hätte er mit ihm die Bäume erklettern wollen, deren Wipfel oft dreißig Meter und mehr emporragten! Welch herrliche Ausflüge hätten sie miteinander unternommen!

Vetter Benedikt fühlte sich dagegen für seine Person ganz glücklich, da hier an Insekten kein Mangel war. Hatte er ein seltenes Exemplar gefunden, so studierte er es, selbst ohne Brille und Lupe, so gut es eben ging. An Moskitos war nahe am Wasser eine reiche Auswahl anzutreffen, und sie zerstachen den Gelehrten bis zur Unkenntlichkeit.

Wenn Mrs. Weldon ihn daraufhin ansprach, entgegnete er: »Oh, Cousine Weldon, das ist eben ihr Instinkt« – dabei kratzte er sich, bis er blutete –, »deshalb darf man ihnen nicht böse sein!«

Eines Tages, es war am 17. Juni, wäre Vetter Benedikt beinahe der glücklichste aller Insektenforscher geworden. Das Abenteuer sollte unerwartete Folgen haben. Es mochte gegen elf Uhr morgens sein. Eine geradezu unerträgliche Hitze zwang die Insassen der Faktorei, sich in ihren Hütten versteckt zu halten. Mrs. Weldon saß im Halbschlummer neben dem kleinen Jack, der schon fest eingeschlafen war. Selbst Vetter Benedikt unterlag dieser tropischen Temperatur und hatte auf seine Lieblingsjagd verzichtet – freilich nicht ohne großes Herzeleid, denn er hörte in den sengenden Strahlen der Mittagssonne eine ganze Welt von Insekten schwirren. Wohl oder übel hatte er sich jedoch in den kühlsten Winkel seiner Hütte zurückgezogen, und auch ihn überwältigte fast der Schlaf.

Da, als seine Augen sich schon halb schlossen, vernahm er ein Schwirren und Surren. »Eine Hexapode!« rief Vetter Benedikt, der sofort wieder munter wurde und aus der horizontalen in die vertikale Lage überging. Daß es eine Hexapode sei, die in der Hütte summte, unterlag wohl keinem Zweifel. Wenn Vetter Benedikt einerseits sehr an Kurzsichtigkeit litt, so besaß er andrerseits doch ein besonders scharfes Gehör, so daß er ein Insekt von einem anderen schon an der Intensität des Summens zu unterscheiden vermochte, und das hier in Frage Stehende erschien ihm gänzlich unbekannt, da dieses Geräusch nur von einem Riesen seiner Art herrühren konnte. »Was für eine Hexapode mag das sein?« fragte sich Vetter Benedikt. Eifrig suchte er das Insekt zu entdecken, was infolge der Nichtbewaffnung seiner Augen sehr schwierig war, oder es am Flügelschlag zu erkennen. Sein Forscherinstinkt flüsterte ihm zu, daß hier ein seltener Fang zu machen sei. Er erhob sich leise und horchte. Ein schwacher Sonnenstrahl drang bis zu ihm. Da entdeckten seine Augen einen großen, schwarzen, hüpfenden Punkt. Er hielt den Atem an und war entschlossen, wenn er irgendwo im Gesicht oder an den Händen einen Stich fühlte, sich nicht zu rühren, um seine Hexapode nicht zu verscheuchen. Nach langem Hin und Her setzte sich das Insekt auf seinen Kopf. Vetter Benedikts Gesicht überstrahlte ein glückseliges Lächeln! Er fühlte, wie das leichte Tier über seine Haare spazierte. Schon ergriff ihn das Verlangen, mit der Hand danach zu haschen; doch er beherrschte sich und tat wohl daran. »Nein, nein!«

dachte er; »ich würde es verfehlen oder, noch schlimmer, ihm ein Leid zufügen! Wie es marschiert! Es steigt abwärts! Ich fühle seine niedlichen Füße auf meinem Schädel. Das muß eine wohlgebildete Hexapode sein! Du himmlische Güte, gib nur, daß sie zu meiner Nasenspitze herabklettert und dort ein wenig verweilt, damit ich sie sehen und vielleicht bestimmen kann, wohin sie nach Ordnung, Familie, Art oder Unterart gehört!« Nie hatte Vetter Benedikt während seiner Gelehrtenlaufbahn so erwartungsvolle Minuten durchlebt. Und sein heißer Wunsch sollte tatsächlich in Erfüllung gehen. Nachdem das Insekt auf dem struppigen Haupthaar wie auf einem wild aufgeschossenen Gebüsch umhergewandelt war, kletterte es den Stirnabhang des Gelehrten hinab, der nun wirklich Hoffnung schöpfte, daß es sich auf den Gebirgskamm seiner Nase hinaus begeben werde. Ja, sechs Füße so auf der eigenen Haut dahinspazieren zu fühlen, ohne einen Stich zu fürchten und dabei nicht die leiseste Bewegung zu machen, dazu gehört gewiß Heldenmut. Der Spartaner, der seine Brust von einem Fuchs verzehren ließ, der Römer, der seine Hand über glühende Kohlen hielt, bedurften dabei keiner größeren Selbstbeherrschung als Vetter Benedikt, der ohne Zweifel von diesen beiden Helden abstammte.
Nach vielfachen kleinen Umwegen kam das Insekt am oberen Teil der Nase an, zögerte einen Augenblick und stieg bergab. Vetter Benedikt fühlte die behaarten Füßchen schon auf seiner Nasenwurzel. Das Insekt wich weder nach rechts noch nach links ab. Es hielt sich zwischen den beiden leise zitternden Nasenflügeln, auf dem leicht gebogenen Kamm dieser Gelehrtennase, die zum Tragen einer Brille wie geschaffen schien. Es überschritt den kleinen, durch den fortwährenden Gebrauch genannten optischen Instrumentes eingedrückten Graben und machte wirklich auf der äußersten Spitze des

Gesichtserkers halt. Das war der zweckmäßigste Platz, den die Hexapode nur erwählen konnte. In dieser Entfernung vermochten Vetter Benedikts Blicke, indem die Augenachsen sich auf das gleiche Ziel einstellten, das Insekt wie die durch zwei Linsen zusammengefaßten Strahlen von beiden Seiten zu umfassen. »Allmächtiger Gott!« rief Vetter Benedikt, außerstande, seine freudige Erregung zu bemeistern, »eine knotige Mantikore!« Das hätte er nun freilich nicht ausrufen, sondern nur denken sollen. Aber auf der Nasenspitze eine knotige Mantikore mit breiten Flügeldecken zu beherbergen, ein Kabinettsstück der Sammlungen, und dabei keinen Ausruf der Bewunderung von sich zu geben – das überstieg alle menschliche Kraft! Leider hörte aber auch die Mantikore den Ausruf, dem ein kräftiges Niesen folgte, das ihren Standort gründlich erschütterte. Vetter Benedikt wollte sie einfangen, streckte die Hand aus und schloß sie schnell wieder, ergriff aber weiter nichts als – die Spitze seiner eigenen Nase. »Verdammt!« rief er. Sofort gewann jedoch das kalte Blut wieder die Herrschaft über ihn. Er wußte, daß eine knotige Mantikore sich meist nur flatternd fortbewegt und eigentlich mehr läuft als fliegt. Er kniete also nieder, und wirklich entdeckte er vor seinen Augen den schwarzen Punkt wieder, der in einem sonnenbeschienenen Streifen schnell dahinglitt. Offenbar erschien es dem Gelehrten zweckmäßiger, das Tier bei seinen Bewegungen zu beobachten; nur durfte er es nicht aus dem Gesicht verlieren. »Wenn ich die Mantikore hasche, könnte ich sie zerdrücken!« sagte sich Vetter Benedikt. »Ich werde ihr nachfolgen, ich werde sie bewundern! Ich habe ja Zeit!« und er erniedrigte sich zum Vierfüßler, berührte die Erde beinahe mit der Nase wie ein Hund, der eine Spur verfolgt. Im nächsten Augenblick befand er sich außerhalb der Hütte und wenige Minuten später an der Einfriedung des Alvez-

schen Anwesens. Dort schlüpfte die Mantikore in die weite Mündung eines Maulwurfbaues, und Vetter Benedikt fürchtete schon, sie nun aus den Augen zu verlieren. Zu seinem freudigen Erstaunen erwies sich aber die Öffnung groß genug, daß er seinen langen, hageren Körper hineinzwängen konnte, und nach einer halben Minute befand sich Vetter Benedikt außerhalb der Faktorei. Darüber machte er sich nicht die geringste Sorge, aber das Insekt brachte ihn zur Verzweiflung, denn es spannte die Flügel auf und schwirrte davon. Der arme Vetter stürzte ihr mit ausgestreckten Händen nach. Zum Unglück grenzte das am Nordende der Stadt gelegene Anwesen des Sklavenhändlers an einen ausgedehnten Wald. Erreichte die Mantikore erst die Bäume und fiel es ihr etwa ein, von Zweig zu Zweig zu flattern, dann schwand die Hoffnung gänzlich, sie einzufangen. Erschöpft, mit blutenden Knien und Fingern, sprang Vetter Benedikt ihr nach. Vergebliches Bemühen! Immer schlossen sich seine Hände umsonst. Neckisch spielend, entschlüpfte ihm das Insekt und bald erhob es sich, unter einer kühlen Laubdecke angelangt, nachdem es Vetter Benedikts Ohr im Vorüberstreifen mit einem intensiveren, ironisch klingenden Summen begrüßt hatte. »Verdammt!« rief der Arme noch einmal, »undankbarer Sechsfüßler! Für dich ist doch ein Ehrenplatz in meinen Sammlungen bestimmt!«
Die Enttäuschung und Wut machten ihn zum Narren. Er kümmerte sich nicht im mindesten darum, daß ihm ein ganz unerwarteter Zwischenfall die Freiheit geschenkt hatte; seine Gedanken kreisten nur um dieses kostbare Insekt, dessen Namen ein Fabeltier mit Menschenkopf und Löwenkörper bezeichnet. Planlos lief er durch den Wald und focht, in der Meinung, seine Mantikore vor sich zu haben, wie eine riesige Spinne mit den langen Armen in der Luft herum. Plötzlich sprang aus einem

Gebüsch ein gewaltiges Geschöpf und stürzte sich auf ihn, ergriff ihn fest, faßte ihn am Nacken und unten am Rücken und schleppte ihn quer durch den Hochwald fort.

Ein Mgannga

Mrs. Weldon wurde unruhig, als an diesem 17. Juni Vetter Benedikt nicht zur gewohnten Stunde erschien. Wo war nur ihr großes Kind? Hätte man diesem Original eine Gelegenheit zur Flucht geboten, hätte er ohne Zögern abgelehnt, falls man die Mitnahme seiner Blechkapsel und der Sammlung afrikanischer Insekten verweigerte. Die Blechkapsel aber stand unversehrt in seiner Hütte, mit dem ganzen Inhalt, den der Gelehrte seit Betreten des Kontinents zusammengetragen hatte. Unermüdlich suchte Mrs. Weldon den ganzen Tag über ihren Vetter, Jack und Halima unterstützten sie dabei. Alles umsonst! Hatte vielleicht Alvez ihn abgeführt? Hätte Mrs. Weldon Zeugin des Zornausbruchs des Sklavenhändlers sein können, als dieser vom Verschwinden des Gefangenen erfuhr, hätte sie sich diese Frage gar nicht gestellt. Die Nachforschungen, die mit größter Sorgfalt betrieben wurden, führten zur Entdeckung des Maulwurfbaues. Alvez wurde es sofort klar, daß der »Mükkenjäger« nur durch diese enge Öffnung geflohen sein könne. Das machte ihn noch zorniger, da er sich sagte, daß diese Flucht nun auf seine Rechnung kommen und den ihm zufallenden Gewinnanteil bei dem Geschäft wesentlich kürzen würde.
»Viel Wert hat er ja nicht, der Schwachkopf«, dachte er, »aber ich muß ihn jetzt teuer bezahlen. Wenn er wieder in meine Hände fiele . . .«

Trotz einer weithin ausgedehnten Suchaktion zeigte sich nirgends auch nur eine Spur des Flüchtlings. Selbstverständlich wurde der Maulwurfbau noch am gleichen Tag fest und sorgsam zugefüllt und die Überwachung innerhalb und außerhalb der Faktorei mit doppelter Strenge geregelt.
Inzwischen trat ein zu dieser Jahreszeit im Land sehr ungewöhnliches klimatisches Ereignis ein. Mit dem 19. Juni begannen anhaltende Regengüsse das Land zu überfluten. Der ganze Himmel schien sich geöffnet zu haben. Alle Niederungen, in denen die Ernte reifte, lagen völlig unter Wasser. Die Einwohner litten Not, und weder Königin Moina noch ihre Minister wußten, welche Maßnahmen sie ergreifen sollten. Man nahm seine Zuflucht zu den »Mganngas«, die die Macht besitzen sollten, Regen hervorzurufen oder aufhören zu lassen und bat sie, die Gefahr zu beschwören. Doch deren Latein ging bald zu Ende. Mochten sie nun ihre langen, eintönigen Gesänge anstimmen, ihre Schellen oder Glöckchen schwingen, ihre kostbarsten Amulette hervorholen, mochten sie die geweihten Kügelchen aus Kuhmist auswerfen oder den höchsten Personen am Hofe ins Gesicht speien – es gelang ihnen doch nicht, die bösen Geister zu vertreiben, die die Wolken regierten. Als die Notlage sich verschlimmerte, kam Königin Moina auf den Gedanken, einen berühmten Mgannga herbeizurufen, der sich damals im Norden von Angola aufhielt. Es war das ein Hexenmeister ersten Ranges, dessen Kenntnisse um so mehr bewundert wurden, je unbekannter sie in dieser Gegend waren, die er noch niemals besucht hatte.
Am Morgen des 25. Juni verkündete der neue Mgannga durch helles Schellengeläute geräuschvoll seinen Einzug in Kazonnde. Er begab sich geradenwegs auf die Tchitoka, wo ihm sofort eine Menge Eingeborener entgegenströmte. Der Himmel sah etwas weniger regnerisch aus,

der Wind zeigte Neigung umzuschlagen, und diese mit dem Eintreffen des Mgannga zusammenfallenden Vorzeichen einer Wetterbesserung erweckten für den Zauberer eine höchst günstige Stimmung. Dieser war ein prächtiger Mann, ein Schwarzer von reinstem Wasser. Er maß mindestens 6 Fuß und mußte gewaltige Körperkraft besitzen. Allein diese äußeren Vorzüge imponierten der Menge.

Gewöhnlich vereinigen sich die Zauberer zu Gruppen von drei bis fünf Mann, wenn sie durch die Dörfer ziehen, und eine gewisse Anzahl Helfer bilden ihre Begleitung. Dieser Mgannga erschien allein. Seine Brust war mit Ton weiß gestreift. Den unteren Teil seines Körpers verhüllte ein weiter Bastrock, dessen Schleppe mit der einer eleganten Dame wetteifern konnte. Eine Schnur mit Vogelschädeln um den Hals, auf dem Kopf eine Lederhaube mit perlengeschmückten Federn, um die Hüften ein kupferner Ring mit Hunderten von Glöckchen und Schellen, die mehr Lärm machten als das Riemenzeug eines spanischen Maulesels – so gekleidet erschien dieses Musterexemplar aus der Zunft eingeborener Wahrsager. Sein gesamtes »Handwerkszeug« bestand aus einem Korb, dessen Boden ein Flaschenkürbis bildete, und der mit Muscheln, Amuletten, kleinen hölzernen Götzenbildern und endlich mit einer beträchtlichen Menge Kuhmistkügelchen angefüllt war, die nun einmal zum notwendigen Bestand bei den Beschwörungen gehörten. Wie die Leute bald merkten, war der Mgannga stumm. Er ließ nichts als einen tiefen, gedehnten Kehlton von sich hören, ein Grund mehr, ihn für um so bewanderter in allen Künsten der Hexerei zu halten.

Der Mgannga umkreiste zunächst den großen Platz, indem er eine Art Pfauentanz aufführte, bei dem alle seine Schellen und Glöckchen schrillend ertönten. Die

Volksmenge folgte ihm, wobei sie seine Bewegungen nachahmte. Man glaubte eine Herde Affen vor sich zu sehen, die einem riesigen Vierhänder nachsprang. Plötzlich bog der Zauberer in die Hauptstraße von Kazonnde ein und tänzelte auf die königliche Wohnung zu.

Sobald Königin Moina von seiner Ankunft Nachricht erhielt, erschien sie, gefolgt von ihren Höflingen. Der Mgannga verneigte sich vor ihr bis zur Erde und erhob sich wieder. Dann streckten sich seine Arme zum Himmel, an dem lange Wolkenfetzen vorüberflogen. Auf diese Wolken wies nun der Zauberer, ahmte ihre Bewegungen in lebendiger Pantomime nach und zeigte, wie sie nach Westen flohen, aber von Osten wiederkehrten in einem Kreislauf, den niemand zu hemmen imstande war. Plötzlich, und zum größten Entsetzen des Volkes und des Hofes, ergriff der Zauberer die erhabene Herrin von Kazonnde. Einige Höflinge wollten sich diesem respektlosen Vorgehen widersetzen; der muskelkräftige Mgannga packte aber den nächsten am Genick und schleuderte ihn gut fünfzehn Schritt weit von sich weg. Die Königin schien dieses sichere, selbstbewußte Auftreten nicht zu mißbilligen. Sie sah den Zauberer mit einer Grimasse, die ein Lächeln bedeuten sollte, zustimmend an, und dieser schleppte die Herrscherin schnellen Schrittes fort, während die Volksmenge dem Paar nachfolgte. Der Magier ging geradewegs auf das Anwesen des Sklavenhändlers Alvez zu. Mit einem Fußtritt sprengte er das verschlossene Tor. Soldaten und Sklaven eilten herbei, den Eindringling zu züchtigen; als sie jedoch die Königin erblickten, hielten sie sich in respektvoller Entfernung. Der Hausherr aber näherte sich und wollte die Königin fragen, was ihm die Ehre ihres Besuches verschaffe; der Mgannga ließ ihm dazu gar keine Zeit, sondern wiederholte die frühere Pantomime mit noch größerer Lebhaftigkeit. Er wies mit der Hand nach den Wolken, drohte ihnen, verfluchte sie, und machte Bewegungen, als ob er sie erst festhalten und dann zerstreuen wolle. Seine Wangen blähten sich gewaltig auf, und er blies nach dem Haufen schwerer Dunstmassen, als könnte er ihn dadurch zerteilen. Dann richtete er sich in seiner ganzen Größe auf, wie um sie in ihrem Lauf zu hemmen, und man konnte angesichts seiner Riesengestalt beinahe glauben, daß er sie mit den Händen zu fassen vermöge. Die abergläubische Moina, geradezu gepackt durch das Spiel des Komödianten, war völlig außer sich. Wiederholt entfuhr ihr ein Schrei. Sie phantasierte und ahmte instinktiv die Bewegungen des Mgannga nach. Höflinge und Volk folgten diesem Beispiel, so daß sich die dumpfen Kehllaute des Magiers bald unter dem Geschrei und Heulen verloren, das über die ganze Stadt hallte. Stiegen deshalb aber weniger Wolken am westlichen Horizont auf, um die Tropensonne zu verschleiern? Gerade als die Königin und ihre treuen Untertanen die bösen Geister, die sie durch unaufhörlichen Platzregen plagten, zu verscheuchen glaubten, überzog sich der seit dem Morgen etwas aufgehellte Himmel wieder mit dunklen Wolken. Bald klatschten große Tropfen auf die Erde.

Da entstand eine lebhafte Bewegung in der Menge. Man begann auf den Mgannga zu schimpfen, und das Stirnrunzeln der Königin schien ihn mindestens mit dem Verlust der Ohren zu bedrohen. Wieder hatten die Eingeborenen einen Kreis um ihn geschlossen; schon ballten sich die Hände, um ihm seinen Lohn zu erteilen, als ein unerwarteter Zwischenfall eintrat. Der Zauberer, der die anderen gut um Kopfeslänge überragte, streckte die Arme nach einem bestimmten Teil der Einfriedung aus, und zwar mit so bestimmter Geste, daß alle unwillkürlich zurückwichen.

Vom Lärm herbeigelockt, hatten Mrs. Weldon und der kleine Jack ihre Hütte verlassen. Sie waren es, auf die der

Magier in aufwallendem Zorn mit der linken Hand wies, während sich seine rechte zum Himmel erhob. Sie, sie waren es! Eine Weiße mit ihrem Kind verschuldete all das Unheil! Diese Wolken hatte sie aus ihrer regnerischen Heimat hierhergelockt, um das Gebiet von Kazonnde zu überschwemmen! Die Umstehenden verstanden ihn. Die Königin wies drohend auf Mrs. Weldon. Mit furchtbarem Geschrei stürzten die Eingeborenen auf diese zu. Mrs. Weldon hielt sich für verloren und blieb, ihren Sohn mit den Armen umfassend, ruhig wie eine Bildsäule vor dem wütenden Haufen stehen. Der Mgannga ging auf sie zu. Alle machten ihm Platz; sicher schien er mit der Ursache des Übels auch das Heilmittel dagegen gefunden zu haben. Auch Alvez kam herbei, ohne zu wissen, was er tun solle, um das kostbare Leben seiner Gefangenen zu retten. Der Zauberer hatte den kleinen Jack ergriffen, entriß ihn den Armen seiner Mutter und hob ihn gegen den Himmel. Es schien, als wolle er ihm den Kopf auf der Erde zerschmettern, um die erzürnten Götter zu versöhnen. Mrs. Weldon stieß einen Entsetzensschrei aus und brach besinnungslos zusammen. Der Magier aber richtete, nach einem Zeichen, das die Königin von seinen Absichten unterrichtete, die unglückliche Mutter wieder auf und schleppte sie mit ihrem Kind fort, während die verblüffte Volksmenge Platz machte.

Alvez freilich faßte die Sache ganz anders auf. Nachdem er schon einen Gefangenen verloren hatte, sollte er nun auch noch auf die anderen verzichten müssen und zugleich auf die beträchtliche, von Negoro versprochene Summe? Nein, niemals, und wenn ganz Kazonnde unter einer neuen Sintflut zugrunde ginge! Als er sich aber dem Mgannga widersetzen wollte, wandte sich der Ingrimm der Eingeborenen gegen ihn. Die Königin ließ ihn ergreifen, und da er wohl wußte, was es ihm kosten könne, wenn er Widerstand leistete, verhielt er sich wohl oder

übel ruhig, verwünschte aber die Leichtgläubigkeit der Menge. Diese erwartete tatsächlich, daß die Wolken mit denen verschwinden würden, die sie herbeigerufen hatten und zweifelten nicht daran, daß der Zauberer die Regengüsse durch das Blut der Fremden bannen werde. Inzwischen trug der Mgannga seine Opfer weg wie der Löwe ein paar Ziegen, während die Volksmenge ihm in höchster Aufregung folgte. Er aber verließ die Einfriedung, schritt durch die Stadt auf den Wald zu und lief drei Meilen weit, ohne zu ermüden. Die Eingeborenen sahen bald ein, daß er keine Begleitung wünsche, und verliefen sich wieder; der Zauberer aber erreichte – endlich allein – einen Fluß. Dort fand sich, tief im Grund einer von den langen Zweigen eines Busches versteckten Einbuchtung, ein mit einer Hütte überbauter Einbaum. Der Mgannga legte seine doppelte Last darin nieder, stieß das Fahrzeug mit dem Fuß vom Ufer, so daß es bald von der schnellen Strömung erfaßt wurde und sagte dann mit heller Stimme:
»Mein Kapitän, hier bringe ich Ihnen Mistress Weldon und den kleinen Jack wieder! Nun vorwärts, und alle Wolken des Himmels mögen den Dummköpfen von Kazonnde den Garaus machen!«

Eine abenteuerliche Bootsfahrt

Ja, es war Herkules, der sich als Zauberer verkleidet hatte, und er richtete seine Worte an Dick, der sich freilich vor Schwäche auf Vetter Benedikt stützen mußte. Als Mrs. Weldon wieder zu Bewußtsein kam, vermochte sie nur die Worte zu stammeln:
»Du, Dick, du!« und der kleine Jack wiederholte immer wieder: »Mein Freund Dick!«

Dann wandte er sich an Herkules: »Und dich«, sagte er, »dich hab' ich nicht erkannt«, während Herkules die weißen Streifen von der Brust abzureiben suchte. »Du sahst gar zu häßlich aus«, meinte Jack.
»Ei, ich war ja der Teufel, und der Teufel kann nicht schön aussehen!«
»Herkules!« rief Mrs. Weldon, indem sie dem braven Neger die Hand reichte.
»Ja, Herkules hat uns alle befreit«, bestätigte Dick Sand. Während nun das Boot in dem sehr engen Flußbett hinabglitt, erzählte Herkules, was sich seit seiner Flucht ereignet hatte: Wie er der Sänfte, in der er Mrs. Weldon und ihren Sohn wußte, unbemerkt gefolgt sei, wie er Dingo wiedergefunden habe, wie sie beide sich in der Nähe von Kazonnde aufgehalten hätten, wie er Dingo zu Dick Sand geschickt habe, wie er nach dem unverhofften Zusammentreffen mit Vetter Benedikt vergebens versucht habe, in die streng bewachte Faktorei einzudringen, und wie er endlich Gelegenheit fand, Mrs. Weldon und Jack zu entführen. Diese Gelegenheit habe sich erst am gleichen Tag geboten. Ein Mgannga sei frühmorgens durch den Wald gekommen, in dem er jede Nacht spähend und lauschend umhergelaufen sei. Er habe ihn um seine Zauberapparatur erleichtert, seine Hexenmeisterkleidung übernommen und den Mann mit Schlingpflanzen an einen Baum gebunden. Dann habe er seinen Körper bemalt, wobei der Magier Modell stehen mußte und seine Rolle einstudiert. Freilich habe er Glück gehabt, daß die Bevölkerung nicht hinter den Mummenschanz gekommen sei. Als Herkules geendet hatte, wandte sich Mrs. Weldon an Dick Sand:
»Und du, Dick?«
»Da gibt es nicht viel zu erzählen«, erwiderte dieser, »ich versuchte vergeblich die Fesseln zu sprengen, die mich an dem Todespfahl festhielten . . . dann stieg mir das Wasser

über den Kopf ... ich verlor das Bewußtsein ... als ich wieder zu mir kam, befand ich mich in einer mit Papyrusblättern bedeckten Versenkung am Ufer dieses Flusses und sah Herkules vor mir knien, der mich fürsorglich pflegte.«

»Potz Blitz, weil ich eben Heilkünstler bin«, warf Herkules ein, »Wahrsager, Zauberer, Magier ...«

»Erzähl, Herkules«, drängte Mrs. Weldon, »wie war es Euch möglich, Dick zu retten?«

»Hab' ich das denn getan, Mistress Weldon?« entgegnete Herkules; »hat nicht die Strömung den Pfahl weggerissen, an den unser Kapitän gebunden war, und ihn im Dunkel der Nacht weggetragen, bis ich ihn halbtot entdeckte? Vorher hatte ich mich in der Finsternis zu den Opfern am Boden des Grabes geschlichen, den Durchstich des Damms abgewartet und beim Steigen des Wassers heimlich den Pfahl gelockert, doch das hätte jeder andere auch getan ...«

Herkules wollte nicht weiter davon sprechen. Er betonte, daß sich seine Gefährten unter den gegebenen Umständen ebenso verhalten hätten. Diese habe er übrigens mit der Sklavenkarawane fortziehen sehen. Er sei ihnen zwar eine große Strecke gefolgt, doch habe sich nie eine Gelegenheit bieten wollen, mit ihnen in Verbindung zu treten. Sie seien sicher verloren! Herkules verbarg seine Tränen nicht, doch Mrs. Weldon tröstete ihn:

»Wer weiß, ob Gott uns nicht die Gnade schenkt, sie wiederzusehen, er hat uns doch auch wieder zusammengeführt!«

Dick Sand erfuhr nun von Mrs. Weldon, wie es ihr in der Faktorei des Sklavenhändlers ergangen war.

»Vielleicht«, fügte sie hinzu, »wäre es trotz allem besser gewesen, in Kazonnde auszuharren ...«

»Oh, ich Tölpel!« rief Herkules.

»Nein, Herkules, nein!« entgegnete Dick. »Diese Kerle

hätten Mittel und Wege gefunden, Mrs. Weldon in eine Falle zu locken. Nein! Wir müssen gemeinsam fliehen! Wir werden an der Küste ankommen, bevor Negoro nach Mossamedes zurückgekehrt ist. Die portugiesischen Behörden werden uns helfen; und wenn Alvez eintrifft, um seine hunderttausend Dollar in Empfang zu nehmen . . .«

». . . wird der alte Schurke hunderttausend Stockhiebe über den Schädel erhalten!« ergänzte Herkules.

Endlich konnte nun Dick Sand seinen lang gehegten Plan, die Küste statt auf mühsamem Landweg auf einem Fluß zu erreichen, in die Tat umsetzen. Jetzt war ein Wasserlauf da; allerdings verlief die Strömung nach Norden, so daß man wahrscheinlich die Mündung des Kongo erreichen und nicht – wie ursprünglich vorgesehen – in Pablo de Loanda ankommen würde. Doch was schadete es, da man ja auch in Guinea auf Hilfe rechnen konnte! Dick hatte vor, ein Floß aus Stämmen und Zweigen, eine Art schwimmende Insel zu bauen. Doch Herkules erspähte ein richtiges Boot, das führerlos den Strom hinabschwamm. Ein besseres Fahrzeug hätte sich Dick gar nicht wünschen können: Es hatte eine Länge von ungefähr 9 Meter bei einer Breite von über 1 Meter; solche Boote schießen, wenn sie von mehreren Ruderern getrieben werden, pfeilschnell dahin. Man hatte darin ausreichend Platz und brauchte es nur einigermaßen zu steuern, um bequem mit der Strömung flußabwärts zu gelangen.

Anfangs hatte Dick, um möglichst unentdeckt zu bleiben, die Absicht, nur in der Nacht zu reisen. Dann kam ihm aber der Gedanke, die Piroge mit einem Dach aus langen, durch eine Stange gehaltenen Zweigen so zu bedecken, daß auch die Ruder nicht zu sehen waren. Man konnte das Ganze recht wohl für einen Haufen Äste und Zweige halten, der mitten unter anderen schwimmenden Inseln dahinfloß. Ja, selbst Vögel ließen sich täuschen, und oft setzten sich rotschnäbelige Möwen oder grüne oder weiße Papageien auf das Gezweig. Außerdem bildete das Dach einen guten Schutz gegen die Sonnenglut. Man lebte vom Fischfang, und gelegentlich bewährte sich Dick als Jäger, wenn er mit dem von Herkules geretteten Gewehr, durch die Zweige getarnt, aus der Bootshütte auf vorbeistreifendes Wild schoß. Die Ufer schienen übrigens vollkommen menschenleer; offenbar wurden diese Teile des Gebietes von Kazonnde von den Eingeborenen gemieden. Am Flußrand wucherten wildwachsende Pflanzen und schmückten diesen mit lebhaften Farben. Wohlriechende Sträucher bildeten eine Kulisse von unvergleichlicher Pracht. Oft reichten Wälder bis ans Ufer, deren fremdartige Bäume ein Laubdach bildeten, das kaum ein Sonnenstrahl zu durchdringen vermochte. Manchmal entstand auch eine Brücke von Lianen von einem Ufer zum anderen, und im Laufe des 27. Juni sah der kleine Jack zu seiner größten Überraschung eine Herde Affen über diesen Pflanzenpfad ziehen, die sich gegenseitig an den Schwänzen hielten, offenbar um sich abzusichern. Zwanzig Meilen weiter wurde das Boot am selben Tag plötzlich aufgehalten.

»Was gibt's?« fragte Herkules, der das Boot steuerte.

»Eine Wegsperre«, erwiderte Dick, »aber eine natürliche.«

»So müssen wir sie durchbrechen, Herr Dick! Ans Werk also, mein Kapitän!« rief Herkules und kam nach vorn.

Das Hindernis bestand aus zähem Gras mit glänzenden Halmen, die sich völlig verfilzt hatten. Eine solche »Tikatika« gestattet nicht selten, einen Fluß trockenen Fußes zu überschreiten. Diese hier war übrigens mit den schönsten Verzweigungen von Lotosblumen bedeckt. Herkules benutzte seine Axt so geschickt, daß die Sperre nach zwei Stunden durchbrochen war und die Piroge ihre Fahrt fortsetzen konnte.

Vetter Benedikt, das große Kind, langweilte sich. Er sehnte sich fast nach der Faktorei zurück, wo seine kostbare Sammlung auf ihn wartete. Wie groß war daher seine Freude, als Herkules ihm ein abscheuliches kleines Tier überreichte, das er eben von einem Tikatika-Halm aufgelesen hatte.

»O wie kostbar!« rief er, »eine Art Spinne, die auch eine Art Spinne wäre, wenn sie acht Füße hätte, die aber eine Hexapode ist, weil sie nur sechs hat! Endlich werde ich meinen Namen an eine wissenschaftliche Entdeckung knüpfen! Dieses Insekt hier wird der ›Hexapodus Benedictus‹ sein!«

Und der Gelehrte vergaß seine ganze Umgebung.

Indes trieb die Piroge auf den dunklen Wellen dahin. Nur das Klappern der Schuppen von Krokodilen unterbrach das Schweigen der Nacht oder das Schnaufen der Flußpferde, die sich schwerfällig am Ufer wälzten. Plötzlich war ein Geräusch zu vernehmen, so als ob riesige Pumpen im Dunklen arbeiteten. Es rührte von mehreren hundert Elefanten her, die, nachdem sie sich tagsüber an Wurzeln gesättigt, nun ihren Durst löschen wollten. Man hätte wirklich fürchten können, daß ihre Rüssel, die sich gleichzeitig wie in automatischer Bewegung hoben und senkten, den großen Fluß trockenlegen würden.

Am 8. Juli hatte man ungefähr hundert Meilen zurückgelegt. Dick Sand fragte sich, bis wohin sie dieser scheinbar endlose Fluß wohl tragen werde, der bisher nur unbedeutende Nebenarme aufgenommen hatte, ohne sich merkbar zu verbreitern. Nachdem die Hauptrichtung nach Norden verlaufen war, wandte er sich jetzt nach Nordwesten.

Am 9. Juli wurde Dick Sands bewährte Kaltblütigkeit auf eine harte Probe gestellt. Er befand sich allein auf dem Land, auf der Jagd nach einem Kaama, einer Kuhantilope, deren Hörner über das Gebüsch hinausragten, und hatte eben Feuer gegeben, als in dreißig Schritt Entfernung ein furchtbarer Jäger aufsprang, der offenbar die ihm gebührende Beute in Anspruch nehmen wollte, und wenig geneigt schien, diese aufzugeben.

Es war ein hochgewachsener Löwe, ein furchterregendes Tier. Mit gewaltigem Sprung stürzte er sich auf das Kaama, das Dicks Kugel eben niedergestreckt hatte und das sich nun schreiend unter der mächtigen Tatze des schrecklichen Raubtiers wand. Dick hatte nicht Zeit gehabt, sein Gewehr noch einmal zu laden. Der Löwe begnügte sich zunächst, ihn anzusehen. Dick vermied jede Bewegung. Noch immer starrte ihn der Löwe mit den roten, leuchtenden Katzenaugen an. Zwei angstvolle Minuten schlichen dahin. Da peitschte der Löwe den Boden mit dem stolzen Schweif, nahm das zuckende Kaama auf und trug es fort wie ein Hund den Hasen. Dick blieb noch einige Augenblicke regungslos stehen, dann kehrte er zu seinen Gefährten zurück.

Am Abend des 10. Juli war doppelte Vorsicht geboten. Auf dem rechten Flußufer erhob sich eine Siedlung. Das verbreiterte Strombett bildete eine Art Lagune, deren Gewässer etwa dreißig auf Pfählen errichtete Hütten umspülte. Die Strömung führte zu diesen Hütten hin, und das Boot mußte ihr folgen, denn nach links hin war der Fluß unpassierbar, da überall Felsklippen aus dem Wasser ragten. Das Wasserdorf war bewohnt. Da und dort drang der Schein von Feuer aus den Wohnungen. Man hörte auch Stimmen. Wenn zwischen den Pfählen Seile und Netze ausgespannt waren, wurde es gefährlich. Es nahten schreckliche Minuten. Zwei Eingeborene saßen laut sprechend auf Pfählen, zwischen denen die Strömung das Boot hindurchtreiben mußte. Noch war eine Strecke von etwa hundert Schritt Länge zurückzulegen, als Dick hörte, wie sich die Eingeborenen einige Worte zuriefen. Der eine zeigte dem anderen den herangleitenden Gras- und Reisighaufen, der die Lianennetze, die sie eben auslegten, zu zerreißen drohte. Sie hoben diese und riefen laut nach anderen um Unterstützung. Bald kletterten fünf oder sechs Neger die Pfähle herab und setzten sich unter wildem Geschrei auf die Querbalken, die die Pfeiler verbanden. Im Boot herrschte Totenstille, die höchstens durch einige mit gedämpfter Stimme erteilte Befehle Dick Sands unterbrochen wurde; nichts regte sich, außer Herkules' rechtem Arm, der das Steuerruder führte; manchmal knurrte Dingo leise, doch Jack hielt ihm die Kinnladen zusammen; draußen murmelte das strömende Wasser, das sich an den Grundpfählen brach; darüber ertönte das Gebrüll der Eingeborenen, die hastig ihre Netze heraufholten. Gelang ihnen das rechtzeitig, so war Aussicht vorhanden, daß das Boot durchkommen werde; im anderen Falle war das Leben der Insassen bedroht. Schon nach einer halben Minute schwankte das Boot zwischen die Pfähle hindurch. Man hatte Glück; mit äußerster Anstrengung gelang es den Eingeborenen die Netze vollends hochzuziehen. Doch im Vorüberstreifen geschah, was Dick befürchtet hatte, einige Zweige rissen sich los, so daß man stellenweise das Innere des Fahrzeugs einsehen konnte. Einer der Eingeborenen stieß einen Schrei aus. Hatte er erkannt, was diese Laubhütte verdeckte? Wollte er die anderen darauf aufmerksam machen? Aber schon trug der Fluß in wenigen Augenblicken die Piroge ein gutes Stück weg, so daß das Pfahldorf den Blicken entschwand.

»Nach dem linken Ufer!« kommandierte Dick Sand, »der Fluß ist dort wieder schiffbar!«

»Beidrehen nach links!« wiederholte Herkules, indem er mit dem Steuerruder kräftig einlenkte. Dick nahm neben ihm Platz und lugte scharf auf die vom Mond erhellte Wasserfläche hinaus, doch konnte er nichts Verdächtiges wahrnehmen. Keine Piroge erschien zu ihrer Verfolgung.

Auch als es hell wurde, zeigte sich kein Eingeborener, weder auf dem Flusse noch am Ufer.
Während der nächsten vier Tage, vom 11. bis 14. Juli, konnte man beobachten, daß sich der Charakter der Landschaft auffallend veränderte. Das Land wurde öde und wüst, der Boden dürr. Die Beschaffung von Nahrung machte Schwierigkeiten. Die Vorräte waren aufgezehrt. Der Fischfang lieferte nur einen geringen, die Jagd fast gar keinen Ertrag. Mit dem Wild waren auch die Raubtiere verschwunden. Während der Nacht hörte man nicht mehr das gewohnte Brüllen; nur das Konzert der Frösche unterbrach die Stille. Zum Glück wucherten Farn und Papyrusstauden längs des Ufergeländes; vom ersteren verzehrte man die zarten Sprossen, das Mark der letzteren lieferte einen angenehm süßen Saft, den man besonders schätzte. Doch im ganzen gab das nicht viel her. Dafür wurden alle am nächsten Tag dank Vetter Benedikts naturwissenschaftlicher Kenntnisse reich entschädigt.
Der würdige Gelehrte hatte bei einer Rast seine früheren, kleinen Streifzüge wieder aufgenommen. Als er durch das hohe Gras watete, flog ein Vogel auf, dessen Gezwitscher seine Aufmerksamkeit erregte.
Schon wollte Dick Sand auf ihn feuern, als Vetter Benedikt ausrief:
»Nicht schießen! Das ist ein Wegweiser; wenn wir ihm folgen, werden wir Honig in Überfluß finden!«
Der Vogel flatterte davon und hielt wieder an; er schien die beiden tatsächlich einzuladen, ihm zu folgen. Sie hatten nicht weit zu gehen, denn schon nach wenigen Minuten sahen sie, von Sträuchern versteckt und von Millionen Bienen umsummt, einige alte Baumstümpfe vor sich. Dick räucherte die Bienen durch Entzünden trockener Kräuter aus, und beide kehrten mit einer reichen Beute vorzüglichen Honigs in ihre schwimmende

Wohnung zurück, wo sie mit Freuden empfangen wurden.
Am 12. Juli hielt die Piroge in einer kleinen Bucht, wo es von Heuschrecken geradezu wimmelte. Unübersehbar bedeckten sie in doppelter und dreifacher Lage den Boden und das umliegende Gebüsch. Da nun Vetter Benedikt schon früher mitgeteilt hatte, daß die Eingeborenen sich nicht selten allein von diesen Insekten sättigen, so griff man herzhaft zu. Wohl zehnmal hätte man das Boot mit Heuschrecken beladen können, die, bei mäßigem Feuer geröstet, auch weniger hungrigen Leuten noch gut gemundet hätten. Vetter Benedikt verzehrte eine erstaunliche Menge; er seufzte zwar dabei – aber er aß sie doch.
Dick Sands Unruhe nahm zu, als er plötzlich, am Morgen des 14. Juli sah, daß sich die Stromrichtung änderte. Der kleine Jack stand im Vorderteil des Boots und guckte durch die Zweigwand, wobei er am Horizont eine ausgedehnte Wasserfläche entdeckte.
»Das Meer, das Meer!« rief er.
Dick klopfte das Herz, während er auf den Knaben zuging.
»Das Meer«, sagte er, »nein, leider noch nicht, wohl aber ein Strom, der nach Westen fließt, vielleicht der Kongo!«
»Gott gebe es!« seufzte Mrs. Weldon.
Während des 15., 16., 17. und 18. Juli glitt die Piroge durch eine fruchtbare Landschaft auf den silbernen Wellen des Stroms dahin. Nach wenigen Tagen würden die Überlebenden der »Pilgrim« allem Anschein nach von ihren Leiden befreit sein. Da ereignete sich in der Nacht des 18. Juli ein Zwischenfall, der ihre Rettung in Frage stellte.
Gegen drei Uhr morgens ließ sich im Westen ein entferntes, anfangs nur sehr dumpfes Geräusch vernehmen.

»Das ist das Rauschen des Meeres«, meinte Herkules und seine Augen glänzten vor Freude.
»Nein, das glaube ich nicht«, antwortete Dick kopfschüttelnd.
»Und was wäre es sonst?« fragte Herkules.
»Warten wir den Tag ab! Die anderen lassen wir schlafen; wir beide aber wollen wachen und auf alles gut achten!«
Herkules kehrte wieder auf seinen Posten zurück, Dick blieb vorn. Er lauschte weiter. Das Geräusch nahm zu. Der Tag brach an ohne Dämmerung. Über dem Fluß schwebte eine Art Wolke. Sobald die ersten Sonnenstrahlen aufblitzten, spannte sich ein farbenschillernder Regenbogen von einem Ufer zum anderen.
»Ans Ufer!« schrie Dick Sand. »Vor uns ist ein Wasserfall! Die Wolken bestehen nur aus zerstäubtem Wasser. Ans Ufer, Herkules!«
Dick Sand irrte sich nicht. Vor ihnen stürzte das Wasser einen über dreißig Meter tiefen Abhang mit unwiderstehlicher Gewalt hinunter. Noch eine halbe Meile, und das Boot wäre rettungslos in den tosenden Schlund hineingezogen worden.

S. V.

Mit einem kräftigen Ruderschlag hatte Herkules das Boot dem linken Ufer zugetrieben. Dort erhob sich ein hoher, dichter Wald. Durch das undurchdringliche Dikkicht schimmerte kaum ein Lichtschein. Nicht ohne Furcht betrachtete Dick Sand dieses fremde, unbekannte Gebiet, das man nun durchwandern mußte. An eine Überführung des Bootes bis unterhalb der Fälle war nicht zu denken. Ein harter Schlag für die Menschen, wahr-

scheinlich am Tage, bevor sie die portugiesischen Niederlassungen an der Küste erreicht hätten! Schon bevor die Piroge das Ufer erreichte, gab Dingo auffallende Zeichen von Ungeduld von sich. Dick fragte sich, ob vielleicht ein Raubtier oder ein Eingeborener im hohen Papyrus des Ufersaums versteckt liegen möge.
»Es sieht aus, als ob Dingo weint!« rief der kleine Jack und umfaßte den Hund mit seinen Ärmchen. Dingo entwand sich ihm, sprang, als das Boot nur noch zehn Schritt vom Ufer entfernt war, ins Wasser, schwamm ans Land und verschwand in den Gebüschen. Wenige Augenblicke später drang die Piroge durch einen von Wasserpflanzen grüngefärbten Schaum und erreichte das Ufer. Mit kurzem Kreischen flogen mehrere Taucherkönige und einige kleine, schneeweiße Reiher erschrocken auf. Herkules machte das Boot am Stamm eines Baumes fest, und alle erstiegen das Ufer, über das sich lange Äste herabneigten. Ein Pfad fand sich nicht, doch deutete niedergedrücktes Moos darauf hin, daß hier Eingeborene oder Tiere vorübergekommen sein mußten. Dick mit geladenem Gewehr und Herkules mit der Axt in der Hand, hatten keine zehn Schritte getan, als sie Dingo schon wiederfanden. Leise bellend, folgte der Hund, die Nase am Boden, einer Spur. Auf einmal erhob er den Kopf und lud mit kleinen Sprüngen ein, ihm zu folgen. Am Fuß einer im dichtesten Urwald versteckten Sykomore traf die kleine Gesellschaft das Tier wieder. Hier stand eine verfallene Hütte, vor der Dingo kläglich anschlug.
»Was mag er haben?« rief Dick. Er trat in die Hütte ein. Mrs. Weldon und die übrigen folgten ihm. Auf dem Boden lagen bleiche Gebeine.
»In dieser Hütte ist ein Mensch gestorben!« sagte Mrs. Weldon.
»Und ihn hat Dingo gekannt!« meinte Dick Sand, »das

war sein Herr, das muß er gewesen sein! Ah, seht da!« Dick wies auf den zum Teil abgeschälten Sykomorenstamm im Hintergrund des kleinen Raumes. Dort konnte man zwei große rote, zwar halb verwitterte, aber doch noch erkennbare Buchstaben erkennen. Dingo stemmte die eine Pfote gegen den Baum, als wollte er auf die Buchstaben deuten.

»S. V.!« rief Dick Sand. »Die Buchstaben, die Dingo an seinem Halsband trägt!«

Dann bückte er sich und hob von der Erde ein kleines, über und über oxydiertes Kästchen aus Kupfer auf, das in einem Winkel der Hütte stand. Es war nicht verschlossen und ein Papier fiel heraus, auf dem Dick die Worte las:

»Ermordet ... bestohlen durch meinen Führer Negoro ... 3. Dezember 1871 ... hier ... 120 Meilen von der Küste ... Dingo! ... bei mir! ...

S. Vernon.«

Dieser Zettel sagte alles. Von seinem Hund Dingo begleitet, war Samuel Vernon aufgebrochen, um unter Führung Negoros das Innere Afrikas zu erforschen. Als der französische Reisende hier in dieser Hütte übernachtete, wurde er von dem Schurken überfallen, tödlich verwundet, beraubt und dann verlassen. Auf der Flucht mochte Negoro in die Hände der Portugiesen gefallen sein. Man erkannte ihn als Agenten des Sklavenhändlers Alvez, führte ihn ab nach San Pablo de Loanda und verurteilte ihn dazu, seine Tage in einer der Strafanstalten der Kolonie zu beschließen. Negoro entwich aus der Haft, floh nach Neuseeland und schiffte sich auf der »Pilgrim« ein, zum Unglück aller Mitreisenden.

Vernon aber hatte, bevor er starb, offenbar noch Zeit, diese Zeilen zu schreiben und den Zettel in die Kassette zu legen, in der sich vorher das gestohlene Geld befand, und als letzte Lebensäußerung mochte er, gleichsam als Grabinschrift, die beiden Anfangsbuchstaben mit bluten-

der Hand in den Baum geschnitten haben. Dingo war wohl tagelang, die roten Buchstaben vor Augen, in der Hütte zurückgeblieben. Dann wurde er, wieder an die Küste zurückgekehrt, zunächst an Bord der »Waldeck« und später vom Kapitän der »Pilgrim« aufgenommen, wo er zufällig Negoro wiedersah.
Als Dick Sand daranging, mit Herkules die Gebeine des Reisenden christlich zu begraben, sprang Dingo mit wütendem Gebell zur Hütte hinaus. Gleichzeitig hörte man einen gräßlichen Angstschrei. Da stürzte Herkules aus der Hütte auf einen Mann, der, auf der Erde liegend, von den Zähnen des Hundes an der Kehle festgehalten wurde. Es war Negoro!
Auf dem Weg nach der Kongomündung, von wo er sich nach Amerika einzuschiffen gedachte, hatte sich der Schurke, seine Begleitung zurücklassend, nach dem Ort begeben, an dem er einst Samuel Vernon, der sich ihm anvertraut hatte, ermordete. Alle begriffen, warum er hierhergekommen war, als sie in einem frisch aufgewühltem Loch am Fuß eines Baumes noch ein Häufchen französischer Goldstücke schimmern sahen. Es lag also auf der Hand, daß Negoro nach der Mordtat und bevor er den Portugiesen in die Hände fiel, seine Beute in der Absicht verborgen hatte, sie später einmal abzuholen. Eben wollte er sich offensichtlich all dieses Gold holen, als Dingo ihn aufspürte und an der Gurgel faßte. Erschreckt hatte der Kerl noch ein Jagdmesser gezogen und den Hund verwundet, als Herkules sich über ihn stürzte.
»Ah, du Schurke! Jetzt endlich werd' ich dich erwürgen!«
Doch der Portugiese gab kein Lebenszeichen mehr von sich, Dingo hatte alle Untaten gerächt. Aber auch der treue Hund war tödlich getroffen und verendete, sich noch bis zur Hütte schleppend, an derselben Stelle, wo

Samuel Vernon, sein Herr, gestorben war. Herkules vergrub die Überreste beider tief in der Erde im gleichen Grab.
Zwar war Negoro tot; doch die Eingeborenen, die ihn von Kazonnde her begleiteten, konnten nicht fern sein. Wenn ihr Herr nicht zurückkam, suchten sie ihn gewiß entlang des Flußufers. Das war eine ernste Gefahr! Man beriet also, was zu tun sei. Eines wußten sie nun sicher, nämlich daß dieser Wasserlauf der Kongo sei, die große Pulsader Zentralafrikas. Sie wußten aber zugleich, daß seine Mündung noch hundertzwanzig Meilen entfernt war, und zu ihrem Unglück war der Strom hier nicht schiffbar. Die mächtigen Fälle – wahrscheinlich die Katarakte von Ntemo – bildeten ein unüberwindliches Hindernis. Man sah sich also gezwungen, dem Ufer zu folgen, zumindest bis unterhalb der Fälle, vielleicht ein oder zwei Meilen weit, um dann vielleicht ein Floß zu bauen und sich auf diesem wieder von der Strömung hinabtragen zu lassen. Um einem Zusammenstoß mit der Begleitmannschaft Negoros zu entgehen, wollte Dick erkunden, ob am gegenüberliegenden Ufer ein gangbarer Weg weiterführe. Er machte das Boot los, stieß ab und erreichte bald die Mitte des Stromes. Hier nahm die Strömung, von den Wasserfällen angezogen, doch ein wenig zu. Zweihundert Schritte stromabwärts erschütterte das Donnern und Brausen der Flut die ganze Atmosphäre, und feiner Wasserstaub fiel, vom Westwind getrieben, auf den jungen Leichtmatrosen nieder. Eine Viertelstunde später hatte Dick das jenseitige Ufer erreicht und wollte eben auf den Hang springen . . .
Da erscholl ein wüstes Geschrei, und etwa ein Dutzend Eingeborene stürzten sich auf den Zweig- und Blätterhaufen, der das Boot noch immer verdeckte. Es waren die Einwohner des Wasserdorfes, die schon acht Tage lang dem Boot am rechten Flußufer gefolgt waren. Dick sah

keinen Ausweg, aber er fragte sich, ob er nicht durch Aufopferung seines eigenen Lebens das seiner Gefährten retten könne. Ruhig stand er vorn im Boot und hielt mit dem Gewehr im Anschlag die Eingeborenen in respektvollem Abstand. Diese hatten inzwischen das ganze Bootsdach abgerissen, da sie weitere Opfer darunter vermuteten. Als sie sahen, daß allein Dick in ihre Hände gefallen sei, machte sich ihre Enttäuschung nur in noch drohenderem Geschrei Luft. Ein Knabe von fünfzehn Jahren für Zehn! Auf einmal wies einer der Eingeborenen nach dem linken Ufer, wo Mrs. Weldon und ihre Begleiter das Geschehen beobachteten. Das Boot wurde abgestoßen. Die Schwarzen beabsichtigten, den Strom zu überqueren. Gegen Dick unternahmen sie nichts, denn sie kannten die Wirkung der Feuerwaffen recht gut. Einer von ihnen hatte das Steuerruder ergriffen und handhabte es mit Geschick, so daß die Piroge wieder schräg über den Fluß glitt. Bald war sie nur noch fünfzig Schritt vom linken Ufer entfernt.

»Flieht alle!« rief Dick Sand Mrs. Weldon zu, »flieht!«

Weder Mrs. Weldon noch Herkules waren eines Wortes fähig. Es schien, als seien ihre Füße am Boden festgewurzelt. Entfliehen? Wozu? Vor Ablauf einer Stunde wären sie doch den aufgebrachten Schwarzen in die Hände gefallen. Im selben Augenblick richtete Dick sein Gewehr auf den Eingeborenen, der das Steuer führte, das ihm entglitt, als er, von der Kugel getroffen, tot niedersank. Die Besatzung stieß Schreie des Entsetzens aus, denn die Piroge wurde nun von der Strömung mitgerissen, tanzte herrenlos auf den Wogen und drohte in wenigen Augenblicken vom Sog erfaßt und in den Abgrund geschleudert zu werden. Die Bootsinsassen machten einen letzten Rettungsversuch und sprangen, um schwimmend das Ufer erreichen zu können, in die Fluten, so daß die Piroge kenterte und umschlug. Dick erkannte blitzartig seine einzige Chance. Von einem glücklichen Instinkt getrieben, klammerte er sich an eine die beiden Bordseiten verbindende Bank des Bootes und fühlte, den Kopf unter dem umgekehrten Bootsrumpf wie in einer Taucherglokke, aber immer über Wasser, wie der Strom ihn sausend dahinriß, und wie er in fast senkrechtem Fall in die brodelnde Tiefe stürzte. Die Piroge versank in die am Fuß des Katarakts von den Wassermassen verursachte Höhlung, tauchte tief hinab, doch auch bald wieder zur Oberfläche des Stroms empor. Dick Sand, ein guter Schwimmer, begriff, daß ihn jetzt nur noch die Kraft seiner Arme retten könne ...

Eine Viertelstunde später erreichte er das linke Ufer und fiel seinen lieben Gefährten in die Arme, die Herkules in Eile hierhergeführt hatte. Die Kannibalen waren in den tosenden Wassermassen verschwunden und ertrunken, bevor sie in die Tiefe hinabgerissen wurden.

Ausklang

Zwei Tage später, am 20. Juli, begegnete die Reisegesellschaft einer nach M'boma, an der Mündung des Kongo, ziehenden Karawane. Zum Glück waren es keine Sklavenhändler, sondern ehrliche portugiesische Kaufleute, die Handel mit Elfenbein trieben. Die Flüchtlinge fanden die freundlichste Aufnahme, und der letzte Teil der Reise verlief nun ohne Zwischenfälle. Ohne dieses Zusammentreffen wären sie wahrscheinlich verloren gewesen, denn den Kongo hätten sie mit einem Floß nicht weiter befahren können: Von den Fällen bei Ntemo bis nach Yellala bildet der Fluß nur noch eine Kette von Stromschnellen und Katarakten. Am 11. August kamen sie in Emboma an, wo sie gastfreundlich aufgenommen wur-

den. Zufällig ging bald ein Dampfer nach Panama ab. Mrs. Weldon und ihre Begleiter schifften sich ein und erreichten glücklich den Boden Amerikas . . .
Eine nach San Francisco abgesandte Depesche unterrichtete James W. Weldon von der Rückkehr seiner Gattin und seines Kindes, nach denen er schon vergeblich an allen Stellen geforscht hatte, wo er annehmen konnte, daß die »Pilgrim« gescheitert sein könne.
Am 25. August brachte die Eisenbahn endlich die Schiffbrüchigen in die Hauptstadt Kaliforniens zurück. Oh, wenn der alte Tom und seine Gefährten auch hätten dabeisein können!
Dick Sand wurde der Sohn, Herkules der Freund des Hauses. James Weldon wußte, was er beiden zu verdanken hatte. Vetter Benedikt schloß sich nach einem mit James Weldon gewechselten Händedruck in sein Studierzimmer ein und ging an die Arbeit, als hätte er tags zuvor einen Satz unvollendet gelassen. Er brütete über einem gewaltigen Werk von dem »Hexapodus Benedictus«, als ob die Wissenschaft schon dessen Erscheinen erwartete. Hier in seinem Kabinett fand er zum ersten Mal seit langer Zeit wieder eine Lupe und eine passende Brille . . . Gütiger Himmel! Welcher Ausruf der Enttäuschung entfuhr ihm, als er diese Hilfswerkzeuge benutzte, um das einzige Wunderexemplar, das ihm die afrikanische Insektenwelt geliefert hatte, nun eingehender zu studieren! Der Hexapodus Benedictus war kein Hexapode! Es war eine ganz gemeine Spinne, der zwei Füße fehlten! Und daß sie fehlten, erklärt sich wohl dadurch, daß Herkules ihr dieselben beim Anfassen ausgebrochen hatte! Den Gelehrten warf diese bittere Enttäuschung auf das Krankenlager, von dem er sich jedoch zum Glück wieder erholte.
Dick Sand vollendete mit achtzehn Jahren seine Studien mit Auszeichnung und übernahm, mit einem Patent

belehnt, ein Schiffskommando für die Firma James W. Weldon. Ein Gedanke verließ ihn niemals. In seinen seltenen Mußestunden erinnerte er sich immer wieder an den alten Tom, an Bat, Acteon und Austin, für deren Unglück er sich verantwortlich fühlte. Auch Mrs. Weldon betrauerte das Schicksal ihrer ehemaligen Leidensgenossen, die sie so tapfer umsorgt hatten. James Weldon, Dick Sand und Herkules setzten Himmel und Erde in Bewegung, ihre Spuren zu entdecken. Endlich hatten sie, dank den über alle Länder eingesetzten Korrespondenten des reichen Reeders, den gewünschten Erfolg. Tom und seine Gefährten waren nach Madagaskar – wo übrigens die Sklaverei bald aufgehoben werden sollte – verkauft worden. Dick wollte seine Ersparnisse opfern, sie freizukaufen, doch James Weldon ließ das nicht zu.
Einer seiner Korrespondenten regelte dieses Geschäft, und am 15. November 1877 klopften vier Neger an die Tür seines Hauses; sie erstickten beinahe in den Umarmungen ihrer Freunde. Das Haus des kalifornischen Kaufmanns sah ein Fest, wie selten vorher; der schönste Trinkspruch aber, in den alle mit Begeisterung einstimmten, war doch der, den Mrs. Weldon auf das Glück und Wohlergehen Dick Sands, ihres »Kapitäns von fünfzehn Jahren«, ausbrachte!

Nachwort

Jules Verne – Wo liegt das Geheimnis seines Erfolges? Vor mehr als hundert Jahren schrieb 1863 der Franzose seinen ersten Abenteuerroman »Fünf Wochen im Ballon«. Bis zu seinem Tod 1905 veröffentlichte er dann Jahr um Jahr ein neues Werk, und alle diese Bücher, die Abenteuer- wie die Zukunftsgeschichten, waren gleichermaßen erfolgreich. Sie wurden nicht nur in Frankreich von jung und alt viel und gern gelesen, sondern sofort nach ihrem Erscheinen in verschiedene europäische Sprachen übersetzt und u. a. auch in Deutschland und Österreich begeistert aufgenommen. Dieses Interesse hielt unvermindert bis zum Ende des Ersten Weltkriegs an. Dann wurde es zumindest im deutschen Sprachraum still um den einstigen Erfolgsautor, aber seit etwa 1960 erlebt sein Werk eine neue Blüte. Spiel- und Fernsehfilme, mochten sie auch noch so schlecht sein, sorgten für eine wiederauflebende Popularität.
Jules Verne, der am 8. Februar 1828 als Sohn eines Notars in Nantes geboren wurde und ebenfalls Rechtswissenschaften studierte, bevor er sich ganz der Schriftstellerei widmete, war ein gleichermaßen phantasievoller wie realistisch-nüchterner Autor. Das ist kein Widerspruch, sondern wahrscheinlich gerade eine Wurzel seiner Erfolge. Viele kennen ihn nur als Autor von Zukunftserzählungen wie etwa der »Reise zum Mond«. Den Großteil seines Werkes bilden aber exotische Reiseromane, die er unter dem Motto »Abenteuerliche Reisen« zusammenfaßte. Es sind frei erfundene, zum Teil höchst abenteuerliche Geschichten, aber doch durchwegs Schilderungen von Reisen, die in seiner Zeit spielen. In einigen bedienen sich seine Helden dabei jener

technischen Hilfsmittel, mit deren Erfindung Verne seiner Zeit voraus war, andere dagegen bleiben ganz auf dem Boden der Tatsachen – auch unser »Kapitän von 15 Jahren« gehört dazu. Für diese Erzählungen betrieb Verne gründlichste Quellenstudien. Für den »Kapitän« griff er dabei auf nautische Lehrbücher, bei der Schilderung der Landreise aber bis in die kleinsten Einzelheiten auf das erst zwei Jahre zuvor erschienene große Reisewerk des englischen Afrikaforschers Verney Lovett Cameron »Across Africa« zurück.

Verne bleibt in seinen Reisebüchern ein typischer Vertreter imperialistischer Ideen französischer Prägung. Er sah den Auftrag des Weißen Mannes darin, den »unterentwickelten Wilden« europäische Zivilisation zu vermitteln. Als typischen Ausdruck der Zeit müssen wir auch einige blutige und brutale Szenen verstehen, die heute eher abstoßend wirken, aber in unserer Ausgabe bewußt nicht gestrichen wurden, um den zeitgenössischen Charakter des Werkes möglichst wenig zu schmälern. (Gekürzt wurden vor allem unnötige Längen in den Dialogen, die langatmig wirken.)

Die völkerkundlichen und nautischen Fakten verbindet Verne schließlich noch geschickt mit den Elementen der zu seiner Zeit so beliebten Kolportagegeschichten und volkstümlichen Unterhaltungsromane. Aus solcher Mischung erwuchsen die Erfolge nicht nur des 1878 erstmals erschienenen »Kapitän von 15 Jahren«, der zu den weniger bekannten Romanen des Autors gehört, sondern vor allem auch der großen Werke wie der »Kinder des Kapitän Grant« oder der »Reise um die Erde in 80 Tagen«.

Heinrich Pleticha

Literatur: Thomas Ostwald »Jules Verne. Leben und Werk«. Braunschweig 1978.